A BREVE E LONGA VIDA DE JOAQUIM CONCEIÇÃO

SÃO PAULO, 2019

Fabio Porchat

A BREVE E LONGA VIDA DE JOAQUIM CONCEIÇÃO

(e seu último poema)

PREPARAÇÃO: Daniela Georgeto
PROJ. GRÁFICO E DIAGRAMAÇÃO: Equipe Novo Século
REVISÃO: Tássia Carvalho
IMAGEM DE CAPA: Detalhe da obra *Ondas cerebrais positivas*, de Tatjana Ceratti. Óleo s/tela, 110 cm x 200 cm.

Texto de acordo com as normas do Novo Acordo Ortográfico da Língua Portuguesa (1990), em vigor desde 1º de janeiro de 2009.

Dados Internacionais de Catalogação na Publicação (CIP)

Porchat, Fabio
A breve e longa vida de Joaquim Conceição
Fabio Porchat
Barueri, SP: Novo Século Editora, 2019.

1. Ficção brasileira I. Título

19-1975 CDD-869.3

Índice para catálogo sistemático:
1. Ficção : Literatura brasileira 869.3

Uma marca do Grupo Novo Século

Alameda Araguaia, 2190 – Bloco A – 11º andar – Conjunto 1111
CEP 06455-000 – Alphaville Industrial, Barueri – SP – Brasil
Tel.: (11) 3699-7107 | Fax: (11) 3699-7323
www.gruponovoseculo.com.br | atendimento@gruponovoseculo.com.br

Tenho a Vida como palco e
a morte como Fim.
Mas renasço de minhas cinzas
e chegarei aos confins.
(FABIO PORCHAT)

Pelos Diários de Franz Kafka *se nota que a Literatura Maior é intrínseca até a seus textos mais íntimos, que não foram elaborados para serem publicados... mas nos elevam às reflexões.*
(FABIO PORCHAT)

Dedico este livro às mulheres que
participaram da minha vida e, em momentos
distintos, me ofereceram seu amor.

Lourdes, minha mãe, que suportou minhas
travessuras de infância... minhas loucuras juvenis...
e sempre soube me conduzir à dignidade.

Lucia, Vera, Marina, minhas irmãs,
e Maria Eliza, minha cunhada, que sempre
acompanharam e, às vezes, participaram das
peripécias de minha vida rocambolesca.

Gabriela, Isabella, Debora, Ligia e Andrea que, nas
diversas fases da minha vida múltipla, me brindaram
com carinho conjugal e ofertaram apoio incondicional ao
sucesso de meus anseios políticos e culturais.

Cristiana, Silvana e Alice, filhas tão queridas,
compreensivas com meus defeitos e que sempre
souberam avivar o calor do meu amor paterno.

Gabriela, minha netinha, Amanda, minha filhinha
de coração, que, com inocência infantil, acalentaram
minha vontade de prosseguir e viver a vida.

*Agradeço a Claudio Willer, Debora Veiga,
Erika Digon, Fabinho – meu filho, Jabor Descio
Sobrinho e Rosely Cury, amigos diletos, por me
incentivarem a concluir este romance.*

PREFÁCIO

O AUTOR DESTA OBRA, ***A breve e longa vida de Joaquim Conceição***, o escritor Fabio Porchat, é reconhecido como um eficiente romancista, desde que lançou, há décadas, seu livro *Paraíso de Hades*.

Autor de outros livros de muito sucesso é também uma personalidade imensamente colaborativa no que diz respeito a assuntos relacionados às artes e à cultura de nosso país. Seu conhecimento e sua contribuição nessas áreas fazem parte da história cultural do Brasil, contada em prosa e verso.

Neste livro, ele nos induz a uma viagem através de uma narrativa, com episódios reais, porém traça uma tênue linha entre ficção e não ficção. Um romance em meandros de conteúdo autobiográfico.

Uma característica ímpar de autores com vivência e experiência pelos caminhos que a vida nos empresta como oportunidades existenciais.

Uma obra literária que é um louvor à memória de pessoas que, com seu talento, trabalho, dedicação e amizade, puderam deixar legados em suas áreas de atuação.

O requinte que o autor sempre desfrutou em toda a sua vida também serviu de cenário para muitos ensinamentos sobre os campos da gastronomia, da filosofia, da política e da arte, assim como sobre lugares pelo mundo.

Em um livro como este não poderiam faltar pitadas de amor ardente e relacionamentos em que o coração nem sempre é requisitado a participar.

Somos o que somos pela razão de viver o que vivemos, motivo pelo qual o personagem toma forma quase real a cada página com a experiência que viver lhe proporcionou.

E de que valem as experiências depois de vividas senão para serem compartilhadas e contadas em outras oportunidades?

Mais uma vez, o autor se impõe com seu estilo único, que o levou diversas vezes a ser *best-seller*, como é o caso do livro *Paraíso de Hades*.

Escrever não é uma missão simples. É o universo que sempre escolhe quem serão os autores das histórias que ficarão na biblioteca do tempo, e Fabio Porchat é, sem dúvida, um dos escolhidos.

Leitor, inicie sua viagem nesta obra repleta de lições que apenas a vida pode ministrar e somente um autor como Fabio Porchat pode, com sua sensibilidade e visão literária, materializar em um magnífico livro.

Boa leitura.

Cesar Romão

1

O ESGAR DO CORPO INERTE acentuava o ambiente lúgubre.

O moribundo jazia como se fosse um morto.

E, de repente, como um milagre de ressurreição, seus lábios delinearam um sorriso. Esboço de sorriso.

Suas pálpebras se fecharam para que o local não fosse perturbado com o brilho fugaz de seus olhos. E seus olhos se desconectaram daquela realidade sombria. E seu espírito levitou do corpo rígido.

Joaquim Conceição começou a sonhar. Ou a viver.

Vislumbrou com nitidez cinematográfica uma grande sala com móveis modernos, de designers contemporâneos, intercalados com algumas peças antigas, de séculos passados.

Sua visão se fixou nas longas paredes recobertas por quadros. Como se a guiasse uma câmera, percorreu as salas da sua casa na Rua Itaverá, onde morou por décadas.

E, assim, reconheceu as obras de arte que colecionara por toda a sua vida.

Que foram surgindo em planos de um documentário.

O Cícero Dias, lembrando o Recife da sua época, os Ianelli – Thomaz e Arcangelo –, uma linda obra do Carlos Araújo, que participou das ilustrações de seu fantástico livro sobre a Bíblia –, esculturas de Caciporé Torres, de aço natural, mesclando-se com pinturas eletrostáticas, azuis e vermelhas, lindas peças de Nino Ferraz e Dino Duarte penduradas nas paredes – belíssimos nus femininos de Fulvio Pennacchi, Lucia Carvalho, Rippl-Rónai, Darwin, Caciporé, Nino Ferraz, Cassiano Araújo... obras de Dacosta, das séries Vênus e geométricas e de Maria Leontina, que foi sua mulher – outras de Walter Lewy, pioneiro do surrealismo brasileiro... tapeçarias de Wesley Duke Lee, trabalhos de Gustavo Rosa com suas obras caricatas e irônicas, Agi Straus com seus interessantíssimos botânicos, algumas de Di Cavalcanti, entre mulatas e cenas de bordéis. E Ivan Freitas, com suas temáticas cariocas, até os artistas paulistas do Grupo Santa Helena, como Pennacchi, Rebolo, Manuel Martins, Clovis Graciano e Volpi. Pinturas de Guignard, com seus casarios mineiros, e marinhas de Pancetti. Um pequeno Ismael Nery. Mário Gruber, Aldemir Martins e os mais recentes como Ligia Prouvot, João Parisi Filho, Dudu Santos, Anapana, sua prima Gracita Moura Ribeiro, Ferenc Kiss, Sergio Ferro. Os importantes Eliseu Visconti, Rego Monteiro, a portuguesa Maria Vieira da Silva, o uruguaio Carlos Páez Vilaró – algumas caricaturas de Cassio Manga, outras de Chico e Paulo Caruso. Seus retratos por Haroldo Kneese de Mello, Flávio Messas e Lu Terra.

Outros, muitos outros, que passaram por suas paredes e não estavam mais lá. Que foram vendidos por negócio – ou por necessidade.

Joaquim Conceição amava seu mister de *marchand* e crítico de arte.

Joaquim Conceição amava seus quadros, suas obras e seus objetos. Gravuristas importantes eram representadas em sua coleção, como Maria Bonomi, Augusto Rodrigues, Otávio Araújo, Guilherme de Faria, Fang, o português Manoel Viana, Elvio Becheroni, Ferreira Gullar, Paulo Pasta, Salvador Dalí, Miró e tantos outros. Vislumbrou as esculturas perfeitas de Paulo Taddeo e de Claudio Aun baseadas na mitologia grega... Um Brennand que trouxera da olaria do escultor em Pernambuco, alguns Gallés... um Daum... outro Lalique.

Esculturas de Franz Weissmann, Amilcar de Castro, Paulo Rebocho e Renato Primi em seus jardins, onde se destacava uma cascata de uns cinco metros de altura com três quedas d'água que escorriam pelas pedras e pelas samambaias formando um pequeno lago habitado por dezoito tartaruguinhas da Amazônia.

Todas as cinco ou seis casas em que morou em sua vida adulta sempre respiraram Arte. E sentia-se integrado a elas.

Lembrou-se também de sua casa na Rua Vicente Góes e Aranha, onde por um longo período morou sozinho, porém rodeado pelos amigos e festins nababescos, com ou sem orgias, mas animados pelo espírito da confraternização, ou simplesmente por degustações da gastronomia internacional em *petit comitê*.

Lá recebeu namoradas, ao pé da lareira no inverno ou ao redor da piscina nos dias mais quentes. Encomendara a amigos artistas como Marcos Amaro, Cissa Raphael, Fino e Hades que grafitassem ou pintassem suas obras em um longo muro branco, de uns vinte metros. Tinha enorme carinho e orgulho desse mural que dominava seus jardins, onde mantinha uma colmeia de 3.000 abelhas jataí que lhes davam encanto ecológico, emoldurados pelos lindos totens da mineira Isabel Galéry.

Suas casas foram seus templos onde ele educou os filhos... onde amou suas mulheres... onde recebeu os amigos. Onde viveu e planejou sonhos que se realizaram ou não. Onde chorou tristezas ou cantou alegrias.

Suas lembranças foram se apagando.

Entre tantas atividades pelas quais passou em sua vida, Joaquim sempre se pautou pelo amor à Cultura, pela veneração às Artes.

Tinha uma visão seletiva das artes plásticas e em todos os momentos de sua vida procurou desenvolver um estudo sistemático sobre diversas correntes que determinaram, no transcorrer dos séculos, o que se poderia designar como História das Artes.

Artes que abrangem todas as manifestações criativas.

Do pictórico ao escultórico.

Das cinéticas às atuais instalações e intervenções.

Da fotografia às diversas técnicas das gravuras.

Do cinema e do teatro às artes corporais do balé e da ginástica olímpica ou, mesmo, das artes circenses.

Joaquim tinha grande respeito pelos artistas do circo. Dos mais sofisticados, embalados pela tecnologia dos cenários internacionais, aos mais mambembes do interior brasileiro.

Sempre enxergou as Artes como fator de agregação social, aprimoramento do espírito humano e conciliação dos povos.

Joaquim Francisco da Conceição foi um sonhador.

2

DIAS DEPOIS.... ou semanas... ou meses... novas lembranças o acordaram de seu coma.

Sonhou que viveu.

Em *flashback* absolutamente definido, encarnou em um belo jovem. Cabelos loiros e longos, tez morena, corpo esguio. Saía pelos portões do colégio de mãos dadas com uma adolescente que, orgulhosa do seu par e do seu próprio corpo, desfilava para as coleguinhas com ar de vitória conquistada.

Joaquim tinha consciência da sua importância naquele pequeno universo estudantil. Sempre fora assediado pelas meninas e, por isso, teve muitos confrontos com os rapazes.

O casal se distanciou da pequena multidão de jovens que se dispersavam rumo a suas casas ou a bares perto da escola, e se dirigiu a um prédio imponente a uns duzentos metros dali.

A lembrança transcorria como se fosse um filme. Com cortes e longos planos.

E, assim, Joaquim se viu sentado no confortável sofá do apartamento da amiga. Já segurava sua taça de espumante em brinde íntimo com Aninha. Brindaram e em seguida seus corpos se entrelaçaram em brincadeiras sexuais.

Mãos se entrelaçavam, línguas se confundiam.

Saia arregaçada. Braguilha aberta. Beijos iluminavam aquela sala e se intercalavam com os goles da bebida.

Foi-se a primeira garrafa e Aninha se apressou em buscar outra na geladeira da copa.

Joaquim percebeu uma demora excessiva, mas se aquietou quando a menina retornou com outra garrafa gelada.

Serviu novas doses e reiniciaram a brincadeira.

Joaquim se excitou com a vontade libidinosa da parceira, como se fosse o início de um novo jogo.

As mãos dela procuraram seu pênis, que novamente se enrijeceu, e abriu as pernas para que ele a masturbasse. Com ímpeto juvenil, atingiram o orgasmo.

E liquidaram o espumante já não tão gelado.

Lembrou-se de que, ao sair do apartamento, a menina voltou à copa para deixar as taças e em seguida deu-lhe um beijo apaixonado de despedida, combinando o próximo encontro.

Somente dias depois, e após mais duas ou três sessões eróticas semelhantes, Aninha contou-lhe, com ironia maliciosa, que tinha uma irmã gêmea idêntica que morava no Rio com o pai e que agora estava em visita a São Paulo. Eram loiras e esbeltas, ou falsas magras, esguias como garças. Tinham combinado entre elas de se substituírem naquela brincadeira orgástica.

Joaquim achava que naquela ocasião teria uns 18 anos – ou 19. Lembrou-se de quando lhe foi desvendado o segredo do jogo, de que tentou brincar com as duas juntas.

Não conseguiu.

3

E JOAQUIM LEMBROU-SE, com clareza, da última cena que o fez ser conduzido, inconsciente, ao hospital.

Seu carro capotou e rodopiou descontroladamente.

Os cintos de segurança pareciam amarras que o impediram de ser lançado contra o próprio interior do veículo ou, quiçá, tê-lo feito voar pelas janelas abertas.

Mas, por imposição do destino, sua mão direita tentou ainda mais se agarrar ao banco. Infelizmente apertou a trava que soltou seu cinto, então foi arremessado ao teto.

Esse forte impacto sofrido o fez perder os sentidos.

O traumatismo craniano causou o coágulo cerebral e o conduziu ao prolongado coma.

4

AS HORAS PASSAVAM. Talvez dias.

Eram quase cinco da manhã quando o moribundo, isolado em seu silêncio, esboçou outro sorriso. Seus olhos se reviraram. Joaquim sentiu outra saudade.

Outra lembrança...

Conversava com uma moça lindíssima no pátio de algum museu.

Acabavam de se conhecer na cantina local.

Já tinha quase sessenta anos. Ela talvez uns trinta.

Ele aparentava bem menos, com sua pela esticada por plástica perfeita e seus cabelos sedosos que se recusavam a cair ou embranquecer.

Tinha a aparência de um homem quinze anos mais jovem. A paquera estava obtendo êxito e, quando combinavam um encontro noturno para bebericarem em algum bar da moda, aconteceu a interferência indesejada. O casal conversava na lateral do pátio e, do outro lado, Joaquim percebeu que uma mulher mais velha os observava com grande interesse.

Percebeu... sentiu... que aquele olhar não era bem-vindo e virou-se de costas para não ser mais reconhecido.

Inútil. A velhinha já tinha tomado a decisão e avançava com passos rápidos em direção ao casal.

Pelo canto dos olhos, viu que ela se aproximava. Um temor percorreu-lhe a espinha. A menina sorria embebecida diante da sua fala de conquistador.

Sempre tivera muita lábia.

Mesmo dando totalmente as costas para a velhinha, isso não a impediu de chegar e pôr suas mãos caquéticas no braço dele, forçando-o a se virar para ela.

– Você não é o Joaquim?

Ele não podia negar, pois já havia declinado o seu nome para a menina. Não fosse por isso, poderia dizer à velhinha, que aparentava uns setenta anos, que não era quem ela imaginava.

– Sim, sou eu.

– Joaquim, querido, não se lembra de mim...? Você foi me buscar muitas vezes em casa para irmos ao cinema. Nossa... você não mudou nada. Está lindo como antes. Nossa... deve fazer uns quarenta anos que assistíamos aos filmes de arte no Belas Artes... Eu tenho te acompanhado pelos jornais. Você continua casado? Blá-blá-blá-blá....

E Joaquim olhou a mocinha que se despedia, ainda mais atônita que ele, entre enfezada e decepcionada.

Queria esbofetear a orelha da velhinha. Mas já era tarde.

Perdera a paquera. Fora-se a presa.

E, de mais a mais, não se lembrava de haver conhecido aquela senhora. Mas provavelmente era verdade o que ela afirmava.

O que um dia fora trágico, agora lhe parecia uma piada.

5

OS *FLASHBACKS* DA SUA VIDA circulavam aleatoriamente por sua mente.

Fixou-se em uma cena, entre as muitas que dançavam por suas órbitas.

A figura ímpar de seu amigo Artur apareceu de repente: gordo, usando óculos com armação de tartaruga. Estava sentado junto a uma mesa na qual se via um grosso livro de cartório.

Foi uma antiga passagem da sua vida, quando ainda cursava a Faculdade de Direito.

Estava no pátio da faculdade, no período do recreio dos estudantes, quando avistou uma linda menina que, soube depois, era recém-chegada de Ribeirão Preto e já fazia furor entre os universitários mackenzistas.

Joaquim era paulistano, recém-chegado do Rio, onde morou por uns tempos antes de ingressar no Direito.

Com desenvoltura, separou-se dos colegas e se dirigiu à jovem para se apresentar e iniciar a paquera.

Houve empatia e o flerte foi bem-sucedido.

Combinaram de se encontrar após as aulas.

E, no barzinho combinado, no mesmo dia, passaram do flerte ao namoro, selado por beijos voluptuosos e toques sensuais.

Para inveja e despeito de alguns colegas, passaram a se encontrar todos os dias no mesmo pátio na hora do recreio e, à noite, nas baladas da moda.

Mas a moça, que se mostrava muito liberal nos prelúdios sexuais, se recusava a transar.

– Transar só casada.

E assim se passaram uns dois meses.

Um dia Joaquim recebeu o telefonema de um amigo de Ribeirão Preto que o deixou atordoado.

– Ei, cara, você está ficando panaca! Essa menina, a Shirley, que você está namorando, é a maior galinha aqui em Ribeirão. Já deu pra metade da cidade. Esteve a semana passada aqui e te ridicularizou ao máximo, dizendo que ia dar o golpe da barriga em um babaca de São Paulo e que só daria pro cara se ele se casasse.

E não parou por aí:

– A cidade toda já comeu a Shirley e ela, inclusive, participou, há pouco tempo, aqui em Ribeirão, de um bacanal na casa do Fernando. Lembra-se dele? Aquele cara que te apresentei aí em Sampa. Fez um *strip-tease* e deu pra dois caras ao mesmo tempo. Depois ficou bêbada e contou sobre você, dizendo que você é um puta babaca e que ela disse que era virgem e só daria pra você se vocês casassem. Ela só quer a sua grana, seu panaca...

Joaquim ficou lívido ao telefone. Não podia acreditar que Shirley, com aquela cara de santinha, pudesse arquitetar esse plano. Deu-se conta de que ela se mostrara bem experiente nas brincadeiras sexuais, mas achava que era por ele despertar um enorme tesão. Maldita vaidade.

Foi um baque... um grande baque.

Movido pela depressão, urdiu malévola trama para se vingar.

Orquestrou, com os colegas da faculdade, um falso casamento.

E assim aconteceu. O juiz de paz foi o Artur e o padre foi o Horácio, ambos colegas da faculdade.

Artur era gordo e tinha cara de burocrata. Ele mesmo comprou o livro cartorial e preencheu as páginas iniciais.

Horácio era careca e barbudo. Tinha cara de padre.

Organizaram o casório para uns dois meses após esse telefonema. E combinou com Shirley o casamento.

Nesse dia, ela lhe confessou entre fingidos soluços que não era mais virgem, porque fora enganada por um rapaz de má índole, que a desvirginara após dopá-la com sedativos. Mas, depois dessa ocasião sinistra, nunca mais ousara passar dos limites dos prelúdios sexuais.

Joaquim fingiu acreditar.

No dia fatídico receberam os convidados para a festa. O casório foi na casa de um colega, cujos pais tinham viajado para a Europa.

Artur oficiou o civil. Horácio, de batina impecável, uniu-os nas graças do Senhor.

Tudo muito bem articulado: a festança foi madrugada afora com alguns convidados da faculdade e poucos amigos da noiva, de Ribeirão Preto, conforme havia sido combinado.

Ele disse à moça que sua família estava na Europa, por isso não poderia comparecer.

De Ribeirão, somente o amigo que o alertara sabia da trama.

E assim, Joaquim rememorou a festa de seu "primeiro casamento". Foi com muita bebida e alguma maconha. Alguns poucos já se iniciavam na cocaína.

O casamento foi consumado no Rio, para onde os nubentes viajaram em lua de mel.

Após três dias de transas, a noiva, agora "esposa", exigiu um carro de presente. Voltaram a São Paulo, quando ela lhe afirmou que só transaria novamente quando o carro fosse comprado.

Foi quando Joaquim detalhou a farsa. A menina não podia crer que fora enganada de forma tão ultrajante.

Voltou indignada para Ribeirão, onde contratou dois amigos avantajados para darem uma lição exemplar naquele que ela quis enganar e do qual recebeu o mesmo veneno.

Seu amigo de Ribeirão avisou-o do intuito tenebroso.

Só restou a Joaquim sumir de São Paulo. Foi morar, provisoriamente, no mesmo Rio de Janeiro que lhe oferecera o tálamo conjugal.

6

E, COMO SE PROSSEGUISSE a sequência cinematográfica, novas lembranças do Rio lhe vieram à mente. Reviveu um episódio que marcara a sua vida, pois alguns anos antes daquele seu "casamento", lá mesmo, na Cidade Maravilhosa, em plenos Anos Dourados, experimentara pela primeira vez uma substância que uma namorada lhe havia oferecido. Era o ácido lisérgico.

A experiência se consumou em um barzinho da orla, regada por muitas doses de uísque e sonhos juvenis.

As amidas do ácido lisérgico – dietilamida do LSD – são usadas como fármacos e como drogas psicodélicas.

Naquela época, os jovens do mundo inteiro, aspirantes a intelectuais, se sentiam fortemente atraídos pelas ideias de Aldous Huxley, que em seu *As Portas da Percepção* e outros ensaios despertara-lhes o fascínio pelas drogas que lhes abririam a mente, para gozarem a vida através de experimentos alucinógenos.

E a mescalina, um alcaloide extraído do *peyote*, um cacto oriundo do México que fascinou Huxley pelas alucinações visuais caleidoscópicas, era uma das mais conhecidas plantas alucinógenas, largamente usada pelos indígenas mexicanos e americanos da região.

Já o LSD provém de um fungo que dá no centeio, provocando sequências de imagens coloridas de fenomenal beleza.

Sua namorada era uma loirinha linda e deveria ter uns 16 anos. Já haviam transado e se davam muito bem, na cama e no social.

Nessa época, morava em São Paulo e constantemente, em ponte aérea, visitava o Rio, onde tinha inúmeros amigos. E também algumas amigas, que já tinham namorado com ele ou que ainda o namoravam.

O jovem casal combinou tomar o ácido. Ela já havia experimentado e relatara sensações incríveis.

Huxley estava na moda.

Após algumas doses de uísque, ela lhe ofereceu o ácido e ambos adentraram o mundo dos sonhos.

O bailado das cores penetrava em seus poros, e as conversas que tiveram somente eles poderiam compreender.

Saíram do bar de mãos dadas e espíritos uníssonos.

E perambularam... e sonharam...

E não se cansaram de perambular... e de sonhar.

A experiência começara por volta das 10 da noite e Joaquim só se deu conta de onde estavam lá pelas 5 da manhã. Porque o sol de verão já flechava seus olhos recém-abertos.

Despertou sem entender bem o que acontecia, apalpou ao lado e encontrou sua namorada adormecida.

Ela estava nua. Era deslumbrante.

E ele se percebeu também nu.

Entrelaçou seu corpo ao dela, acordou-a com palavras carinhosas e novamente fizeram amor, ali mesmo. Ali mesmo – no gramado de uma linda praça da Avenida Rui Barbosa, cercada de prédios altos cujos moradores deveriam estar despertando.

Somente nesse instante se deram conta de que haviam transado e dormido nus em uma praça pública, onde qualquer passante ou morador dos prédios poderia vê-los. Ainda sob o efeito final da droga, acharam suas roupas por perto e se vestiram rapidamente.

Alguém poderia, também, ter chamado a polícia. Mas, se foi chamada, só chegou após o jovem casal de amantes ter se dirigido ao hotel onde se hospedavam.

Em seu sonho naquela cama de hospital, Joaquim vislumbrava, como em uma cena final de filme, ele e a namorada carioca saindo da praça de mãos dadas.

De costas, distanciaram-se do seu olhar em coma.

7

AS JANELAS DO SEU QUARTO hospitalar foram abertas. Teve essa sensação. Há muito tempo não notava alguma particularidade do cotidiano.

Sentiu-se surpreso por ter tido essa consciência. Mas em seguida dormiu... ou desmaiou... ou caminhou pelas veredas da Morte.

8

NOVAMENTE LEMBRANÇAS se apresentaram à sua mente entorpecida.

Joaquim Conceição teve uma visão nítida. De uma cena inusitada.

Escalava um muro alto. Ou melhor, subia no muro por uma escada de pedreiro.

A escada fora posta em uma calçada e encostada nesse muro próximo da entrada do prédio onde se lia "CLÍNICA PSIQUIÁTRICA".

E Joaquim, no vigor de seus vinte e tantos anos, alcançou o topo do muro muito alto.

Puxou a escada com esforço e conseguiu colocá-la dentro do jardim da clínica.

Desceu a escada e se dirigiu a uma janela próxima da alameda. Deu três pancadas leves e duas fortes. Conforme anteriormente haviam combinado.

– É você, Joaquim...?

– Sim, vem rápido!

E o maestro famoso abriu a janela e imediatamente pulou para o lado de fora.

Rapidamente, os amigos rumaram em direção à escada e com facilidade chegaram ao topo.

Estavam nervosos. Demoraram para levar a escada para o lado de fora. Porém, isso feito, abandonaram-na junto ao muro e, ágeis, entraram no carro estacionado lá perto.

Rindo muito, excitados, falando sem parar, foram para a casa do maestro raptado, Diogo Pacheco, e lá entornaram uma garrafa do uísque 18 anos.

Joaquim conseguira sequestrar o amigo maestro do sanatório onde, por motivo de briga com uma ex-mulher, havia sido internado à força por um médico corrupto, um conhecido do então namorado da sua ex, alegando descontrole emocional e alta periculosidade.

Naquele quarto do hospital, os sorrisos se tornavam mais constantes em sua face mortuária.

Mas nenhum de seus familiares que sempre o confortavam, nem os amigos que o visitavam constantemente, se aperceberam disso.

Os sorrisos, presumiam que fossem esgares.

9

SOB O DOMÍNIO DE TÂNATOS, o corpo inerte de Joaquim teve um movimento imperceptível quando uma nova visão lhe foi descerrada, sempre com aquela nitidez cinematográfica.

Havia bebido muito em um coquetel elegante.

Considerado um galã, já era famoso na sociedade. Por esses atributos conseguira, depois de muita saliva, conquistar a mulher mais linda e cobiçada dos eventos sociais recentes, daqueles últimos meses.

Era uma nissei bem alta e de corpo exuberante.

Os galanteadores e Don Juans da época se empenhavam na paquera, mas a moça, consciente do próprio charme, não aceitava assédios em festas.

Porém, encantou-se por Joaquim, a quem vira em outros coquetéis, e que jamais havia se dirigido a ela. Quando o fez, nesse coquetel, ganhou sua simpatia.

E conversaram muito... e roçaram suas peles... e se tocaram em prelúdios de namoro.

E os drinques foram rolando até que o casal decidiu sair da festa e ir para algum local onde pudessem ficar a sós.

A nissei belíssima pediu licença para ir à toalete.

Após alguns minutos, saíram da festa abraçados.

– Aonde você quer ir, querida?

– Podemos ir para minha casa – respondeu ela de imediato.

Ele, mesmo ébrio, lembrou-se de como se surpreendeu com aquela resposta objetiva, mas ficou muito satisfeito porque pulava a etapa do jantar.

Foram ao apartamento da moça e lá se amaram com sofreguidão.

Joaquim se sentia apaixonado e lhe fez juras de amor entre o sexo desenfreado e a bebedeira homérica.

Foi uma noite divina.

Quando Joaquim acordou, não se lembrava bem de onde estava. Até que a consciência foi retornando e fez-se lembrar da conquista meritória.

Ainda meio bêbado, mas com muito orgulho, acariciou o corpo nu da amante.

E, ao sentar-se na cama para admirar a beleza ímpar da parceira, teve um espasmo de horror ao ver ao lado, não a nissei belíssima, mas a japonesa mais feia que poderia haver no mundo.

Com pernas muito finas e nariz aquilino, incomum nas japonesas, lembrava uma ave de rapina. Amedrontadora.

Transtornado pelo engano provocado pela bebedeira, escafedeu-se daquele apartamento que jamais veria de novo.

Inteiramente dominado pelo álcool, Joaquim, naquele coquetel, aguardou sua nova conquista voltar da toalete quando a japonesa feiosa passou casualmente perto dele e se viu enlaçada por seu abraço amoroso.

– Onde você quer ir, querida?

– Podemos ir para minha casa... – respondeu ela rapidamente.

E foram de táxi ao apartamento da moça, entre amassos e beijos.

E assim ele passou uma noite excepcional, pois, mesmo tendo acordado com a japonesa mais feia do mundo, dormiu e transou com a belíssima oriental.

O pior ocorreu no outro dia, quando telefonou para a linda nissei e recebeu um sonoro "não", acompanhado de adjetivos pouco lisonjeiros.

– Combina comigo e me troca por outra. Fui ridicularizada na festa. Não pude acreditar. Seu cafajeste.

10

JOAQUIM TINHA O ESPÍRITO inteiramente voltado ao intelecto, desde os meandros de seus estudos filosóficos às realizações artísticas em diversos segmentos culturais.

Assim foi sua vida.

Era poeta bissexto.

Era um escritor que detestava escrever.

Cineasta e roteirista sem continuidade profissional.

Amava viver a Arte e detestava elaborar projetos que o obrigassem à rotina.

Um hedonista inveterado.

Como poeta, teve poemas laureados.

Como escritor, publicou livros de grandes tiragens.

Como cineasta, obteve premiações no Brasil e no exterior.

Mas abandonava as atividades que poderiam impor regras à sua vida.

As artes plásticas sempre foram capitais em sua formação cultural.

Talvez as amasse mais que a todas as outras linguagens artísticas.

Tornou-se crítico de arte, principalmente porque lhe aprazia admirá-las. Teve alto conceito profissional, como crítico e *marchand*, entre artistas, colecionadores e intelectuais.

E essa foi a única área cultural que jamais abandonou.

Certa vez, ainda muito jovem, foi visitar, em Pernambuco, o ateliê de Brennand. Francisco Brennand.

Naquela época, o escultor não era reconhecido fora do seu Estado natal. Mas Joaquim ouvira falar de sua obra e para lá se dirigiu, movido pela curiosidade artística.

Para chegar à fábrica de cerâmica do Mestre, tinha-se que percorrer uma estrada de terra, de difícil acesso. Depois de tumultuado trajeto, finalmente chegou na olaria.

Sem imaginar realmente o que iria conhecer, pois somente admirara algumas obras esparsas do ceramista, cansado pela viagem, adentrou o "maior templo de cerâmica" do mundo e se extasiou com as dezenas – centenas de obras expostas de forma organizada, mas sem didatismo, que o maravilharam, levando-o ao estado de choque.

Brennand conseguia, de uma maneira singular, dar leveza e elegância às suas obras rudes.

Sua cerâmica era afim à arte ingênua e no entanto a elevou à sofisticação estética.

Perplexo com o que via... ou com o que sentia, sem qualquer aviso, começou a sentir-se muito mal, com falta de ar, tremor nas pernas. Fraqueza. O suor frio gotejava-lhe na testa. Tinha a sensação do desmaio iminente. Confuso, retirou-se do enorme salão de exposição da olaria.

No lado externo, paulatinamente, se recompôs. Sem imaginar o que lhe causara o enorme mal-estar do qual fora acometido.

Somente alguns anos depois soube que sofrera a Síndrome de Stendhal.

Essa síndrome ocorre sob o impacto violento do Belo. O escritor francês, em 1817, visitou a antiga igreja de Santa Croce, em Florença, e foi tomado de estranha combinação de sintomas e emoções, com palpitações e tonturas.

O próprio Stendhal não sabia, como Joaquim só soube anos depois, que estava tendo sintomas físicos de profunda emoção por sua exposição à contemplação de obras de arte.

Inclusive relatou, em seu *Diário de Viagem*, os sintomas causados pela síndrome: a taquicardia, vertigem, angústia, suores e falta de ar.

Dostoiévski sofrera da mesma síndrome, também chamada Síndrome de Firenze, diante do quadro *O Cristo Morto* de Hans Holbein, o moço, quando o contemplou na Basílica de Florença.

Talvez essa síndrome se relacionasse à sua vocação em favor das artes plásticas.

11

A MEMÓRIA CONFUSA do moribundo vislumbrava cenas diversas. Apareciam figuras desconhecidas e não atinava porque surgiam – e, ao mesmo tempo, pessoas queridas e muito amadas por ele.

Via em lampejos disparatados as imagens lindas de suas filhas e filho que se confundiam com as figuras austeras de seus pais e avós. E se imiscuía a netos e outras crianças que desconhecia.

Seriam bisnetos, trinetos que ainda não haviam nascido?

Ou avós e bisavós quando bebês?

Seu empenho em lembrar episódios de cada personagem era ofuscado pela rapidez com que outras cenas apareciam, como em um antigo aparelho de slides desconexo.

Imagens interpunham-se descoordenadas. Até se fixar em uma época que lhe fora muito agradável.

Viu-se nos corredores ruidosos da Faculdade de Direito Mackenzie.

E se deteve em um pequeno círculo de companheiros universitários que conversavam e, gesticulando, riam a cada comentário.

Deu-se o episódio que iria pontuar as estripulias de estudantada e seria comentada por muitas gerações.

Vislumbrou a cena que se tornou antológica no meio universitário.

O Centro Acadêmico iria homenagear uma pessoa ilustre e, para tanto, encomendou um busto do agraciado, que seria instalado em determinada praça pública.

Os convites foram distribuídos, com os logotipos do Centro Acadêmico João Mendes Junior e do Mackenzie, dando credibilidade a esse evento cívico.

Receberam inúmeras confirmações e um tosco palanque foi erigido em uma bela praça nos Jardins, com uma cobertura de lona. Algumas autoridades civis e religiosas, como o bispo da comarca, foram prestigiar esse ato de cidadania. Reuniram-se para homenagear um cidadão por seus préstimos à cidade, pela sua vida dedicada à comunidade paulistana.

A banda mambembe quebrava o silêncio do local e animava as autoridades e os estudantes de Direito, que haviam organizado o evento, para resgatar a memória do insigne cidadão, que tantos méritos adquirira por sua vida em prol dos concidadãos.

Alguns professores, dois deputados e o bispo em traje de gala aguardavam o início da solenidade.

Os estudantes se espalhavam pela praça.

E, após a banda tocar o Hino Nacional, um dos estudantes, com fama de grande orador, se pôs a tecer loas ao homenageado, que teria seu busto eternizado naquela praça.

A escultura estava recoberta pela bandeira nacional que deveria ser retirada no ápice da homenagem, quando a estátua seria entregue à população da cidade.

Sentia-se que as autoridades se incomodavam um pouco com as palavras e elogios exagerados proferidos pelo orador. Mas punham isso na conta de sua inexperiência juvenil.

Ao término da oração, muitas palmas se fizeram ouvir e o acadêmico Joaquim Conceição iniciou seu discurso de agradecimento aos elogios oferecidos ao homenageado. Talvez fosse um descendente que agradecia em nome da família, pensaram as autoridades.

– Autoridades presentes, Eminente sr. Bispo, meus queridos colegas e amigos. Agradeço as palavras do ilustre orador que me antecedeu, porém, a bem da verdade, devo dizer que a sua adjetivação foi extremamente modesta ao meu perfil de homem homenageado. Pois ele exaltou minha inteligência, mas não citou meus 200 de QI...

– Ele fez menção à minha imensa cultura, mas não me elevou ao patamar dos homens mais sábios do mundo...

E assim Joaquim ia comentando o discurso que o precedera sob os olhares atônitos das autoridades, que ainda não tinham atinado com os desfechos da estudantada e, somente, sentiram a humilhação de lá estarem, quando Joaquim descerrou a bandeira nacional e expôs, ao público, sua própria imagem em gesso com uma coroa de louros na cabeça e uma das mãos enfiadas no paletó, à semelhança de Napoleão Bonaparte.

Os estudantes tinham pedido a um escultor amigo que fizesse em gesso o busto de Joaquim Conceição.

Os políticos saíram indignados, o bispo arregaçou a sotaina e se pôs, irado, a descer os degraus toscos daquele palanque, sob risadas e aplausos dos universitários.

A banda continuou a tocar... uma grande geladeira de isopor se abriu e, em copos de papel, a cerveja rolou solta por algumas horas a mais.

Até o camburão da polícia chegar... Mas não levaram ninguém, somente acabaram com aquela farsa em praça pública.

12

JOAQUIM NÃO SABIA se havia morrido.

Não tinha coordenação, nem forças para se mexer. Mas lampejos de lucidez, por segundos ou décimos de segundos, iam se tornando mais constantes.

E dormitava no coma indesejado.

Em certa hora do dia ou da noite seus olhos se reviraram sob as pálpebras fechadas e sua tez cadavérica foi atenuada por um semblante mais descansado.

E o moribundo teve uma sensação prazerosa quando se viu, com menos de 30 anos, agraciado pelo governador do seu estado, Roberto de Abreu Sodré, em homenagem solene, com o Prêmio Governador do Estado de São Paulo de Literatura, pelo livro de poemas recém-editado, *Dos Erros e das Virtudes*.

E suas lembranças se confundiram agradavelmente com outra solenidade. Seria uns trinta anos mais velho e quem recebia a homenagem era um jovem. Um jovem artista plástico que se destacara precocemente por um talento incomum. Seu filho. E os aplausos e as palavras de louvor dirigidas ao homenageado eram captadas por Joaquim com o mesmo orgulho que sentiria se fossem dirigidas a ele próprio. O jovem, já merecedor de diversas láureas nacionais, nessa oportunidade era reconhecido pela mídia como um dos cem brasileiros que mais influenciaram o país naquele ano.

Como se os dois fossem um.

E, quando as suas lembranças vislumbraram a cena em que o jovem lhe beijou o rosto em sinal de agradecimento, o moribundo estremeceu pela primeira vez em muito tempo.

A gratidão manifestada o comovia.

E a vontade de sobreviver lançou tênues dardos em seu espírito amortecido.

13

JOAQUIM SEMPRE fora estudioso.

Destacara-se pelo conhecimento humanístico que adquirira em anos de leitura bem coordenada e disciplinada, com o objetivo de ampliar seu conhecimento, para satisfação própria e saciar sua curiosidade intelectual.

Pertencente a tradicionais famílias paulistas, nascera bisneto do Barão de Serra Negra, um dos mais destacados cafeicultores do Brasil, e circulou na melhor sociedade, entre o Rio de Janeiro e São Paulo.

Recebera educação conservadora dos seus pais, Lourdes e Reynaldo, cujas lembranças foram quase diárias em todo o percurso da sua vida confortando-o nas tristezas e levando-o à euforia nas alegrias que o destino lhe reservava.

Sua mãe era filha de Laura Corrêa Pacheco Conceição e do desembargador Alcides Cardoso de Almeida Ferrari, que foi presidente do Tribunal de Justiça.

A figura paterna sempre o ensejou a se nortear pela retidão dos princípios democráticos e lhe deu grande apoio no início de sua carreia política.

Estudou nos melhores colégios da capital paulista, como o Santa Cruz e o Rio Branco, e foi sócio e frequentador dos principais clubes elegantes da cidade, como o Paulistano, o Pinheiros, o Jockey e o Paineiras do Morumby ou o Samambaia, no Guarujá.

Sempre viveu com conforto, porém sem luxo. E, dessa forma, angariou os primeiros amigos que, na sua maioria, continuaram a sê-lo por toda a sua vida.

Era um hedonista nato e, em um determinado período, enveredou pelo eudemonismo. Isso o impedia de praticar qualquer ação que pudesse lhe trazer dores físicas ou psíquicas ou até mesmo algum desconforto.

Motivo pelo qual jamais se interessou em angariar fortuna ou trabalhar pelo dinheiro ou pela transação pecuniária, porque isso o entediava. Queria viver o momento.

Foi dedicado a seu mister cultural, mas nunca conseguiu se locupletar financeiramente com isso. Preferiu as rodas da boêmia ao rigor dos monetaristas.

Seu conhecimento se consolidava e sua cultura lhe trazia credibilidade entre intelectuais e artistas. Ganhou bem em sua profissão de empresário cultural. Gastou mais em sua vida desregrada.

Desde a adolescência, tornou-se agnóstico e assim se manteve até esses últimos momentos que agora o afligiam.

Amava as mulheres de forma lúdica e sempre as teve como um dos seus principais objetivos, inspirado na famosa frase de Vinícius:

– As feias que me perdoem, mas beleza é fundamental.

E completava:

– Deve-se escolher as próprias mulheres pela beleza, as amigas pelo caráter e as inimigas pela inteligência.

Amou todas as mulheres com quem se casou e conviveu.

Amou-as verdadeiramente. Em cada época em que suas vidas se entrelaçaram. Em cada momento de suas histórias. Em cada segundo de sua própria história.

Em certa ocasião, Joaquim enveredou pela política e alçou cargos de relevante importância. Mas sem nunca se distanciar da vida boêmia. Considerava os amigos uma extensão de sua família. E os tinha muitos.

Noites e noites da sua vida foram dedicadas a essa parceria que, a cada ano, mais se estreitava. E os amigos, homens e mulheres, se entrosavam cada vez mais.

Porém a inflexibilidade do destino, após 30... 40 anos da convivência constante dessas amizades, se fez sentir e os amigos começaram a falecer.

E a tristeza batia.

Joaquim possuía um espírito juvenil e, dessa forma, foi angariando amigos mais jovens que, se não substituíram os antigos, pelo menos atenuaram sua dor de não mais os ter.

Uma frase de Aldous Huxley sempre lhe vinha à mente: "O segredo da genialidade é conservar o espírito de criança até a velhice, o que significa nunca perder o entusiasmo".

Mas, segundo sua ótica irônica ao observar a vida, repetia sempre outra frase de Luis Fernando Verissimo: "A gente não faz aniversários. Os aniversários é que vão fazendo a gente. E depois pouco a pouco, nos desfazendo".

Dessa forma, também passou a conviver com mulheres mais jovens.

Muitas o amaram por seu caráter, saber e experiência existencial. E, por essa admiração, mantiveram namoros sólidos ou ocasionais, mas que lhe trouxeram lindos momentos de amor.

Joaquim dizia que todos os relacionamentos conjugais, oficiais ou não, sempre foram movidos pela troca de interesses.

Não se referia especificamente ao interesse pecuniário, mas ao interesse da admiração de um para com o outro. Do tesão, do amor, da amizade. E da grana também. Em geral, a maioria das pessoas, embora concordasse com essa premissa, tinha medo de externá-la em público.

– Tanto é assim – afirmava – que o próprio chavão popular pode comprovar. Maria tem interesse em João; não significa interesse material, mas que Maria quer ficar com João. Pedro está interessado em Josefina. Quer dizer, Pedro quer namorar Josefina.

E Joaquim ia exibindo uma vida amorosa intensa. Para o ciúme das filhas e incompreensão das mulheres mais velhas, que viam nesses relacionamentos um péssimo exemplo para seus maridos.

– Eu não tenho muito dinheiro e as meninas ficam comigo... querem me namorar de graça – dizia, zombeteiro. – Se eu fosse rico, todos diriam que é por causa da grana. Como não sou, fica provado que querem ficar comigo, simplesmente porque gostam de mim.

Joaquim tinha uma particularidade nesse quesito.

Jamais pagara pelo sexo.

Desde a juventude, quando era comum seus amigos frequentarem os prostíbulos, ele, que nunca condenou essa prática, também nunca os frequentou.

Jamais, em sua vida, pagou para fazer sexo com mulher alguma. Não por ter algo contra as prostitutas, aliás foi amigo de algumas, porém, por questões de foro íntimo, não aceitava essa prática mundial que percorre por milênios neste planeta. E, sem dúvida, continuará a existir.

E sentia-se bem em saber que todas as mulheres que transaram com ele, ou o bolinaram, o fizeram por amor... ou por tesão... às vezes, até por curiosidade... mas nunca por dinheiro.

Algumas, talvez, por serem sapiossexuais, que se caracterizam pelo fascínio à inteligência alheia.

E, como atestam pesquisas a respeito, existem muito mais mulheres com essa característica do que a sociedade imagina, sendo que na maioria dos casos se sentem atraídas pela intelectualidade do parceiro, sem se darem conta desse fenômeno.

Teve inúmeras amantes que adoravam fazer sexo, mas que, talvez pela diferença de idade e sabedoras que não teriam um enlace real, preferiam fazê-lo às escondidas, sem ninguém saber.

Às vezes, viajavam juntos, eram felizes a sós, mas para preservarem suas imagens e seus possíveis relacionamentos casadoiros, optaram por essa forma secreta.

Não via problema nenhum nisso e até preferia que assim fosse.

Certa vez ocorreu um episódio amoroso *sui generis*.

Joaquim dava uma festa em sua casa, em *open door*, e um convidado levou sua namorada e uma amiga. Essa amiga, que Joaquim não conhecia, era de fato lindíssima. Alta e esguia, fazia o seu tipo.

Houve um encantamento recíproco e aquela jovem advogada, que passou a ser a principal atração da noite, se envolveu em flerte aberto com Joaquim.

O DJ comandava a música alta e animada e o casal em conversa constante era obrigado a falar um no ouvido do outro.

Até que seus lábios se tocaram e o primeiro beijo de língua antecipou o que ocorreria na noite.

A festa corria animada e os drinques à solta.

E cada vez mais se enlaçavam, tanto na dança quanto nos sofás das salas.

Pareciam namorados há anos e perambularam abraçados da piscina às salas sociais. Beijavam-se abertamente.

Os dois consumiram muitos uísques, até que, no momento oportuno, Joaquim convidou a moça para conhecer seu escritório na parte superior da casa.

O escritório era contíguo ao seu quarto e para lá se dirigiram em amassos luxuriosos.

A menina estava de longo e quando, já na sua cama de casal, Joaquim levantou-lhe o vestido percebeu que ela estava sem calcinha, algo que o excitou sobremaneira. Aproveitou para praticar-lhe sexo oral. Ela estava em êxtase e procurou seu pênis com as mãos. Joaquim se ergueu e ficou de joelhos para que se consumasse a felação.

Em seguida, ocorreu a transa pela penetração.

Meia hora mais tarde, voltaram ao andar de baixo e continuaram o namoro, com carinhos e beijos explícitos.

Finalmente, a festa chegou ao fim e se despediram como namorados, quando um Uber levou a moça à sua casa.

O peculiar desse relacionamento foi no dia seguinte. Quando Joaquim telefonou, ela lhe perguntou o que acontecera na noite anterior.

Joaquim achou estranho, mas respondeu, com todas as letras, exatamente o que tinha ocorrido.

Ela se disse surpresa e jurou que não se lembrava de nada.

E continuaram bons amigos, porém Joaquim nunca teve certeza se de fato houve amnésia alcóolica ou se ela, simplesmente, fingiu não se lembrar de nada.

Sempre achou que fora fingimento, porém, para ele, qualquer uma das duas hipóteses era absolutamente irrelevante.

Simplesmente, aguardaria a próxima "amnésia".

E assim ficaram.

E assim Joaquim escandalizou alguns e obteve a aprovação de outros. Mas sempre se sentiu um abençoado.

14

OUTRA VISÃO ESBOÇOU-SE em sua mente.

Uma moça muito bonita e bem vestida. Tinha uns 35 anos, com uma maquiagem perfeita em seu rosto muito claro.

Entrara em sua casa acompanhada por um guarda de segurança que levava alguns quadros, para que Joaquim, como *marchand* e crítico, os avaliasse.

Adélia, a pintora, era riquíssima. E seu marido, empresário milionário, extremamente ciumento, não permitia que saísse sem dois guarda-costas. Dizia que era para evitar sequestro.

Talvez fosse por isso também.

Mas, principalmente, era por ciúmes ou por insegurança.

O enorme empregado entrou na casa de Joaquim e depositou os quadros em uma saleta. Já era a terceira vez que o ritual se repetia em dias subsequentes.

Aquele segurança entrava desconfiado, carregando os quadros, olhando a sala, e os deixava no chão para em seguida voltar ao carro. Costumava haver outro carro atrás, com outro segurança. Aguardavam Adélia que, após se reunir por uns 50 minutos em colóquio com Joaquim, deixava seus trabalhos à sua guarda, para que participassem da próxima exposição.

Joaquim organizara inúmeras exposições de arte no transcorrer dos anos. E sua empresa era extremamente conceituada. Muitos dos principais artistas plásticos do país trabalharam com ele.

Foi na segunda vez em que Adélia veio à sua casa que consumaram o flerte, que se iniciara desde o dia em que se encontraram em badalado *vernissage* de um pintor famoso, seu amigo Gustavo Rosa.

Nessa segunda vez, após contatos físicos, toques com aparência casual, trocaram o primeiro beijo, enquanto os seguranças vigiavam o exterior da casa. A artista e o *marchand* se fundiram em sexo premente.

Isso se tornou uma rotina semanal durante alguns meses.

Nessa mesma noite, Joaquim lembrou-se de mais um ou dois episódios de amor com Adélia. Mas o que mais o marcara nesse relacionamento foram os toques como prelúdios para a consumação do ato.

Porque tais detalhes eram mais imperiosos, nem Joaquim nem seus sonhos saberiam dizer. Simplesmente, foram impressos em sua memória de maneira mais vívida. Nuances anômicas de nossos psiquismos...

15

E TALVEZ POR essas anomias inexplicáveis, lembrava-se de pequenas cenas, aparentemente sem importância, passadas décadas atrás, como a sua mãe lhe dando papinha quando ainda era bebê.

De seu aniversário de quatro ou cinco anos com *flashes* do bolo e da festinha.

E como, em tomadas cinematográficas surrealistas, vinha o *flash* dele dando mamadeira para o filho de um ano.

E, depois, como ficara bravo e gritava descontrolado, por algum motivo, com a filha, e como isso lhe doeu, e doía até agora em seu leito no hospital.

Não eram cenas graves. Aparentemente, sem nenhuma importância. Mas assim se apresentavam a ele ou à sua memória sem coerência. Não havia explicação para que essas pequenas cenas se desenvolvessem com a mesma intensidade de outros episódios de maior relevância em sua vida.

Mas uma pequena lembrança lhe surgia sempre:

Fora coroinha e sempre ajudava a missa em seu colégio católico. Sem nenhum remorso, lembrou-se de quantas vezes, quando punha a patena abaixo do queixo das meninas do Sion, para que o padre lhes servisse a hóstia, sutilmente seus dedos faziam carinhos em seus queixos pueris.

Eram crianças... ele e elas tinham uns 11 ou 12 anos.

Muitas vezes era correspondido naquele namorico infantil, quando, após a missa, alguma se aproximava dele para conversar.

Em seguida, Hipno voltava a apossar-se de Joaquim Conceição, inerte em seu leito. E ele desfalecia por um tempo imprevisível.

16

NOVAS LEMBRANÇAS. De suas acaloradas discussões com os colegas e professores da Filosofia que se reuniam, após as aulas, em bares frequentados por artistas e intelectuais.

Joaquim teve seu momento de Nietzsche e Kierkegaard, amou Pascal sem entender sua religiosidade e foi sempre Espinoza, com seu panteísmo antropomórfico.

Abandonou os dogmas cartesianos pelo realismo mágico de Pauwels.

E venerava Thomas Moore e Erasmo.

Em seus ensaios filosóficos para a Faculdade, poucas vezes publicados, notam-se influências do existencialismo sartreano.

Na literatura, seus escritos tinham a marca dos romancistas russos e de Shakespeare. Como também das tragédias gregas... e de Goethe... e Ibsen... E tantos outros – Maupassant, Flaubert, Hugo, Dickens, os Dumas, Balzac, Eça, Manzoni.

A incansável curiosidade literária constituiu sua erudição, que não parou na literatura clássica, mas prosseguiu, atualizando-se, através dos contemporâneos, principiando pelo grande Umberto Eco, por Fernando Pessoa, por Chesterton – com o refinado humor de suas narrativas. E por Hemingway e Scott Fitzgerald, com os quais gostaria de ter convivido, com Pablo Neruda que conheceu em São Paulo, quando bebericaram muitos uísques e outros latino-americanos como Borges, García Márquez, Llosa, Cortázar ou Bolaño.

E, em época mais próxima, com a excelente Elena Ferrante ou o hilariante Jonas Jonasson, com o seu livro *O Ancião que Saiu pela Janela e Desapareceu* ou o profundo Yuval Harari – "que me conscientizou que a humanidade ainda integra as tribos do homo sapiens, fato que, indubitavelmente, me remeteu à humildade", dizia.

E nunca se esqueceu de Ian McEwan, que considerava o escritor gramaticalmente mais preciso entre todos, na colocação das palavras e em suas adjetivações. Iniciou-se na leitura desse britânico quando conheceu *Enclausurado.*

– Todos os seus vocábulos são absolutamente precisos, atingindo a perfeição – professava.

Sem esquecer os ótimos brasileiros atuais que foram seus conhecidos ou amigos como Silviano Santiago, Claudio Willer – que, por muitos anos, foi o eficiente e lúcido presidente da União Brasileira de Escritores (UBE), Décio Bar, Celso Luiz Paulini, Millôr Fernandes, Roberto Piva, Cesar Romão – eficiente autor de diversos *best-sellers* brasileiros – o qual teve, inclusive, seu livro *Emoções Ainda Existem* por ele prefaciado –, Jorge Mautner, Luis Fernando Verissimo, Denis Mattar, Mario Chamie, os irmãos Campos (Augusto e Haroldo), Sábato Magaldi, Lindolf Bell, Carlos Kopke, Paulo Bomfim, Joyce Cavalcante, Nancy Aragão, Ewelson Soares Pinto, bem como os cronistas Humberto Werneck, excelente, Marcelo Rubens Paiva, José Simão – impagável, Roberto DaMatta, Otto Lara Resende, Paulo Francis, Rubem Braga, Paulo Mendes Campos, Fernando Sabino. E o grande Nelson Rodrigues, por quem Joaquim nutria excepcional admiração e de quem dizia: "Se Nelson escrevesse em inglês e preferencialmente morasse na Inglaterra, seria considerado um dos maiores dramaturgos do planeta".

Na música contemporânea, considerava Andrew Lloyd Webber o maior compositor teatral de todos os tempos. Merecedor de sete Tony Awards, três Grammy, um Oscar, um Emmy, seis Oliver Awards e um Globo de Ouro, foi autor das mais importantes e conhecidas músicas para espetáculos teatrais, como as de *Jesus Cristo Superstar*; "Don't Cry for Me Argentina", de *Evita*; "Memory", de *Cats*, ou "The Music of the Night", de *O Fantasma da Ópera*.

Na genialidade da pintura, Leonardo era insuperável.

E amava todos da Renascença.

Hieronymus Bosch penetrou em sua mente, como Caravaggio em seu coração.

E aprendeu a diferença entre arte e ciência com o livro *Ciência na Alma*, do biólogo Richard Dawkins:

"Ao contrário das obras de arte, as verdades científicas não mudam de natureza conforme os indivíduos que as descobrem [...] Se Shakespeare não tivesse existido, ninguém mais teria escrito

Macbeth. Se Darwin não tivesse existido, outra pessoa teria descoberto a seleção natural."

Em seu pensamento tomado por Leteia, a evocação dos homens que lhe asseguraram conhecimento rodopiava em fluxos alucinantes. Voltou a apagar-se em descanso merecido.

17

COMO SE FOSSE para atenuar o emaranhado de lembranças que lhe exauria a mente, Joaquim teve a visão galhofeira da estudantada de seu curso de Direito no Mackenzie.

Viu-se vestindo uma sotaina de padre, em companhia do seu colega Flavio Marx. Ambos, trajando aquelas batinas negras, faziam-se passar por religiosos que angariavam fundos para a Missão de Frei Antão.

Flavio era seu colega de Faculdade. Muitas vezes, deixavam de assistir às aulas para, desde cedo, entornar garrafas de cerveja em um barzinho, o Chic-Chá, próximo à Faculdade. Ou no Luar de Agosto.

Como não trabalhavam e seus pais, precavidos, não lhes davam grandes mesadas, descobriram a maneira de poder beber, se divertir e entreter-se em prolongadas conversações, no mais das vezes sobre literatura e cinema.

Vestiam as sotainas e pediam dinheiro na frente da Igreja, a um quarteirão do bar. As velhinhas carolas, sem imaginar a fraude, lhes davam piedosamente a contribuição e entravam para a missa matinal. Flavio e Joaquim se juntavam a outros colegas igualmente cabuladores para iniciar as rodadas de Brahma.

E assim passaram algumas manhãs, até que a ganância lhes estancou a fonte.

– Joaquim, nem precisamos trocar a batina, porque, assim aproveitamos a próxima missa.

– Mas, Flavio, não fica bem um padre bebendo no boteco.

– Não se preocupe. Ninguém nos vai ver.

Ledo engano. Pois uma das velhinhas, ao terminar a missa, viu os dois colegas nas mesinhas do botequim, vestidos a caráter. E imediatamente chamou um guarda civil.

Naquela época, na íngreme Avenida Angélica trafegavam bondes abertos, com estribos. Quando os amigos perceberam a velhinha a aproximar-se do bar, acompanhada pelo guarda ameaçador, ergueram suas batinas com as mãos e saíram correndo até alcançar o bonde que subia a avenida.

O guardinha se pôs ao encalço dos dois amigos, mas não chegou a tempo. Esbaforido após correr algum tempo atrás do bonde para tentar alcançá-los, ficou possesso quando Joaquim, no estribo do bonde que se distanciava na subida dificultosa, ia fazendo o sinal da cruz, como se abençoasse o pobre policial.

Foram obrigados a mudar de bar por um longo tempo. E abandonaram os hábitos sacerdotais.

18

JOAQUIM SENTIU QUE ALGUÉM suspendera seu braço e o acariciava, transmitindo-lhe calor humano.

Sem ver... sem ouvir... intuía que era amparado por uma das suas filhas que lhe segurava a mão.

E, de repente, sua mão se desprendeu e caiu de volta às cobertas, como um membro morto cai.

19

NOVAMENTE LHE SURGIRAM VISÕES.

Visões coloridas e nítidas.

E Joaquim se viu cercado de mulheres sentadas em círculo na relva verde, que o ouviam pregar.

Teria ele uns dezoito anos...? Dezenove...?

As moças, embevecidas, ouviam silenciosas suas palavras.

E ele ensinava a "verdade incontestável" do amor livre.

E elas assistiam com entusiasmo. Garrafas de vinho eram esvaziadas naquelas tardes ensolaradas, à margem da linda represa de Guarapiranga.

Joaquim escolhera minuciosamente aquele local para pregar às jovens, por causa da beleza e por ser um declive que permitia ao orador ficar acima das ouvintes.

As mesmas meninas já haviam participado de três ou quatro reuniões como essa e já se haviam amoldado àquele ritual de amor.

Em pouco tempo, assim que o vinho se fizesse notar em seus comportamentos – em geral havia umas seis ou sete meninas –, ele iniciava os toques corporais carregados de sensualidade. E aos poucos elas iam se despindo. E o local se tornava palco de gestos sensuais que culminavam na transa com uma delas sob os olhares de todas.

Joaquim, muito jovem, se apercebera de que tinha o dom de cativar e seduzir.

E sempre o usara com o objetivo de fazer conquistas amorosas. Agora atingira o ápice e as belas adolescentes o seguiam espontaneamente.

Vagamente, lembrou-se de que, por causa dessas peripécias, quando os pais de uma das moças souberam e se queixaram ferozmente à direção da escola que algumas frequentavam, ele foi jubilado e obrigado a transferir-se para outra, sob o olhar atônito e acusador do próprio pai.

20

EM DETERMINADA ÉPOCA, sua vida foi uma sequência de peripécias escandalosas que atingiu em cheio os pudores puritanos de então, auferindo-lhe alguns inimigos. Porém essas mesmas ações incomuns lhe traziam fama e amigos que partilhavam com ele essa ótica de descompromisso com os valores burgueses.

Sua vida boêmia não o impedia de ler e estudar com afinco. Sua fama de intelectual desregrado ia se consolidando.

E nesse restrito universo cultural e artístico, seu nome se tornou tão conhecido que foi convidado a disputar uma cadeira no parlamento de seu Estado.

Com uma plataforma dirigida à cultura e à educação, Joaquim Francisco da Conceição, ainda muito jovem, assumia o *munus* público de um deputado por São Paulo.

Sempre fora um anticomunista por excelência e um liberal por convicção. Elegeu-se pelo partido da oposição para contestar desmandos físicos que ocorriam no governo, porém não compartilhava das ideias programáticas dos extremistas de esquerda de seu próprio partido. Aliás, nunca aceitou *in limine* quaisquer partidos políticos.

– Nesse triste Brasil corrompido pela cupidez dos próceres de todos eles, assim pregava.

Por isso, a extrema esquerda o achava reacionário e a extrema direita o considerava socialista.

Ser anticomunista não significava que concordasse com os desvios arbitrários dos líderes da direita.

Sempre afirmara que os partidos políticos no Brasil não tinham uma identidade programática e simplesmente serviam para acomodar toda a espécie de políticos individualistas para usufruírem privilégios estapafúrdios e, por vezes, antipatrióticos.

Membros de todos esses partidos se mancomunaram na corrupção endêmica, capitaneada e institucionalizada pela quadrilha petista que se apoderou do governo nas duas últimas décadas, saqueando a Petrobras, o BNDES, os Correios e tantas outras instituições saudáveis, como se agora fossem suas propriedades particular. Sistematizaram a corrupção.

Joaquim pensara seriamente em participar da desobediência civil como forma de repúdio a essa democracia fictícia, viciada pela desonestidade. Porém jamais levou a efeito a ideia, consciente de que só lograria êxito por meio de uma revolução civil, e que o povo brasileiro se recusaria a lutar por isso.

"Mundus vult decipi": o mundo quer ser enganado.

O brasileiro, por comodismo ou ignorância, acredita ou finge crer nessa miscelânea política que culmina em nossa democracia fictícia.

Joaquim considerava absolutamente estapafúrdio que esses quadrilheiros oficiais que dominam o Brasil há décadas, infligindo-lhe a endemia da corrupção sistêmica, continuassem a ser eleitos pelo voto popular.

E, com ceticismo, externava sua opinião:

– O que me amedronta não é o vociferar dos ímpios, mas perceber os justos se calarem.

Assim pensava, e assim se recolhia cada vez mais a seu hedonismo singular.

21

CERTA NOITE... Ou seria dia? Joaquim teve seu rosto transfigurado por um espasmo que, bem observado, notar-se-ia a marca da dor. Não da dor física, que ele nem sequer sentia, mas de um golpe profundo nos recônditos de sua memória.

Vislumbrava uma cena terrível, da jovem loira que se apaixonara, não por ele, mas por sua sedução. E, principalmente, por seus próprios sonhos juvenis que só poderiam se materializar por meio do apoio do sedutor e que se tornaram inócuos quando foi por ele rejeitada.

Em sua juventude impetuosa, talvez estimulada pelo consumo da cannabis, a moça não soubera ponderar e julgou-se totalmente perdida. Sentiu-se só no mundo. Como se somente Joaquim fosse a razão de sua existência. Como se somente ele pudesse lhe dar permissão para viver. E ele fora peremptório. Descartara a moça por outra namorada.

Não conseguiria, pobre inocência entorpecida pela droga, suportar a não realização daquele onirismo que parecia a sua única opção de vida.

Então, lançou seu corpo pleno de juventude em direção ao nada. E daquela janela do décimo andar foi em busca da morte.

Joaquim não viu a cena, mas mil vezes a imaginou e aquilo o marcou pelo resto da vida.

Sentiu-se culpado pela falta de sensibilidade com que administrara o relacionamento.

Foi um dos momentos mais tristes de sua vida, que sempre o acompanhou. Nas órbitas profundas de seus olhos, vislumbrou-se uma solução aquosa.

Seriam lágrimas esparsas?

E Joaquim sentiu seu espírito levitar e enxergou o próprio corpo desfalecido, como se fosse sua sombra.

– Esse esgar de minha sombra me amedronta – balbuciou.

Ou imaginou balbuciar.

22

O TURBILHÃO DE LEMBRANÇAS trágicas atropelava sua mente que, fragilizada, sofria o que os homens vivos podem sofrer.

Joaquim sabia que não morrera, mas agora queria morrer. Capitulava. Não queria mais lembranças. Queria descansar.

Mas a imagem era mais forte. Viu-se no mar próximo à praia em Ubatuba, com suas duas primeiras filhas. A mais moça teria uns cinco anos e elas lhe sorriam satisfeitas. Cada uma delas se apoiava em um dos seus ombros. Tinham a felicidade estampada em seus rostinhos infantis. A confiança absoluta naqueles ombros que lhes asseguravam apoio e proteção.

Estavam perto da praia e Joaquim mantinha os pés firmes na areia, quando uma corrente de água fria os levou a poucos metros desse lugar seguro. Foi quando percebeu que já não podia controlar a força da onda que os estava levando para o alto-mar.

– Meninas, apoiem-se nos meus ombros, não se desgrudem deles – falou em tom sereno, mas com uma preocupação que não poderia demonstrar às filhas.

E se pôs a nadar contra a correnteza que os afastava cada vez mais dos amigos que conversavam na barraca montada na areia tórrida da Praia Vermelha, em Ubatuba, onde constantemente se hospedava na casa de sua irmã Lúcia e de João Carlos Cauduro.

Pensou em gritar pedindo ajuda, mas isso poderia deixar as meninas assustadas.

Suas braçadas eram impotentes para enfrentar a correnteza.

E nessa luta desigual percebeu que suas forças iam diminuindo.

Cada vez mais, forçava os braços e as pernas na procura do nado salvador. Teve consciência do perigo fatal.

Em segundos, o pavor de não conseguir salvar as meninas se apossou dele.

Chegou a gritar para os amigos na praia, mas foi em vão.

As meninas, felizmente, não percebiam a gravidade do perigo fatal.

O pânico se instalou em sua mente e em seus reflexos.

Naquela cama hospitalar, sentiu o mesmo pânico que sentira há dezenas de anos, quando a cena ocorrera. Quando tentava, a cada instante, nadar com vigor para salvá-las. Mas seus esforços se revelavam inócuos. A cada braçada suas forças se esvaíam, a cada braçada a correnteza os levava para mais longe da praia.

Os três se afastavam da vida e Joaquim percebeu que precisava capitular. Perdera totalmente o controle dos braços e das pernas. E tudo ocorreria em minutos. Ou segundos.

Nesse momento, em que o pânico atingiu seu ápice, tomou a decisão terrível.

Conscientizou-se de que não tinha forças para salvar suas duas filhas.

Teria que escolher uma e sacrificar a outra.

A Escolha de Sofia

A tragédia era iminente. Não conseguiria livrar as duas da morte.

Naquele décimo de segundo, Joaquim Francisco Conceição deveria selecionar:

Uma para salvar e outra para morrer.

O pânico se apoderou do pobre homem impotente perante o destino e tão débil perante as forças inexoráveis da natureza. O que o salvou da terrível decisão que, sem dúvidas, iria atormentá-lo por todo o resto de sua vida... em cada minuto de sua vida... foi uma onda milagrosa, surgida do nada que, décimos de segundo antes de ele decidir o destino das filhas, subitamente levou o trio à terra firme.

A poucos metros do lugar onde deveria ocorrer a escolha.

Seus pés se fincaram na areia, as meninas saltitantes correram em direção aos amigos e Joaquim desabou na areia quente. Ninguém percebeu o ocorrido. Mas ele sabia que fora salvo, não somente do mar, mas da culpa avassaladora de ter escolhido uma para a morte. Isso iria acompanhá-lo por toda a sua vida e não lhe daria condições psicológicas para continuar a viver. Mesmo que ambas não fossem afetadas, esse simples raciocínio, que por um lapso de segundos não precisou realizar-se, salvou-o do sofrimento atroz daquela decisão.

Cristiana e Silvana nunca souberam dessa quase tragédia que, por décimos de segundo, poderia afetar a vida dos sobreviventes.

Para sempre.

23

SUA TEZ LÍVIDA se enrijeceu e, acomodado por Hipno, desfaleceu.

Encontrava-se no limiar da vida. Ou da morte.

Subitamente, voltou a si. De uma forma entorpecida. Exatamente no momento em que poderia vir a descobrir ou desvendar o Mistério que se nos apresenta insolúvel.

Felizes são os crentes.

Quaisquer crentes... brâmanes ou judeus... assassinos islâmicos ou homicidas católicos... ortodoxos de qualquer religião. Malucos que matam em nome de Deus.

Felizes são todos os fanáticos que só têm certezas. Que não necessitam refletir... nem ponderar... nem julgar...

Felizes os que só podem acusar, porque se consideram guardiões da verdade.

Qualquer seita mal tramada tem adeptos supersticiosos que a honram até a morte.

Adeptos que não discutem... e obedecem.

Joaquim não podia conceber que mentes brilhantes, como as dos doutores da Igreja Católica, como Santo Ambrósio, Santo Agostinho, São Jerônimo e São Gregório Magno no Ocidente ou Santo Atanásio, São Basílio, São Gregório de Nazianzo e São Crisóstomo no Oriente, posteriormente São Tomás de Aquino, São João da Cruz ou Santa Tereza D'Ávila, pudessem sucumbir ao dogma.

Como, também, os sábios maometanos e judeus que não consideram o imponderável. Somente creem.

São tão estranhos os pensamentos do intelectual moribundo que anseia por conhecer ou esclarecer o Mistério, movido mais pela curiosidade do que pela intenção de devotar-lhe a vida.

Era totalmente descrente das superstições das religiões reveladas.

– Religião revelada é aquela na qual Deus aparece ao homem se declarando Senhor do Universo e comunica suas mensagens e ensinamentos – pregava Joaquim.

E, em seus discursos ou diálogos, sempre expunha suas premissas a respeito das religiões reveladas.

– As principais religiões ocidentais nasceram no Oriente Médio e foram manipuladas por homens possuídos pela certeza absurda de suas verdades, ou que somente as usaram para subjugar os semelhantes. São religiões reveladas: a judaica, a cristã, a muçulmana. E as três tem uma origem comum, o patriarca Abraão, que foi visitado por Deus, que lhe revelou a verdade.

E continuava seu discurso:

– No início, não eram religiões universais e tão somente contemplariam seus povos eleitos. Foram forjadas por superstições primitivas. Extremamente mal engendradas. Mas dominam há 4.000 anos civilizações que habitam metade do globo terrestre. Não fosse Paulo de Tarso, o cristianismo não se firmaria como religião e hoje não se saberia sequer quem foi Jesus Cristo. Foi Paulo quem o normatizou, permitindo que suas premissas se tornassem pilares de uma Igreja.

Joaquim dizia, ainda, com descrédito:

– Note-se a base da religião cristã da atualidade, a divindade de Jesus. Até o Concílio de Niceia, em 325, a cristandade, como um todo, não acreditava que Jesus fosse Deus. Jesus passa a ser Deus, somente, por resolução dos bispos que atenderam ao pedido do Imperador Constantino para se reunirem naquela cidade e proclamarem a divindade do Cristo. Dessa forma, o objetivo do Imperador de unificar seu império do Ocidente ao Oriente, o Sacro Império Romano, se tornaria mais factível através da fé. E Jesus é elevado ao patamar de Deus, que abençoa esse Império Romano. Com essa uniformidade de adoração divina, Constantino consegue o seu intento.

Joaquim continuava:

– Não nos esqueçamos de que, até a data daquele Concílio, o arianismo subsistia no imaginário popular com maior ênfase, e para Ário, bispo de Alexandria, Cristo era a essência entre a divindade e a humanidade. Jamais fora Deus. Constantino, por suas razões políticas, com o apoio do Papa Silvestre I, seu apaniguado, declara heréticas as opiniões dessa corrente ariana majoritária e o Concílio resolve oficializar a Divindade do Cristo.

E concluía:

– É importante lembrar, ainda, que Constantino nem sequer era cristão, embora sua mãe, Helena, o fosse. Ao contrário, era pagão e se dizia protegido por Hércules e pelo Deus Sol Invicto. Tanto que, ao oficializar a religião cristã no Império, permite que outras religiões pagãs continuassem a ser ministradas. Somente com o Imperador Romano seguinte, Teodósio I, em 395, é que o cristianismo se torna a única religião oficial em Roma. E citava o princípio antigo extra *ecclesiam nulla salus*: "Fora da igreja não há salvação". Que foi aceito de São Cipriano de Cartago até o Papa Bonifácio VIII.

Joaquim jamais se julgou mais sábio do que os doutores dessas igrejas, por eles crerem no inadmissível, mas ficava perplexo por saber que aqueles homens pudessem acreditar em tais superstições.

Até os considerava mais felizes, pois, para Joaquim, não havia o Certo e o Errado na natureza dos seres.

Portanto, não existiam o Bem e o Mal.

"Aliocha", dizia Ivan Karamázov a seu irmão, "se Deus não existe, tudo é permitido".

Dostoiévski fora sábio.

E sempre citava Einstein, que, em sua carta de próprio punho ao filósofo Eric Gutkind, assim se explanava: "A palavra de Deus é para mim nada mais do que a expressão e o produto das fraquezas humanas, a Bíblia é uma coleção de lendas honrosas, mas ainda primitivas que são, no entanto, bastante infantis".

Ou em outro trecho: "Para mim, a religião judaica é como todas as outras religiões, uma encarnação da superstição primitiva".

Mas essa sabedoria levaria a humanidade ao caos, se assim fosse seguida. Foi necessário estabelecer regras. Baseadas em lendas e premissas falsas. Mas o que importa é haverem determinado padrões éticos a serem seguidos.

E, para que essas premissas vigorem nas civilizações ou comunidades, instituem-se as regras consuetudinárias ou as leis forjadas para validar determinados momentos ou ações dos poderosos.

São as Constituições.

Que aos olhos dos leigos os protegem e lhes permitem viver dentro dessas regras, mas que aos olhos do filósofo somente existem para manter o *status quo* desses poderosos.

"É preciso mudar alguma coisa para que tudo permaneça como sempre esteve", professava Giuseppe Tomasi di Lampedusa, em seu *Il Gattopardo*, para que se mantivessem os privilégios da aristocracia no reinado de Francisco II, das Duas Sicílias.

Máxima essa que pode ser transportada para todos os tempos e para todas as civilizações.

E assim o mundo seguia seu curso misterioso.

Joaquim sempre fora um agnóstico hedonista. E sabia que, se enxergasse a luz, ainda assim manteria essas posições.

Só tinha um pensamento – ou uma vontade infinda. A de não sumir ou tornar-se energia pura. Queria continuar acompanhando as atividades de seus amigos. De seus pais. De seus filhos. Atividades *ad aeternum*.

Lembrou-se, como por sortilégio, de *O Despertar dos Mágicos*. E considerou com ênfase redobrada a teoria de Louis Pauwels e Jacques Bergier, pela qual temos a capacidade de dominar apenas 10 ou 12% de nosso cérebro, portanto o desconhecemos e não o usamos em sua totalidade e, mesmo com esses poucos conhecimentos, chegamos à Lua e vivemos na era do computador e do celular.

À medida que formos conhecendo e usando os poderes do próprio cérebro, ampliaremos nossas aptidões. Poderemos nos transportar pelo pensamento. Levitar. Nos desmaterializar. Até que, quando atingirmos 100% do potencial desse órgão, nos tornaremos deuses.

Deuses bons ou deuses maus?

Joaquim tinha grande admiração pelo NAMASTÊ hinduísta. "O meu Deus cumprimenta o seu Deus."

Nessa ocasião, o moribundo não despertou.

Confuso com as ideias que se embaralhavam em seu pensamento, preferiu se alienar.

Talvez quisesse morrer.

24

SEGUINDO ESSA LINHA de pensamentos, lembranças do agonizante afloraram sem permitir-lhe escolhas entre os preceitos do Bem ou do Mal.

Não havia o Bem e o Mal.

Havia conceitos instituídos para a preservação de Humanidade, por meio dos quais líderes políticos e religiosos sempre se locupletaram.

Das civilizações mais avançadas às mais primitivas.

E esses conceitos eram imanentes, e não uma verdade transcendente. Foram criados para regrar os seres humanos.

Desde longínquos 5.000 anos atrás, com a unificação do reino egípcio pelos faraós, passando pelo primeiro império constituído em nosso globo, o Acadiano, por Sargão I, o Grande, pelos anos 2.250 A.C, aos grandes impérios Assírio, Babilônico e, posteriormente, o Persa, até épocas mais recentes a partir do Império Romano. E se perpetuam o muçulmanismo, o judaísmo messiânico, o hinduísmo revivalista, o islamismo radical e o cristianismo fundamentalista, como escreveu Harari em *Homo Deus*.

E Joaquim se detinha em uma triste reflexão metafísica, as Leis só foram forjadas para manter o *status quo* dos dominantes. Aparentemente, foram criadas para a segurança dos cidadãos e das comunidades, mas existiam de fato para manutenção da classe dos mandatários. E, quando estes se sentiam mais frágeis, modificavam-nas, paulatinamente, não para assegurar a justiça, mas para manter o domínio.

Leis que se modificaram pelos séculos e pelos povos e civilizações, mas sempre com esse objetivo.

Não havia o Bem Universal, o Bem como princípio rígido.

Se não havia o Bem, não haveria o Mal, nem os princípios da moral correta.

Porque não havia Deus.

Somente se criavam deuses.

Desde os deuses gregos aos hindus e astecas.

Nietzsche errou quando proclamou que Deus morreu e estava findo.

Ele sempre renasce.

As parcas teciam o destino para os gregos. Atman era o espírito eterno do universo para os hindus. Huitzilopochtli era o Supremo para os Astecas. E a esses deuses os humanos não tinham acesso, porque não interagiam com eles. Estavam além do Bem e do Mal.

Joaquim se ancorava em seu típico hedonismo, porém julgava lícito e não se abstinha do seu dever de defender o *modus vivendi* das comunidades do seu século.

Lembrou-se de um artigo de que lera em uma revista científica.

O conhecimento da mais alta tecnologia permitiu aos cientistas substituir a memória dos ratinhos de laboratório. A memória real dos fatos e ações que os bichinhos realmente haviam vivido por outras fictícias, que jamais haviam experimentado.

Assustador.

Ou espetacular.

E pior – Joaquim tinha a convicção formada –, se conseguiram induzir essa memória fictícia nos ratinhos, certamente já o fizeram com cobaias humanas.

Então, com essas novas memórias, todos os homens poderiam ser extremamente inteligentes e cultos. Ou servos sem vontade própria.

Tudo dependeria do caráter singular daquelas poucas pessoas que tinham o acesso a essa técnica e que a imporiam ao restante da humanidade.

Todos os homens desse planeta poderiam ser deuses.

Ou escravos.

E novas guerras aconteceriam.

E novas civilizações nasceriam.

Junto com as máfias... os sindicatos... as igrejas... todas as instituições criminosas...

Essa premissa fazia que estremecessem os valores éticos e morais vigentes e assombrava as reflexões de Joaquim.

Tais ideias afrontavam seu moral, pois ele não podia condenar os ímpios. Porque não havia ímpios.

É terrível ser ateu.

Joaquim, sentindo-se imensamente solitário e impotente, novamente, deixou-se levar por Morfeu.

25

LEMBRANÇAS PICARESCAS reanimaram sua mente. Vislumbrou a cena em que, no restaurante Bolinha, fruindo um almoço romântico com uma linda mulher, percebeu a presença indesejável de um antigo rival que perdera a namorada para ele. E foi com aquela moça que Joaquim acabaria casando.

Nessa ocasião, mesmo casado, saía com a moçoila que o acompanhava naquele restaurante.

Captou que o antigo rival tentaria destruir seu casamento. Então, despediu-se às pressas da acompanhante e voltou imediatamente para casa, que sabia estar vazia, pois a esposa se encontrava na casa da mãe.

E realmente ocorreu o que previra. O antigo rival telefonou para a sua esposa e contou que ele estava almoçando com outra mulher no restaurante Bolinha, um dos mais bem frequentados.

Soube depois que a esposa ciumenta fora flagrá-lo no almoço pecaminoso.

Mas não somente não estava naquele local, como foi encontrado por ela em sua própria casa.

Doente. De cama. Com muitos remédios espalhados pela mesinha de cabeceira.

Ela preferiu crer no marido adoentado e desprezou mais ainda o ex-namorado que, por sórdidas mentiras, tentara prejudicar aquele relacionamento feliz.

26

JOAQUIM CONCEIÇÃO conseguira realizar uma proeza ímpar.

Como seu objetivo principal era namorar e como seu mister era dirigido ao cultural, engendrou uma trama que lhe traria frutos nas duas áreas.

Tinha grandes amizades com artistas e intelectuais famosos. Então, bolou um curso de extensão cultural – CEC – cujas aulas e conferências seriam ministradas por competentes professores, grandes intelectuais formadores de opinião.

Joaquim realmente possuía o dom da persuasão e, com boa oratória, divulgou o curso pelas mídias televisivas, falada e escrita.

A iniciativa alcançou enorme sucesso entre as socialites da época e, aliada à magnitude do seu corpo docente, tornou-se um dos mais prestigiados centros de difusão cultural.

Em pouco tempo, turmas se formaram. Com uma rapidez que talvez ele mesmo não previsse.

De uma sala com trinta alunos logo o curso se estendeu para oito salas.

Os mestres que palestravam eram realmente os mais capazes e respeitados daqueles chamados Anos Dourados em São Paulo.

Com 90% de mulheres entre os inscritos nas diversas salas que se abriam a cada mês, seu Curso de Extensão Cultural tornou-se um templo do saber, que as meninas mais descoladas da *high society* passariam a frequentar com inequívoco orgulho.

Pagavam uma mensalidade cara e os cofres da entidade em pouco tempo se rechearam.

As aulas e conferências eram de fato extremamente produtivas.

Com palestras sobre teatro e cinema, música e design, conferências sobre literatura, artes plásticas, filosofia ou cibernética. O curso prosperava a cada mês com aulas ministradas pelos mais eficientes e destacados mestres nessas matérias, como Diogo Pacheco e Julio Medaglia, na música. Vilém Flusser e Anatol Rosenfeld na filosofia. Alberto D'Aversa e Plínio Marcos no teatro. Paulo Emílio

Sales Gomes, Luís Sérgio Person e Francisco Luiz de Almeida Salles no cinema. João Carlos Cauduro na arquitetura e na semiótica. Isaac Epstein na cibernética. Pithan e Silva na psicologia. Mário Chamie, Décio Pignatari e Carlos Burlamáqui Kopke na literatura.

E tantos outros de igual teor.

Aliado à qualidade real das conferências e palestras, o CEC despertava, cada vez mais, o interesse da mídia que convidava Joaquim para programas de rádio e TV.

E, quanto mais ele aparecia, mais alunos insistiam que abrisse novas turmas.

Às oito salas se somaram mais oito e o curso, cada vez mais caro, cada vez mais concorrido, ia de vento em popa.

Mas o intuito primeiro de Joaquim não era o próprio curso, e sim a aventura de realizá-lo. E, também, namorar as moças que dele participavam. Todas as noites, após o término das aulas, algumas, a seu convite, partiam para as melhores baladas da época.

Assim, o sucesso rápido do curso lhe proporcionou o êxito imediato em seus objetivos.

Joaquim se firmava como um intelectual galanteador.

Passou-se um ano. E passaram-se dois. O curso passou a necessitar de contabilidade profissional. Isso não fora previsto, pois já havia sido cumprido seu propósito primeiro.

E assim, quando iriam se abrir a novas inscrições para o terceiro ano daquele curso que se firmava com o melhor corpo docente que se vira em São Paulo ou mesmo no Brasil, subitamente, houve a decepção geral.

Joaquim não iria continuar administrando aquela mina de fazer dinheiro e, a bem da verdade, uma fonte importante de transmissão do saber.

Ele se fora para o exterior. Sem compromisso com o mundo empresarial.

E assim sua fama ia angariando belas amizades e também inimigos ferozes. Causando amores e decepções. Causando inveja e admiração.

Vivendo como se o pretérito e o futuro não interferissem em sua vida.

Criou uma máxima que sempre repetia:

– Quando você nota que suas conquistas incomodam uma pessoa, afaste-se dela e preserve suas conquistas.

E contava sempre uma inteligente e irônica história de Bernard Shaw:

– Um dia alguém disse ao escritor irlandês que certa pessoa havia falado muitíssimo mal dele. E Bernard prontamente respondeu: – "Fulano de tal" falou mal de mim? Impossível. Eu nunca fiz nenhum favor a ele.

27

JOAQUIM RETORNOU da viagem sem dinheiro.

Não economizara. Não aplicara. Vivia o momento.

Naquela sua juventude, imaginava-se imune às intempéries da vida.

Após muito elucubrar, junto com um amigo, Antenor Cerello, se iniciou na produção de documentários culturais. Deu certo, mas os amigos preferiram gastar a grana no Rio a continuar trabalhando.

Em outra ocasião, uniu-se a Miklós Palluch, também cineasta, e partiram para realizar outra proeza, com os mesmos duplos propósitos. Bolaram um documentário sobre a rua mais badalada de São Paulo naquela época.

Com Miklós, húngaro recém-chegado, que iria se tornar seu amigo por toda a vida, boêmio e visionário, organizou a produção desse projeto.

Menina da Rua Augusta.

Ele, quase sempre, movido pelo objetivo da convivência amorosa.

Miklós, mais sério, estava concentrado na realização do filme.

Conhecida em todo o Brasil, onde as meninas desfilavam seus encantos diante dos rapazes ávidos por conquistá-las, onde a paquera era contínua, a Rua Augusta era o epicentro social da juventude paulista.

O comércio daquela rua era o mais sofisticado do estado. Do país. As primeiras grifes internacionais ali se plantavam.

Era uma passarela de jovens bonitos. Homens e mulheres.

E suas namoradas desfilavam com ele em plena Rua Augusta, que era o auge daquela Pauliceia Desvairada.

Mas para realizar o documentário seria necessário angariar fundos.

Não foi difícil emprestar uma Payard Rolex para iniciar as filmagens.

Conforme os cineastas imaginaram, com a presença das meninas, o sucesso foi imediato, e a mídia acolheu o acontecimento.

No dia seguinte, estampada nas primeiras páginas dos jornais, a notícia do início das filmagens de um documentário sobre a famosa rua paulistana.

Com uma faixa cuidadosamente descuidada amarrada na testa, Joaquim apareceu nas primeiras páginas dos principais jornais escritos e nas rádios e TVs. Tudo isso contribuiu para que o projeto dos dois amigos prosperasse.

O documentário nascera sem roteiro. Passou a ter um, desenvolvido às pressas.

Montou-se um quartel-general no Teatro de Arena e, por meio disso, Joaquim ia convidando meninas de toda a São Paulo para participarem das filmagens e se inscreverem no projeto.

Não poderiam imaginar tamanho sucesso. Apareceram no teatro quase duas centenas de moças, ávidas por participar do documentário.

Destas, umas cinquenta eram lindas... umas dez eram deslumbrantes.

Joaquim sentiu-se no paraíso e, mesmo com seu pouco interesse monetário, viu-se assediado pelos comerciantes da Rua Augusta que pagaram cotas para que as moças fossem filmadas junto do seu estabelecimento.

E assim foi feito.

O documentário foi rodado cercado de notícias. E aquelas notícias chamavam mais meninas. E mais verbas dos comerciantes.

No ápice da filmagem, a polícia teve que ser convocada para impedir o assédio às "artistas" e o tumulto na rua. Assim, as filmagens ocorriam com a segurança policial.

No centro daquela roda de meninas lindas, o diretor do filme, sempre com sua faixa cuidadosamente descuidada na testa, orientava as atrizes em situações por vezes eróticas, resvalando pelo lesbianismo.

As filmagens duraram uns dois meses e o resultado foi compensador. Tanto o financeiro como o amoroso. Tecnicamente deixou a desejar.

Mas os comerciantes queriam patrocinar outro documentário, porém Joaquim tinha outros planos. Viajou com uma das "atrizes" para Buenos Aires e o projeto nunca teve continuação.

Na época não havia tanta liberdade sexual entre os jovens. Os costumes paternos eram extremamente rígidos. As moças deveriam se casar virgens.

Joaquim colaborou, como um formador de opinião da época, para derrubar esse preconceito enraizado na sociedade brasileira, principalmente pelos séculos de domínio das igrejas cristãs.

E as mulheres, com toda a razão, exigiam absoluta paridade, e os jovens iam tomando posição em favor da liberdade sexual.

Essas premissas, fortalecidas por suas ações culturais, contribuíram para a formação de novas gerações paulistas.

Alimentava essa imagem por meio de leituras de poemas e textos que escandalizavam ao confrontar valores da época. Em saraus residenciais ou apresentações públicas, das bibliotecas aos cemitérios.

Unira-se a um grupo de intelectuais que contestavam os costumes e os padrões vigentes. De sarau em sarau, de palestra em palestra, seu nome ia se consolidando. E isso servia ao seu intento-mor.

Lembrou-se, ainda, de um episódio insólito.

Tinha uns 18 ou 19 anos quando se tornou amigo de uma esbelta e linda jovem loira.

Após diversos encontros, quando abriram seus corações e conversavam sobre a vida e seus sonhos, sentiu-se encorajado a iniciar uma conquista galante.

Nunca trocaram sequer um selinho; sempre se portaram como amigos.

A menina era alta e tinha um corpo sedutor.

Joaquim convidou-a para ir à sua casa, pretextando mostrar-lhe um determinado livro.

Evidentemente, ele escolheu um dia em que seus pais e irmãos estivessem fora.

Chegando à casa, ofereceu para Júlia um espumante e iniciou o flerte.

Porém, sem saber direito o porquê, perguntou qual era sua idade.

– Quatorze anos – respondeu meio tímida.

Ele sentiu um choque quando soube.

Tão alta e com corpo de mulher, jamais poderia pensar que ela fosse tão criança. Julgava-a mais jovem que ele, porém nunca com tão pouca idade. Uns dezessete ou dezoito anos.

Imediatamente fingiu que procurava o livro, objeto de visita à sua casa.

– Julinha, não encontrei o livro. Vamos embora.

A moça espantou-se com aquela atitude inesperada, deixou sobre a mesa a taça quase cheia e se retiraram inesperadamente.

Ela ficou dias pensando no que tinha feito de errado, para que ele, tão bruscamente, interrompesse a visita e o papo que mal se iniciara.

E ele, aliviado, por não ter perpetrado assédio contra uma adolescente tão jovem.

Esse fato permitiu que os jovens permanecessem amigos por toda a vida. Amigos fraternos. Amigos do coração.

Sua atitude correta fincou os alicerces que fizeram florescer essa sólida amizade.

28

NOTOU-SE EM SUA FRONTE um leve movimento muscular, como se apertasse os olhos, que já se encontravam fechados.

E ele se viu na mesa de um bar da moda, bebericando seu primeiro uísque do dia com amigos, em um local que frequentava diariamente, o Pandoro.

Na frente, parou um carro de luxo. E dele desceu uma mulher alta e glamorosa: Marília.

Não era bonita. Era vistosa. Com seus enormes óculos escuros.

Dirigiu-se a Joaquim cumprimentando-o com intimidade.

Seus amigos se ergueram cavalheirescamente convidando-a para se sentar. Ela agradeceu e chamou Joaquim para outra mesa.

– Meu pai quer fazer um documentário sobre nossa empresa. Será um documentário completo. Existe verba suficiente.

O pai dessa sua amiga, alguns anos mais velha do que ele, era um dos homens mais ricos do país.

Um grande empreiteiro.

Ampliou a fortuna com a construção de Brasília.

A proposta o lisonjeou. Após terminarem mais dois uísques e ela dar detalhes do documentário a ser feito, Marília convidou-o para fazerem uma visita ao escritório do pai a fim de acertarem a negociação.

Seria um documentário caro. Joaquim estava sempre precisando de dinheiro.

Saíram do bar naquele carro de luxo do ano e partiram.

No meio do caminho, ela disse que teriam que subir a seu apartamento para trocar de roupa. Subiram.

Antes de ela sumir em um dos cômodos para se trocar, ofereceu-lhe um Royal Salute, deixando a garrafa em cima da mesa ao seu lado. Disse que iria demorar um pouco, pois tomaria uma ducha.

Joaquim entornava a segunda dose naquele apartamento, quando ela apareceu de roupão e banho tomado.

Sentou-se ao seu lado e, após reforçar a dose do copo dele, serviu outra para si e brindaram ao futuro documentário.

Aos poucos, a garrafa foi se esvaziando.

A conversa girava em torno do documentário, e, quando ele estava se iniciando na embriaguez, as mãos dela, experientes, passaram a acariciá-lo, primeiro nos seus cabelos, depois em seu corpo.

Finalmente ocorreu o estupro planejado e ela o praticava tomando a iniciativa do sexo. Joaquim, totalmente bêbado, se deixava levar.

Acordou, finalmente, umas duas horas depois. Nu sobre o sofá. Vestiu-se depressa e procurou a mulher. Encontrou-a deitada na cama em seu quarto.

– Oi, querido. Você não se importa de irmos falar com meu pai outro dia? Estou exausta. Você me exauriu.

E riu maliciosamente.

Joaquim saiu do prédio, procurou um táxi e somente então se deu conta de que tinha sido enganado. Sentiu-se vilipendiado. Usado como mercadoria. Fora insultado em sua dignidade. Ludibriado. Assediado e estuprado. Não haveria documentário nenhum. A mulher queria somente sexo e forjara aquela história para ter relações com ele. Ela já devia ter esse interesse há algum tempo. Então, preparou a estratégia do plano, e ele, que se considerava tão experiente, fora atraído pela mentira.

Mentira que, até então, de forma semelhante ele próprio já praticara.

O assédio covarde.

Mentindo, conseguia o sexo.

Explorando a inocência da vaidade.

Joaquim Francisco sentiu na própria carne a vergonha de ter sucumbido ao assédio e à falsa proposta. Sentindo-se ultrajado em sua honra, humilhado por quem tinha maiores trunfos.

E, desde aquele dia fatídico, tomou uma firme resolução. Nunca mais mentiu para as mulheres, fazendo-as crer que, por fazerem sexo com ele, teriam recompensas.

Nunca mais, no transcorrer de sua longa vida, propôs falsas esperanças para conseguir sexo.

Sentiu na carne que a maior dor é perceber que a esperança foi em vão. E que não havia verdade naquela proposta, cujo único propósito era a posse sexual.

Para o próprio espanto, essa resolução lhe foi extremamente gratificante, porque, em todas as suas conquistas amorosas, daí para a frente, sentiu-se mais recompensado, pois não tinha que dar nada em troca. A não ser o seu carinho.

29

COMO SE ORFEU O RESGATASSE, despertou lívido, porém sem a rigidez que o acompanhara por dias.... por meses...

Incapaz de mover-se, percebeu que tinha algum domínio das pálpebras.

Novo alento se fez sentir em seu corpo inerte.

E Joaquim teve a lembrança suave, que o acalentou por grande parte de sua vida. Carregando-o nos desconsolos, animando-o nas desistências.

Lembrou o episódio que honrou a memória da sua relação com o filho, pintor famoso.

Um certo general aposentado, homem de uns 80 anos. Daqueles militares linha dura, que outrora pontificavam no poder. Recentemente, fora assaltado por dois pivetes armados com faca que subjugaram o velho com tapas no rosto e chutes. Entraram os três no apartamento do ancião e roubaram alguns objetos, inclusive suas armas, de que tanto se orgulhava.

Esbofetearam-no sem misericórdia, com sadismo covarde e insensível e o deixaram prostrado, ensanguentado no apartamento. Humilhado.

O idoso se recuperou fisicamente, mas a afronta psicológica o deixou inerte por três dias, até o filho, em visita ao pai, o encontrar em estado semiletárgico.

A recuperação psíquica foi lenta, o general se recusou a sair de casa, tinha síndrome do pânico. Não queria mais viver.

Por mais esforços em que seu filho se empenhasse, não conseguia levá-lo à distração.

Passaram-se meses nessa obstinação, quando se deu o milagre.

Estava o filho na cozinha do pai, quando este o chamou e lhe apontou a TV.

O programa apresentava obras de arte e uma entrevista com o filho de Joaquim que, já com notoriedade adquirida, expunha algumas de suas obras.

Aqueles quadros surrealistas despertaram o ânimo adormecido do ancião, que pediu ao filho que o levasse à Galeria de Arte. Queria ver pessoalmente aqueles quadros que, sem ele próprio ter ciência, levaram-no de volta à vida.

Com grande alegria, o filho o levou no dia seguinte para visitar a exposição e conhecerem o jovem artista, que sigilosamente foi informado do problema, então, deu atenção especial ao velho general.

E assim, de maneira paulatina, após ser despertado pelo episódio não planejado, novamente aceitou viver.

Joaquim Francisco se comovia com esse episódio insólito. Bastaria isso para que abençoasse a carreira do filho.

Outras lembranças, concernentes ao mister do filho artista, traziam-lhe uma paz interior... uma tranquilidade espiritual abençoada.

Recordou outro "milagre", ocorrido involuntariamente por meio de sua arte, quando uma jovem adolescente catatônica, imersa em seu mundo interior, recusando-se a socializar por um longo período de negativismo, alienada da realidade do mundo de seus pais e irmãos, assistia pela TV, que sempre deixavam ligada à sua frente, a uma entrevista do jovem pintor que apresentava suas obras.

Em um momento mágico, a menina alienada gritou com voz rouca, de quem não pronunciava palavras há alguns meses.

– Mamãe, que quadros lindos.

E a mãe, que estava próxima, se emocionou com a reação da menina que, pela primeira vez em muito tempo, interagia com o mundo exterior.

No dia seguinte, levou-a à galeria que expunha as obras do filho de Joaquim, que se emocionou ao saber da história.

E, gradativamente, a catatônica foi se adequando ao mundo das sensações reais. Em poucos meses, melhorou muito.

Hoje leva uma vida normal.

Joaquim perdeu a consciência com um sorriso nos lábios. Talvez aquela gota que lhe umedeceu a face fosse uma lágrima.

30

A BOÊMIA SEMPRE fora uma constante no transcorrer da vida de Joaquim, por vezes mais veemente... por outras mais amenas... para que suas agendas cultural e profissional não fossem prejudicadas.

Desde a adolescência, suas noitadas terminavam na alta madrugada.

Sempre acompanhado de amigas e amigos que compartilhavam essa tendência, quer no entretenimento das baladas ou nas conversações culturais, às vezes eruditas, procurava, por meio dessa convivência despreocupada, aprimorar sua cultura.

Joaquim sempre afirmava:

– Minha boêmia nunca atrapalhou minha vida política e intelectual. Essas, sim, prejudicaram a felicidade da minha vida boêmia.

De maneira zombeteira, citava máximas concernentes a esse conceito:

– Faulkner dizia: "A civilização começou com a destilação".

E pontificava Ernest Hemingway:

"Um homem não existe até que fique bêbado".

E dizia em tom de blague:

– Vocês sabiam que Poe amava absinto, tanto quanto os poetas malditos franceses, de Baudelaire e Rimbaud a Jean Genet? E, se eles vivessem hoje, não teríamos textos tão profundos, pois o absinto 90 está proibido.

– Fitzgerald preferia ir de gim e Hemingway amava tanto o mojito em Cuba, quanto o Bellini em Veneza. Truman Capote bochechava com vodca e Kerouac com tequila ou vinho californiano.

E seguia afetando uma seriedade estapafúrdia.

– Nós, por sermos mais ecléticos, vamos de tudo. Somos onibíbulos – dizia galhofeiro, usando esse termo, exatamente, por saber que a maioria dos ouvintes não o conhecia. Fazia somente para zoar.

E os amigos riam, fingindo que aquelas máximas eram inerentes aos gênios literários.

Ancestral ditado japonês: "Primeiro você toma um drink, então o drink toma outro e depois o outro drink toma você".

E assim as noites prosseguiam entre papos sérios que, gradativamente, iam penetrando no desconexo.

Nunca se esquecia de Vinicius de Moraes e Francisco Luiz de Almeida Salles, que foram seus amigos. Boêmios inveterados.

E de histórias pitorescas em relação às bebidas, de escritores como Jack London, Eugene O'Neill, Dorothy Parker, Raymond Chandler, Raymond Carver e tantos outros.

– Cinco deles ganharam o Nobel e quinze conquistaram o Pulitzer.

Mas, semientorpecido pelo etílico, comentava em tom zombeteiro:

– Cuidado, não se esqueçam de que London, Crane, Hemingway e John Berryman se suicidaram.

E citava a frase atribuída a Paulo Francis (com quem ele sempre brigava após o quarto uísque): "Bebo para tornar as outras pessoas interessantes". Ou a frase: "Bebo para disfarçar a humilhação terrestre", de Paulo Mendes da Rocha, que considerava com Oscar Niemeyer e Ruy Ohtake os arquitetos brasileiros.

E passeava pelas máximas de Chesterton, para quem "o homem degrada o álcool". E ainda repetia Humphrey Bogart, para quem "a humanidade está sempre três doses abaixo do normal".

Tinha o maior desprezo pelas pessoas que iam a bares ou reuniões domiciliares e diziam: "Vamos a tal lugar, vamos jogar conversa fora".

Jamais aceitava um convite desses, porque, quando ia a tais lugares, era por motivos exatamente contrários, para trocar ideias sobre arte ou política, filosofia ou história. Frequentava-os para beber e somar cultura, jamais para passar o tempo jogando conversa fora.

E assim ele e seus amigos foram levando a vida sem se prenderem às amarras dos ditames convencionais.

31

TODAS AS ATIVIDADES remuneradas de Joaquim foram ligadas à cultura.

Realizou dezenas de projetos pelas Leis de Incentivo à Cultura e, por seu tirocínio, adquirira grande credibilidade junto aos patrocinadores. Dessa forma, idealizou e executou projetos de grande expressão, conseguindo justa, porém modesta remuneração.

Com esses rendimentos, aliados às outras atividades como cineasta ou escritor, diretor e produtor de algumas dezenas de documentários de arte e autor de 5 ou 6 livros editados, permitiu-se uma vida sem luxo, porém sem preocupações financeiras.

Mas suas atividades no mundo das artes plásticas eram o que mais lhe interessava. Quer como crítico ou como *marchand*, respirava Arte.

A pintura o intrigava. Amava-a. Admirava-a. Mas não podia concordar com os valores superfaturados que dela advinham.

Não concebia que a tela *Nafea Faa Ipoipo* (*Quando te Casarás?*), de Gauguin, pudesse valer US$ 300 milhões, e nem que um Cézanne, *Jogadores de Cartas*, valesse US$ 250 milhões, ambos oferecidos pela Casa Real do Catar.

Nem que o tríptico *Três Estudos de Lucien Freud*, do irlandês Francis Bacon, pudesse valer os US$ 142,4 milhões pagos por Mayare bin Hamad al Zani, uma das mais poderosas colecionadoras do planeta, para ocupar uma das salas do Museu Nacional do Catar. Recentemente, esses valores foram ultrapassados em recorde histórico, US$ 450 milhões pelo *Salvator Mundi*, com atribuição controversa ao grande Leonardo Da Vinci. Não se esquecia que em 2005 esse mesmo quadro fora negociado por US$ 10 milhões.

– Maluquice? Não, sem-vergonhice – pontificava, sem saber ao certo como se realizava a fraude.

Picasso, por seu quadro *O Sonho*, adquirido recentemente pelo americano Steven Cohen, não deveria valer US$ 155 milhões, muito menos um Jackson Pollock, arrematado pelo milionário mexicano David Martinez Guzmán por US$ 140 milhões.

Mais se indignava Joaquim com os valores estratosféricos alcançados pelas casas de leilões, mais de US$ 2 bilhões no ano na soma das vendas na Sotheby's, na Christie's e na Phillips de Perey. Entre um pastel de Edvard Munch, *O Grito* (uma das obras do norueguês sobre o mesmo tema, pois ele criou mais dois óleos e dois desenhos), por US$ 119 milhões, ou uma tela de Mark Rothko, *Orange, Red, Yellow*, por US$ 86 milhões.

Sem se esquecer da escultura *L'Homme Qui Marche I*, de Alberto Giacometti, por US$ 104,3 milhões, ou *Abaporu*, de Tarsila do Amaral, arrematado pelo argentino Eduardo Constantini por US$ 1,35 milhão, no leilão da Christie's em Nova York, e que hoje faz parte do acervo do belíssimo Malba (Museu de Arte Latino-Americana de Buenos Aires), criado por ele.

Amava as obras do alemão Lucien Freud, que, fugindo do nazismo, naturalizou-se inglês, mas não podia concordar com o preço de venda de sua tela *Benefits Supervisor Sleeping*, que fora negociada por US$ 33,5 milhões, tendo batido o recorde de vendas de obra de um artista vivo. Dizia que esses montantes eram para lavar dinheiro... Acatava, mas não aceitava esse mercado e o considerava uma obscenidade cultural. Baseava-se inclusive em Robert Hughes, um dos mais influentes críticos de arte do século XX, que tachara de degradante histeria de mercado a venda de um Picasso, *Rapaz com Cachimbo*, por mais de US$ 100 milhões, na Sotheby's de Nova York. Na Real Academia de Artes da Inglaterra, Hughes afirmou: "Quando um super-rico paga US$ 104 milhões, valor próximo do PIB de alguns Estados africanos ou caribenhos, por um Picasso imaturo do período rosa, algo não cheira bem. Esse tipo de atitude não honra a Arte, só a degrada, tornando o desejo por ela patológico".

Joaquim achava que Bill Gates, dono da Microsoft, teria sido o comprador.

Porém ele achava engraçadas as geniais jogadas de marketing que alguns pintores célebres promoviam.

Salvador Dalí, em certa ocasião, hospedado em um hotel nova-iorquino, deparou e reconheceu uma mulher riquíssima que vestia um valioso vestido branco. Sem titubear, pegou seus pincéis e se pôs a colorir a roupa dela sob seus protestos assustados. O episódio só não foi às páginas policiais quando a senhora soube, pela turma do "deixa disso", que se tratava do famoso pintor. Ela não usou mais o vestido, porém guardou-o como relíquia, e pediu a Dalí que assinasse a "obra".

O artista aceitou por seu jamegão se ela lhe pagasse. Não se sabe qual foi a quantia, mas ficaram amigos.

Ou mais recentemente, em Londres, na Sotheby's, quando Banksy pôs uma obra em leilão e, acoplado a ela, na parte inferior da grossa moldura dourada, havia um triturador de papel. A famosa casa de leilão não sabia dessa artimanha. A reprodução em acrílico e aerossol de uma de suas mais famosas obras, *Girl with Balloon*, de 2006, foi arrematada por 1,2 milhão de euros e, nesse momento, houve uma "falha técnica" e o aparelho começou a triturar a obra.

Conseguiram desativar o mecanismo, mas um terço da obra já tinha desaparecido. O leiloeiro avisou que, em vista do ocorrido, o lance seria cancelado, porém a compradora insistiu em pagar e ficar com a peça semidestruída, pois ela disse:

– Assim possuirei um pedaço da história da arte.

Alguns dias depois, recebeu ofertas de recompra que chegaram a 3 milhões de euros. Banksy a rebatizou de *Love is in the Bin* e alegou que a destruiu para denunciar a mercantilização da arte.

Em Nova York, um David Hockney (*Poll With Two Figures*) alcançou preço recorde para um artista vivo e foi vendido por mais de US$ 90 milhões na Christie's, superando os US$ 58,4 milhões por um Jeff Koons (*Balloon Dog*).

Até 2019, as obras de arte mais caras vendidas em leilões foram da autoria de Jackson Pollock, uma pintada em 1948 e arrematada na Sotheby's em 2006 por US$ 140 milhões, e outra, em venda particular, atingiu aproximadamente US$ 200 milhões.

Com cifra aproximada temos um tríptico de Francis Bacon em que retrata o amigo pintor Lucian Freud, por US$ 142 milhões.

Mais acima, tivemos um Picasso por US$ 150 milhões e depois um Modigliani por US$ 170 milhões.

32

JOAQUIM, MUITAS VEZES, caminhava na contramão do pensamento politicamente correto e não tinha escrúpulos, nem temores, em afirmar que a psicanálise era supervalorizada. Costumava dizer:

– Freud foi um Gurdjieff que deu certo. Suas teorias do id, ego e superego são de um primitivismo óbvio. Freud textualizou o sabido com uma verborreia barroca recheada de palavras pomposas com o intuito de se tornarem incompreensíveis aos leigos.

Assim como também ridicularizava os filósofos modernos franceses pelo seu palavreado esdrúxulo, que as pessoas não compreendiam por um simples motivo:

– Suas frases são ininteligíveis, porque não querem dizer nada mesmo. E os subintelectuais fingem ver a roupa do Rei, que está nu. E a maioria com temor de não se sentir acatada pela intelectualidade... ou a falsa intelectualidade... repetia as verborragias que nada significavam, com ares de que somente uma pequena elite poderia compreender aquelas abstrusas teorias.

E completava com ironia:

– Em locuções de psitacismos verborrágicos inúteis, prepotentes e cabotinos, como essas que agora uso.

E incluía, nesse rol, pensadores como Jean Baudrillard, Gilles Deleuze – com ressalvas –, Régis Debray, Julia Kristeva *et coetera*.

E, atacando esse palavrório labiríntico que visava somente à enganação, Joaquim também se voltava contra os congêneres das Artes Plásticas e desprezava Damien Hirst e as bobagens do *ready-made* e das instalações ridículas.

Desprezava, mais ainda, quem comprava ou defendia essa subarte, no seu entendimento.

No campo da literatura, os livros de autoajuda eram por ele execrados como caramulhões.

– Que enorme diferença entre esses farsantes da intelectualidade e gênios como Stephen Hawking, que escrevem seus textos para compreensão dos leigos não iniciados na tecnicidade ortográfica das respectivas matérias e que de fato os levam ao saber. E, na sua sapientude, nos ensina a vislumbrar o esplendor do Universo: "Este não é o fim da história, mas apenas o começo de bilhões de anos de vida florescendo no cosmos".

No concernente à economia, Joaquim nutria enorme apreço por Muhammad Yunus, das mais prestigiadas personalidades mundiais que, por amor ao próximo carente e sem falar "economês", fundou o famoso banco que, sem visar a lucros, empresta dinheiro aos necessitados que o devolvem sem pagar um centavo de juros. São pouquíssimos casos de inadimplência.

Sabendo-se que 97% desses empréstimos se destinam às mulheres, pois no seu dizer:

– Elas aplicam esse empréstimo nos seus afazeres cotidianos e profissionais para o bem-estar e educação de seus filhos e de suas famílias. Não como a maioria dos homens que o investem em função de suas necessidades particulares. É chamado com o maior orgulho à raça humana como o "banqueiro dos pobres".

E citava Oscar Wilde:

"A vida é muito importante para ser levada a sério."

33

EM NOVA LEMBRANÇA, percebeu-se de mãos dadas com uma bela namorada recém-conquistada, ao lado de uma enorme piscina de águas translúcidas e azuis.

Bebericavam um gim-tônica e se beijavam na boca, como convém a um casal apaixonado.

Silvia sorveu um gole de seu copo e aproximou o rosto de Joaquim, procurou sua boca e verteu esse gole de gim na boca do parceiro que, satisfeito, repetiu o ritual invertendo as posições e despejando seu gole na boca bem desenhada da amiga.

A mão dela percorreu seu corpo do pescoço ao pênis e, mesmo por cima de sua calça, manipulou-o em masturbação.

Para espanto dele, eis que, subitamente, apareceu na frente do casal uma moça vestida de garçonete, com um vestido preto curto e rendinhas brancas.

– A senhora quer comer algo, dona Silvia?

– Obrigada, querida, mas sirva mais uma dose para meu namorado, enquanto vou ver alguma coisa na geladeira.

E caminhou pela grama até entrar na residência.

A menina que ficara para lhe servir outra dose tinha pernas extremamente bem torneadas e os botões abertos permitiam que Joaquim contemplasse seus seios fartos.

De costas ela se dobrou excessivamente para preparar outro drink e ele se deslumbrou com sua bundinha arrebitada.

Joaquim começara há pouco tempo esse namoro com Silvia. Menina riquíssima e supercobiçada na sociedade brasileira.

Ele era experiente, mas aquele episódio quase constrangedor o excitava. Ainda mais nesse momento em que já estava estimulado pelas brincadeiras da namorada.

Quando ela, ao entregar-lhe o copo, encobriu sua mão com as duas dela, o namorado bem-intencionado não resistiu e segurando a mão dela, ousou:

– Obrigado, você é linda, estará livre a que horas? Quero te ver depois do serviço.

E ela, sem fingir espanto:

– Às seis horas eu saio, posso te encontrar na esquina da Faria Lima em seguida.

– Combinado.

Ela se retirou, passando os dedos nos cabelos de Joaquim.

Em seguida, sua namorada voltou e, com um sorriso maroto, continuou a acariciá-lo.

– Pô, Joaquim, você ainda continuou com essa excitação? Você é fera.

Após instantes, entraram na edícula da piscina e ela lhe fez sexo oral.

Voltaram e continuaram por mais meia hora a bebericar.

– Silvinha, querida, já são quase seis horas. Tenho um compromisso, preciso ir.

– Me liga à noite.

E se despediram com um beijo prolongado.

Às 18h30 ele já se encontrava na esquina onde tinham combinado, quando a mocinha chegou.

Tinha um tremendo *sex appeal.*

Entre conversas supérfluas e toques libidinosos se dirigiram ao motel.

Joaquim continuou o namoro com Silvinha.

No dia seguinte, perguntou onde estava a serviçal.

– Aquela menina é meio louca, pediu a conta e voltou para o interior.

Naquela época, frequentava diariamente a casa da namorada e, quando chegou o próximo sábado, foram a uma festa grã-fina.

O casal era festejado pelos convivas daquele jantar, quando Silvia falou:

– Joaquim, quero lhe apresentar minha prima do Rio.

E, entre olhares cúmplices e zombeteiros das duas primas, reconheceu a empregadinha.

Ficou atônito. Perplexo. Mas assimilou a brincadeira.

No fim da festa, quando todos já estavam meio embriagados, tentou levar as duas juntas ao motel.

Não conseguiu.

E, sob os risos libidinosos das meninas, deixou a carioca em casa e foi com a namorada, como um casal amantíssimo, para o motel.

O semissorriso expandiu-se um pouco mais em seu rosto cadavérico.

34

DESDE MUITO JOVEM, Joaquim frequentava as festas mais badaladas de São Paulo e do Rio.

Naquela época, a paquera era limitada por rígidos preceitos impostos pelas tradicionais famílias.

E os jovens paqueravam as jovens com muitos temores e pudores.

As meninas, se não conhecessem os rapazes, não aceitavam suas cantadas, por timidez ou medo de serem tachadas de "fáceis". De "galinhas", como se dizia.

Em festas particulares não havia esse problema, pois todos os convidados se conheciam. Mas, em festas nos clubes, em salões apropriados, e mesmo nas festas temáticas, como as de São João ou Carnaval ou, ainda, nas do Réveillon, a dificuldade era real.

Joaquim Francisco sempre bolava alguns planos para reduzir tais problemas.

De uma feita, confeccionou um grande cartaz que trazia o seu nome e número de telefone.

Isso, porque era comum, quando os jovens viajavam para Campos do Jordão ou Guarujá, que os carros onde os meninos estavam emparelhassem com aqueles em que as meninas viajavam, em geral com os pais, e trocassem olhares e gestos às escondidas dos genitores, que, em geral, quando percebiam, lançavam olhares ameaçadores.

Essas paqueras inocentes não levavam a nada, porque a comunicação não prosperava além disso, dos olhares. Porém, com essa nova artimanha de Joaquim, as meninas não somente achavam excitante aquela criatividade, como se encantavam com o jeito descontraído do jovem audacioso.

Muitas telefonavam, ensejando uma conversação que várias vezes chegou ao namoro.

Joaquim se lamentava porque, naquela época, o celular ainda não existia, então, o retorno era bem mais demorado.

Em outra ocasião, Joaquim engendrou um criativo plano para levar suas namoradas para a cama.

Ainda não tinha 18 anos e naquela época seria impossível levar uma amiga para um hotel, se fossem menores de idade.

Então, lia nos anúncios dos jornais quais apartamentos mobiliados estavam para alugar. Com a conivência da namorada, chegavam ao prédio e, a pretexto de conhecerem o apartamento, que diziam estar querendo alugar, pediam as chaves ao porteiro e subiam para conhecer os aposentos.

Evidentemente, nunca chegaram a conhecer a cozinha, pois iam direto aos quartos e escolhiam, preferencialmente, aquele que tivesse cama de casal.

Após uma transa rápida, desciam e agradeciam ao porteiro pela presteza, devolvendo-lhe as chaves.

Às vezes, quando o casal saía do prédio, Joaquim dava uma desculpa à menina e voltava para falar com o porteiro.

– Realmente gostei muito do apartamento. Devo voltar amanhã ou depois para mostrá-lo para a minha outra irmã.

Essa estratégia geralmente funcionava.

Outra vez, teceu uma artimanha:

Armou-se de uma Rolleiflex profissional e, nas festas, tirava fotos das meninas, abordando-as em seguida, perguntando seus nomes e, inclusive, seus telefones.

Como possuía uma lábia cativante, a mocinha logo se interessava por ele e combinavam um futuro encontro, quando ele lhe entregaria cópias das fotos.

E assim ia Joaquim angariando amizades femininas, algumas com sucesso carnal, outras que não lhe correspondiam. Mas ele tentava sempre.

Dessa maneira, as meninas passaram a rodeá-lo nas festas, aceitando acompanhá-lo aos lugares da moda.

Sua fama ia se firmando e possuía desde cedo o *savoir faire* para se tornar um galanteador competente. Também levou invertidas, às vezes violentas, quando algum namorado ou irmão da moça vinha tirar satisfações.

Mas tinha um caráter conciliador e raramente entrava em conflitos físicos. Sempre procurava seguir a frase sábia de Adoniran Barbosa, que ele constantemente repetia:

– Bom de briga é aquele que cai fora.

Porém, sem seguir essa máxima, Joaquim lembrou-se de um conflito violento.

Estava namorando uma lindíssima menina, filha de um deputado, das mais cobiçadas pelos jovens da alta sociedade.

Era meio louquinha, mas, em sua vida inteira, Joaquim sempre preferiu as mais louquinhas.

O tal deputado tinha uma fazenda no interior do Estado e naquela cidade, nas férias, a menina imperava.

E exatamente no dia da festa mais importante da cidade, a menina, que morava em São Paulo, foi com Joaquim para participar desse evento, que ela frequentava todos os anos, tradicionalmente.

Os jovens do interior, dessa e de outras cidades, normalmente tinham ódio dos paulistanos que namoravam suas garotas.

Detestavam ser chamados de "caipiras" pelos meninos da capital.

Aliás, eram comuns as brigas coletivas entre paulistanos que iam a suas festas e os autóctones que lá imperavam. Isso acontecia na maioria das cidades interioranas.

Naquela não foi diferente.

Joaquim e aquela beleza nativa foram à festa e se apresentaram como namorados. Formavam um belo casal.

As meninas da cidade se ouriçaram com aquele espécime da capital, mas os meninos foram tomados pela ira e pela inveja.

Após muita bebida, resolveram tirar satisfações com Joaquim.

Sua namorada, percebendo a tragédia que estava para acontecer, conseguiu tirá-lo da festa pela porta dos fundos, e assim voltaram para sua casa, onde estavam hospedados.

Porém, a turma da cidade, cada vez mais embriagada, não aceitou aquele desfecho e, em aproximadamente trinta rapazes, foram à residência da menina para intimidar e humilhar Joaquim.

Quando os namorados chegaram, não tinham ideia de que, em meia hora, aquela turba viria molestá-los. Então se dedicaram às carícias e a bebericar alguns drinques.

E a camarilha chegou em diversos carros de luxo do ano... em grande azáfama... preparando a arruaça...

Diante da mansão de sua namorada, o conglomerado raivoso gritava impropérios contra Joaquim.

Ele já estava bêbado. Sua namorada ia chamar a polícia quando, em um arroubo de macheza idiota, abriu a porta da casa e se dirigiu à turba.

– Covardes filhos da puta.

– Caipiras de merda!

A multidão se enfureceu.

Sua namorada não conseguiu impedir aquela atitude temerária.

As meninas que participavam da festa começaram a chegar e se postaram na rua para assistir à cena.

A multidão já abria os portões do jardim. Foram para a rua. Cercado pelos vândalos, dava demonstração de grande coragem, orientado pelo etílico, e não pela prudência. Vaidoso, queria se apresentar como um macho corajoso.

As mocinhas da cidade passaram a admirar aquela coragem insana.

O círculo dos litigantes se fechou, com Joaquim sozinho no meio, mas, percebendo que o linchamento seria visto como extrema covardia pelos meninos da cidade, um dos líderes da turba fez calar os alaridos e pontificou.

– Não somos covardes, não vamos massacrar esse filho da puta da capital. Vai ser uma briga de um para um.

A multidão calada aquiesceu.

– Somente o Jorjão vai enfrentar esse merda. E seja o que Deus quiser.

Joaquim, surpreso, observou a estatura descomunal do seu oponente. Mãos avantajadas que poderiam sufocá-lo sem chance de defesa.

A visão da musculatura dos braços do Jorjão fez com que Joaquim imediatamente recuperasse a sobriedade.

As orelhas em formato de repolho do gigante indicavam longa experiência nas artes marciais.

Não teria chance, sabia que seria trucidado e que sairia daquela cidade com sua honra rebaixada.

Então, em décimos de segundo, criou uma nova saída para aquela tragédia anunciada. Com rapidez inesperada, começou a dar tapas nas caras dos jovens que o cercavam. Atingiu três... quatro... cinco rapazes que surpresos e enfurecidos avançaram sobre ele, e iniciou-se a pancadaria. Em alguns segundos, a turba, vendo o estado da vítima prostrada no chão, se retirou apressada, deixando Joaquim ensanguentado no asfalto, sob os cuidados zelosos das meninas daquela cidade do interior de São Paulo.

– Que coragem desse cara!

– Além de lindo, é corajoso.

– Enfrentou a todos.

E palavras de apoio à sua coragem foram forjando o novo perfil de Joaquim, que, na realidade, optara por essa saída, não por coragem, mas para não apanhar mais e de um só. Preferiu enfrentar a multidão e sair como herói.

Sua namorada o levou para o hospital, onde um médico competente lhe aplicou pontos de cirurgia plástica. Ela se orgulhou disso por muitos anos e falava com desdém dos rapazes residentes na cidade de sua fazenda.

Joaquim sempre se arriscou em sua vida. Sempre ousou.

Às vezes, se saía bem.

Às vezes, se saía mal.

35

EM CERTO PERÍODO da sua vida, Joaquim morou em uma pequena e confortável cobertura nos Jardins.

Assim que se mudou, algo o encantou.

Na cobertura vizinha morava um alemão solitário, que, diariamente, no pôr do sol, tocava em seu órgão músicas clássicas.

Logo nos primeiros dias da nova morada, Joaquim passou a ouvir pontualmente e com deleite a música executada pelo excêntrico solista.

O vizinho era eclético, interpretava Brahms, Bach, Beethoven, Mozart, Schumann, Schubert...

E Joaquim sentava-se na varanda para relaxar e ouvir. Percebeu que, todos os dias, o germano iniciava seu show particular, religiosamente às 18h30. Então, teve uma ideia, que pôs em prática por muitas vezes.

Convidava alguma namorada ou mesmo alguns amigos e dizia que lhes ofereceria uma surpresa.

Sentava-se no terraço, já com os comes e bebes preparados e, em gestos teatrais, exatamente às 18h30, se punha como maestro e iniciava o recital.

As risadas e a alegria contagiavam todos os convidados nesses momentos inéditos. E assim iam usufruindo a música do alemão em seu rígido horário teutônico.

36

EM SUA LETARGIA, a lembrança de sua formação erudita fez se recordar dos russos. Preponderantes em sua iniciação à cultura.

Desde os romancistas, que tanto influenciaram sua literatura, como Tolstói, Turguêniev, Dostoiévski, Gogol... à poesia de Maiakovski, passando por Gorki, Tchekhov e Aleksandr Púchkin, que ele considerava o fundador da moderna literatura russa, Pasternak, Soljenítsin e Brodsky.

Os textos do crítico Roman Jakobson eram livros de sua cabeceira.

Porém, no concernente às artes plásticas, os russos, como Kandinsky, pai do abstracionismo, e Chagall não o atraíam e, novamente na corrente contrária à opinião geral de seus pares, menosprezava os críticos que os exaltavam. Aceitava Malévitch, antes do suprematismo, e o casal Natalia Goncharova e Mikhail Larionov, mas só.

Na história recente da ópera e do canto lírico, considerava as russas como Anna Netrebko, Aida Garifullin, Olga Peretyatko e Galina Vishnevskaya como sucessoras de Maria Callas, tanto quanto a espanhola Montserrat Caballé.

No teatro, Stanislavski e Meyerhold pontuaram sua visão cênica e no cinema Eisenstein foi o seu mestre.

Não podia imaginar a coreografia sem os russos.

Quando pensava em balé, imediatamente lhe ocorriam os nomes de Diaghilev e Michel Fokine, tendo como estrelas Olga Preobrajenska e Anna Pavlova.

Joaquim se introduzia em pensamento no esplendor dos teatros parisienses que perdurou por décadas, sob o comando de Nijinsky, Nureyev, Baryshnikov e Maya Plisetskaya.

E foi exatamente por causa do balé russo que Joaquim se encantou pelas histórias de Paris das primeiras décadas do século XX.

Pois nessa época, em que "Paris era uma festa", como Hemingway a descreveu, que Joaquim penetrou naquele mundo comandado não somente pelos dissidentes russos que fugiam dos bolcheviques, mas pelos dissidentes morais americanos que se refugiaram naquele epicentro da cultura mundial na época, como o próprio autor de *Por Quem os Sinos Dobram* e Zelda e Scott Fitzgerald.

E naqueles "anos loucos" da década de 1920 pontificavam, também, as figuras exponenciais de Ezra Pound, James Joyce, Gertrude Stein, Pablo Picasso...

E Joaquim se imiscuía espiritualmente entre eles e sentia que essa deveria ter sido a sua época.

Embora o caviar já tivesse sido introduzido na França após a derrota de Napoleão, foi nessa época, dos Anos Loucos, que a iguaria, preferida pelos czares, firmou-se na sofisticada culinária francesa.

Talvez por isso, ele se iniciara na gastronomia. Tornou-se um *gourmet*. Adorava o caviar. Principalmente quando se servia às colheradas.

– É como deve ser degustado – dizia.

Em algumas palestras e reuniões, dissertava:

– Foram os persas, antepassados dos iranianos, que deram o nome de "chav-jar" (bolo de força), às ovas de esturjão, pois as comiam como fortificante alimentar. Paulatinamente, Irã e Rússia foram sofisticando o preparo da iguaria. Sem dúvida, as que têm origem no Cáspio são inigualáveis e provêm dos Beluga, Oretra e Sevruga quando sobem os rios para desovar.

Mas, Joaquim sempre afirmava, eram as ovas do Sterlet, de cor dourada, reservadas ao xá da Pérsia, com que mais ele se deslumbrava pelo paladar, desde que fossem como Malossol, quando, em sua preparação, o melhor caviar desses peixes recebe uma dose menor de sal.

E, sempre que podia, no transcorrer de sua vida, saciava-se com seu prato preferido.

Em certa época de vacas gordas, era assíduo das lojas Petrossian.

Quando a Rússia sediou a Copa de Futebol de 2018, encontrou o pretexto para visitá-la. Foi com o filho, esse sim um aficionado pelo futebol, a nora Nataly e um amigo, Rick, conhecer a Mãe Rússia. Moscou o surpreendeu agradavelmente pela vida agitada do seu turismo, com suas igrejas e catedrais majestosas. Deslumbrou-se com a Praça Vermelha, que se tornou marco na memória arquitetônica mundial.

Conhecedor da história russa e dos autocratas Románov, que a dirigiram despoticamente por 300 anos, extasiou-se em São Petersburgo, com seus palácios e jardins nababescos, e sentiu a presença dos tzares e dos boiardos nesses locais centenários.

História essa repleta de tragédias e escândalos sexuais. Seis entre doze tzares, de 1613 a 1918, foram assassinados, bem como inúmeros membros da aristocracia de suas cortes.

Das centenas de amantes de Catarina II às bastardias da maioria das famílias da nobreza russa, inclusive a dos Románov, nunca se podia afirmar que o sangue de seus rebentos tivesse o DNA paterno.

Na verdade, a bastardia na nobreza russa era semelhante às aristocracias dos países europeus.

Porém, lá, sempre se pautou pela autocracia e, mesmo após a criação por Stalin das quinze repúblicas que formavam a União Soviética, esse regime ditatorial foi mantido e permanece até hoje sob a égide de Putin, que mesclou o autoritarismo dos tzares à sacralização ortodoxa, o nacionalismo ao capitalismo.

Stalin, nos anos 1930, disse: "Durante séculos a Rússia viveu sob um tzar, o povo russo é tzarista e precisa de um deles que possa venerar e pelo qual possa viver e trabalhar".

Confortavelmente, assistiram aos jogos do Mundial em Moscou, St. Petersburg e Kazan em tribunas oficiais da Fifa, com privilegiada mordomia. Deixaram de ir a Samara, porque o time brasileiro foi eliminado precocemente.

Episódios dessa viagem se tornaram tônicas em suas reminiscências.

37

NO CINEMA, Joaquim dirigira e produzira dezenas de documentários. Alguns, uns quatro ou cinco, com premiações nacionais e internacionais. Como Fulvio Pennacchi, Medalha de Ouro no Festival Internacional de Guadalajara ou o curta de ficção, *Geração Traída*, com Eleonora Pereira de Almeida e Paulo Rebocho – Medalha de Ouro no Festival Internacional de Curtas-Metragens de Ficção, em Londres.

Produziu, ainda, um longa, *Chapéu de Couro*, com Luiz Gonzaga – o Rei do Baião, nos sertões de Pernambuco e da Bahia, onde realizou, também, alguns documentários, como a *Missa do Vaqueiro*, com o próprio Gonzaga e o padre João Câncio, lendário personagem da catinga ou *vaquejada*, folclórica atividade cultural do Nordeste brasileiro.

Uma única vez se apresentou como ator, sendo o protagonista ao lado de Karin Rodrigues e Annik Malvil, do longa metragem *Viagem ao Fim do Mundo*, sob a direção do genial Fernando Coni Campos, que recebeu o Leopardo de Prata do Festival Internacional de Locarno.

Semanas depois, estreou comercialmente em Paris, quando, acompanhando o diretor, Joaquim foi participar do evento, saboreando a vitória. Porém surpreso ficou, ao chegarem ao cinema no dia da estreia, com a imprensa e o público os esperando, quando deparou com sua fotografia de corpo inteiro, medindo uns seis metros de altura, que decorava a fachada do cinema.

O interessante é que estava na foto de terno e gravata e Annik, que filmara nua o tempo todo, não aparecia em nenhuma foto da fachada do prédio. Então, muito brava e frustrada, vociferava em tom alto e irado para todos que lá estavam:

– O dono desse cinema só pode ser veado, olha a foto que ele escolheu para apresentar o filme ao público francês.

Esse filme foi um dos primeiros longas-metragens brasileiros a merecer um prêmio internacional de real importância. Baseado em capítulos de *Memórias Póstumas de Brás Cubas*, de Machado de Assis, fez grande sucesso entre os cinéfilos e críticos, porém, por ser um filme "cabeça", não atingiu o grande público.

Fato que lhe deu grande destaque na mídia e que, evidentemente, aproveitou para tentar conquistar novas namoradas. Mas, embora assediado pelos convites de outros diretores, não aceitou nenhum papel. Realmente, não era sua vocação.

Atuar não era a sua área. Preferia ficar atrás das câmeras, como em seus documentários sobre artistas plásticos ou seu longa sobre a 25ª Bienal Internacional de São Paulo, capitaneada pelo eficiente Carlos Bratke.

O cinema lhe trouxera excelentes gratificações, quer pelo reconhecimento público, quer pelas amizades que cultivou com atrizes, atores e diretores importantes daquela época. E foi uma filmagem em Paraty, do longa de Nelson Pereira dos Santos, *Como Era Gostoso o Meu Francês*, que lhe proporcionou o episódio que ele considerava "a maior trepada de sua vida".

Sempre recordava esse fato e, desta vez, deitado naquele leito lúgubre do hospital novamente lhe veio à lembrança.

Viu-se a caminhar pelas ruas coloniais de Paraty.

Era assim que ocorria. Como se fosse num filme. Ele, espectador de si mesmo.

Após uma noitada regada a álcool, despertou e dirigiu-se a uma padaria para o desjejum.

Ao passar por um grupo de atores e técnicos que se preparavam para filmar o longa do mestre do Cinema Novo, percebeu a silhueta de uma menina belíssima que, com um shortinho curto, ostentava nádegas perfeitas e uns seios lindos na blusinha apertada, excitando-o.

Percebeu que ela o fitou de forma provocadora. Mas estava com um grupo de pessoas que não conhecia. Então passou ao largo e, fingindo que nem a tinha notado, entrou na padaria para tomar seu café da manhã.

Enquanto esperava o pedido, percebeu, surpreso, que a menina o tinha seguido e estava de pé ao seu lado no balcão.

Eles não se falaram.

O garçom trouxe seu sanduíche com uma média. E ele, antes da primeira mordida, ofereceu-o a ela, erguendo-o à boca da moça que, sem falar nada, pegou sua mão e levou o sanduíche aos lábios.

Joaquim estremeceu de tesão. Houve uma química incrível.

Então, juntos, devoraram aquele lanche.

O casal não pronunciara nenhuma palavra e, sem saber bem o que fazer, Joaquim pediu um rabo-de-galo, que sorveu até a metade em um gole e em seguida ofereceu, no mesmo copo, a ela.

Tomaram silenciosamente.

Pagou e quando ia se dirigir a ela para perguntar seu nome, a moça o pegou pela mão. Saíram da padaria. Devagar. De mãos dadas. Como dois namorados. Sem se falar. Passaram pelo grupo onde ela há pouco estava. Percebeu que todos pararam de conversar e seguiram o casal com o olhar.

E ela o foi conduzindo pelas calçadas antigas da cidade colonial.

Dobraram o quarteirão e entraram em uma modesta estalagem.

Com ela na frente, segurando sua mão, percorreram um estreito corredor e pararam diante de uma porta.

Sem balbuciar qualquer palavra, ela abriu a porta e o puxou para dentro.

Porta fechada. Imediatamente, ela o encarou e de pé deram o primeiro beijo.

Foi mágico.

Suas línguas se imiscuíram até com certa violência.

Abraçados, Joaquim sentiu a ereção instantânea e baixou a mão para o shortinho da moça que, carinhosamente, acariciava seu pau.

Enfiou os dedos por baixo da calcinha dela e apertou-lhe a nádega rija.

Ela desabotoou o próprio short e o puxou junto com a calcinha para os pés.

Ele se desvencilhou de suas calças e ambos, nus da cintura para baixo, deitaram no catre.

Joaquim sempre fora adepto dos prelúdios sexuais. Porém, nessa ocasião os esqueceu e a penetração se fez de imediato.

Em poucos minutos jaziam satisfeitos, um ao lado do outro, como se dormissem de costas, olhando o nada no teto.

Não se haviam falado. Somente gemidos de prazer.

E assim passaram algum tempo a olhar o teto descascado daquele quarto sem atrativos.

Finalmente, a mão da moça tocou a sua. Virou-se para novamente lhe beijar a boca. Somente agora se aperceberam que ambos permaneciam com suas camisas.

Vagarosamente um despiu o outro e seus corpos novamente se entrelaçaram.

Agora, Joaquim passou a comandar e iniciou uma sessão de língua que começou descendo pelos seios da menina e paulatinamente passou pelo umbigo, até o sexo úmido.

Ela gemia de prazer e sem esperar o gozo do parceiro atingiu um orgasmo que lhe revirou os olhos e seu corpo inteiro se arrepiou.

Percebeu com satisfação que agora era a boca dela que procurava o seu sexo. E, enquanto fazia o boquete, os dedos da moça procuraram o ânus do macho, penetrando-o.

O orgasmo divino ocorreu oferecendo-lhes um prazer olímpico.

Após algumas pausas e outras lascívias, Joaquim se levantou da cama, deixando a parceira totalmente lânguida em seu leito, vestiu-se e saiu do quarto.

E foi-se do hotel mambembe.

Durante essa hora que passaram juntos não pronunciaram nenhuma palavra. Ficaram absolutamente mudos.

Pelas circunstâncias dessa transa, Joaquim protagonizara essa "sua grande trepada".

Se houvesse alguém naquele quarto do hospital, talvez notasse que o moribundo levara sua mão ao sexo.

Na tarde daquele dia, Joaquim arrependeu-se de ter abandonado tão abruptamente o quarto e tentou encontrar novamente a moça.

Disseram que ela partira para curtir férias na Bahia.

Nunca mais a viu.

E para sempre a desejou.

38

JOAQUIM SEMPRE DEMONSTROU interesse pelos mistérios do Universo, da sua criação ao extermínio, que o instigava ao estudo de bases científicas que pudessem desvendá-los.

Gostaria muito de ser e sentir-se católico como seus pais e avós, pois, para eles, havia uma ordem natural e divina que os manteria sempre unidos, principalmente após a morte. A vida não seria efêmera, perduraria pela eternidade. E o contato com os entes queridos permaneceria.

Mas a lógica de seu raciocínio não lhe permitia crer nessa premissa.

As mitologias e superstições das religiões reveladas e seus textos, como a Bíblia, o Alcorão e o Torá, eram tão impossíveis, sem veracidade, assim como as mitologias gregas... ou assírias... ou as das religiões aborígenes de qualquer parte do globo.

Teorias mal engendradas e esdrúxulas serviam como base para essas religiões que, até hoje, dominam metade do planeta.

Ele fora educado sob os ensinamentos da Igreja Católica Apostólica Romana. E fora batizado e crismado. Mas, mesmo depois de abandonar essa fé, estudou todos os seus ritos, como o Ambrosiano, inspirado em Santo Agostinho. O Moçárabe, dos árabes convertidos ao catolicismo na Espanha. E outros, como o Lionês, o Anglicano, o Bizantino, o Armênio e o Caldeu.

Como estudou, também, o Alcorão.

Desdenhava dessas religiões reveladas com seus ritos e livros incoerentes.

Tinha certeza de que o Universo teve origem na Grande Explosão, o Big Bang.

Há uns 20 bilhões de anos, a explosão converteu em estrelas e galáxias toda a massa da matéria e energia confinada num ponto singular.

E o espaço e o tempo se expandem, conforme Einstein.

Mas será o Universo dotado de massa em quantidade suficiente para que sua própria gravidade interrompa a expansão e inicie uma contração?

E aí poderia ocorrer o Big Crash? A destruição da ordem cosmológica?

Joaquim se alienava dessas questões físicas e fisiológicas e partia para os prazeres hedonistas da vida.

Procurou desvendar o mistério pelo conhecimento da física quântica, que estuda os fenômenos que acontecem com as partículas subatômicas, ou seja, que são iguais ou menores que os átomos, como os elétrons, os prótons, as moléculas ou os fótons, por exemplo.

Todas essas micropartículas não podem ser estudadas sob a ótica da física clássica, pois não são regidas pelas leis que a compõem, como a gravidade, a lei da inércia, ação e reação etc.

Quântico, palavra latina que significa "quantidade", é uma referência ao evento físico da quantização, que consiste na alteração instantânea dos elétrons que contêm um nível mínimo de energia para um superior, caso sejam aquecidos. Foi Albert Einstein, o criador da Teoria da Relatividade, que batizou a equação de Planck (E=n.v) pela primeira vez. Mesmo que a teoria da física quântica esteja focada nos fenômenos microscópicos, estes são refletidos em todos os aspectos macroscópicos, uma vez que todas as coisas no Universo são feitas a partir de moléculas, átomos e demais partículas subatômicas.

Joaquim nunca fora um grande conhecedor da física. Quanto mais a estudava, mais suas nuances complexas impediam-no de chegar à conclusão que pretendia: desvendar o Mistério.

E se refugiava em seu hedonismo.

39

JOAQUIM OBTIVERA SUCESSO com seus livros publicados.

E se lembrava sempre do badalado lançamento de seu livro de estreia, *Tratado Geral das Bonecas*. É uma coletânea de contos de humor, ilustrado por um dos mais conhecidos desenhistas do país, seu amigo Zélio Alves Pinto – também um excelente pintor.

Foi publicado por uma conhecida editora, que contratou uma agência de publicidade para realizar a festa de lançamento.

O coquetel se deu em um dos mais prestigiados bares de Ipanema, o Zeppelin, com a presença da equipe do Pasquim, que era, junto aos intelectuais e artistas de vanguarda, o jornal de maior importância da época. Foi um lançamento único, com a famosa Banda de Ipanema tocando em frente ao local.

Dezenas de barris de chope eram esvaziados pelos convidados que lotaram o bar e se esparramavam pela calçada de Visconde de Pirajá.

O livro ficou diversas semanas em primeiro lugar em vendas nas livrarias brasileiras.

E a fama de Joaquim, que se hospedara no Copacabana Palace, se expandia entre as socialites brasileiras.

Ele nunca levou a sério esse livro. Foi uma brincadeira que teceu com um amigo, Roberto da Silva Prado, dono da Brasiliense e da Urupês, uma das mais respeitadas editoras do Brasil, fundada por seu pai, Caio Prado Jr. E lhes rendeu uma soma significativa de dinheiro, pois foi o primeiro a ser vendido em bancas de jornal. Por esse motivo, foi na época, a maior tiragem do Brasil: 100.000 exemplares em bancas e livrarias.

Scarlet Moon, jornalista de peso e socialite carioca, quando escreveu um livro sobre seu irmão Roniquito – inteligentíssimo intelectual e boêmio folclórico do Rio – intitulado "Dr. Roni e Mr. Quito – A Vida do Amado e Temido Boêmio de Ipanema" – dedicou, nas páginas 101, 102 e 103 do capítulo V, um texto ao lançamento do livro *Tratado Geral das Bonecas*, no Rio:

"... Às vezes, quando temiam que Mr. Quito tomasse conta da situação, Dr. Roni podia fazer o bem sem olhar para quem.

É mais ou menos o que conta o paulista Joaquim Conceição, e que, agora, transcrevo".

> – O alvorecer da minha maturidade juvenil, em São Paulo, coincidiu com o nascimento da Banda de Ipanema, no Rio. Espiritualmente, também, nossos perfis coincidiam, mas eram paradoxos na geografia.
>
> Eu, paulista quatrocentão, a cada três ou quatro meses ia ao Rio para vasculhar a efervescência intelectual que ocorria nas plagas cariocas. E enquanto minha mente ansiava por percorrer as veredas do universo artístico e cultural, meu espírito se regozijava na boemia carioca. Fascinavam-me as garotas de Ipanema e o uísque que me movia até elas. Era a mescla do dionisíaco com o apolíneo.
>
> Resumindo: da mesma forma que eu bebia nas fontes (literárias, cinematográficas, teatrais, artísticas) que inspiravam a intelectualidade da terra, eu, também, bebia e vasculhava os bares sacrossantos do Rio.
>
> E foi ele quem, de posse do boneco do meu livro Tratado Geral das Bonecas (ai, trocadilho infame!), ilustrado por Zélio, resolveu apresentar-me ao antigo Zeppelin, o bar mais badalado da época, com o objetivo de lá fazermos o lançamento do livro.
>
> O evento ocorreu após alguns meses, muitos tonéis e matérias na imprensa carioca sobre o Tratado e, principalmente, reportagens semanais no Pasquim, que se encontrava no auge, Bíblia de Ipanema.
>
> Aconteceu da forma mais carioca possível: com muito chope. Sob a batuta de Roniquito, a Banda de Ipanema, em frente ao Zeppelin, alardeava o lançamento, em plena Visconde de Pirajá, anunciando a presença de Ziraldo, Menotti del Picchia, Jaguar, Fernando Coni Campos, Edgard Galvão de Albuquerque, Roberto da Silva Prado, Carlinhos de Oliveira, Paulo Mendes Campos, Albino Pinheiro, Miklós e André Palluch, Ferdy Carneiro, Walter Atademo, Hugo Bidet, Mário Carneiro, Djanira, Paulo César Saraceni, Vinicius

de Moraes, Newton Cavalcanti e tantos outros artistas e intelectuais que forjaram a cultura daqueles "Anos Dourados" dos quais Ipanema era o epicentro dos acontecimentos nacionais.

Dessa forma, Roniquito me introduziu oficialmente ao espírito carioca de Ipanema e introduziu-se perenemente em meu coração.

– Uma brincadeira que deu certo – ele dizia e que também lhe trouxe alguma grana.

Sério, sim, foi seu próximo livro publicado. Um romance editado pela mais importante e prestigiada editora daquela época, a Record e com prefácio do conceituado intelectual Francisco Luiz de Almeida Salles:

PARAÍSO DE HADES

"Para a abordagem desse livro, duas informações são necessárias: o autor pertence à geração dos anos de 1970 e esse romance é a sua estreia na ficção. A primeira informação visa situá-lo na problemática do tempo, a segunda metade do século XX, que se imolou na hecatombe de 39 a 45 e, com seus valores mortos, escancarou-se para a invasão antecipada do ano 2000.

A segunda, justifica a ousadia em que estrutura esta obra, toda construída e articulada, e a sua generosa incapacidade de rejeição ou de seleção de elementos temáticos, preferindo-a apoplética que magra e enxuta como conteúdo, como que querendo tudo dizer para libertar-se do elenco que o atormenta.

"Paraíso de Hades" tem a força literária de George Orwell, em "1984" ou Aldous Huxley, em "O Admirável Mundo Novo" no concernente a romances que criaram Estados Distópicos fictícios.

Fundamental anotar, ainda, o culto do humor, nas linhas e entrelinhas do texto, fruto de pudor ou de característica intelectual, de preferência a inclinação pela crítica, às vezes mordaz, e resultante do impacto de sua desconcertante época.

O leitor desprovido se sentirá desorientado quando ultrapassar a primeira parte do livro, concentrada num único episódio. Parecer-lhe-á chocante que, a descrição realista e patética do assassinato do Presidente eleito da República de San Sebastian, sucedem-se na segunda parte, numerosos capítulos descrevendo a vida paradisíaca na ilha de Orthos, ambiente de amor e luxúria, inspirado no lado escabroso, nos congressos sexuais do Divino Marquês e no lirismo do amor pagão, nos Billitis de Pierre Louys e, no realismo sexual, na descontração espontânea de Henry Miller.

O sentido narrativo não se desvela inicialmente, é, mesmo, intencionalmente enigmático, funcionando como um "trompe l'óeil" da intriga.

E há, também, humor nessa construção, nessa dicotomia entre a Terra e o Paraíso, a Terra infernal, o Paraíso paradisíaco, para, ao final, verificarmos que o Paraíso do livro é que é infernal, o que confere, também, sentido irônico ao título do livro "Paraíso de Hades".

Orthos é o nome do País fictício onde ocorre a narração do romance, inicialmente, parece uma fabulação alegórica do mundo ideal grego ou oriental mas na realidade, é uma construção de um alucinado, que quer dominar o mundo e enriqueceu-se no comércio do pornô.

Há um livro na literatura moderna que se centra numa conspiração internacional de fabulosos aventureiros intelectuais, para provocar um golpe nos Estados Unidos, de esquerda e, posteriormente, de direita. É o "La Fosse de Babel", de Raymond Abellio. O romance de Joaquim Conceição tem como centro a conquista de uma república subdesenvolvida, a de San Sebastian, para torná-la potência atômica e ameaçar o mundo. O livro se encerra com a detonação da bomba atômica na republiqueta e o físico que a montou olhando o céu, na direção do "alheio infinito".

O que legitima o livro é a autenticidade existencial do autor, traduzindo nele toda a parafernália que sua geração foi obrigada a carregar: o fanatismo e o crime político, o sexo e suas perversões, o erotismo, a máfia, a bomba atômica, a lei e a justiça como mitos superados e a ciência não teleológica, lavagem cerebral, a droga e a pesquisa nuclear apocalíptica.

Tentando uma estrutura orquestral de narrativa, difícil, mas no seu caso, opção deliberada, para fazer um painel de sua relação com os problemas que sua geração enfrentou, Joaquim Conceição realizou obra sincera, embora passível de intensa discussão.

Há um mostruário de estilos, afins a cada tipo de tema descrito, mas salientam-se como aquele em que o autor se sente mais autêntico, a narração psicológico-realista, como as que descrevem a vida de Suzanne Marcier, Roland Marré e o polonês Jabst Schellmann, os personagens principais do romance.

A sua curiosidade e o seu talento explicam este livro.

Paraíso de Hades foi diagramado e com capa bolada pelo seu amigo Massao Ohno, um dos mais destacados e respeitados editores da época. Dedicou o livro a ele e a Fernando Coni Campos, baiano de enormes cultura e perspicácia intelectual.

Joaquim já era deputado e o livro teve uma grande tiragem, 10.000 exemplares, consolidando seu nome no firmamento intelectual da época. Isso, embora sua linguagem naturalista causasse certo escândalo entre as mentes puritanas e retrógradas de então.

O cineasta Fernando Coni Campos, respeitado intelectualmente, publicou na imprensa seu artigo que, sem dúvida, credenciou o jovem romancista:

"PARAÍSO DE HADES"

Difícil tarefa essa a que se propõem Joaquim Conceição: escrever em português, na chamada "última flor do Lácio", também conhecida como túmulo das ideias, uma estória de inquietante atualidade que normalmente chegaria a nós, leitores brasileiros, através de tradução de "Best-seller" estrangeiro.

Aí está a originalidade desse livro, apesar de ter sido escrita no Brasil por um brasileiro, ela é de uma universalidade aterradora que atinge a todos nós, tripulantes da espaçonave chamada Terra. Erotismo e política, realidade e fantasia misturam-se nesse livro que nos mostra como uma organização criminosa, uma "máfia", vai inexoravelmente ampliando o seu círculo de aço do submundo da venda de "proteção" até o terrorismo atômico, quando ela consegue, através de uma jogada fascinante e diabólica, comprar uma republiqueta e assumir um assento na ONU.

No momento em que se fala na disseminação das usinas atômicas, no perigo do roubo de material radioativo e na possível construção de bombas atômicas caseiras, esse livro fascinante é uma grave advertência e um tema de meditação para todos nós. Mas é também um livro de amor em que todos os impulsos humanos são mostrados, de uma maneira irresistível. O poder é a meta e para consegui-lo tudo é válido: o tóxico, o sexo, o crime, o dinheiro e a morte.

Paraíso de Hades, um livro onde a fantasia e a realidade fundem-se num painel aterrador, mas que nos fascina e nos prende da primeira à última página.

Um livro corajoso, um romance de ficção política, que poderá se tornar um marco em nossa literatura, quer por sua sensibilidade estilística quer pela crueza de sua realidade.

E quanto mais se tentava censurar o livro, mais ele era discutido e vendido.

Seus outros livros publicados foram críticas de artes plásticas sobre pintores diversos. Houve, também, a edição do seu poema laureado com o Prêmio Governador do Estado de São Paulo de Poesia.

Mas não se considerava um poeta.

– A poesia brota no poeta por inspiração – ele dizia. – E, no meu caso, por um grande esforço intelectual. Eu não sou um poeta. Eu faço poesia.

E, algumas delas, foram publicadas nos suplementos literários ou nas revistas culturais. Escrevia poemas esporadicamente, desde versos livres aos sonetos decassílabos, como exercício intelectual, dentro dos cânones mais rigorosos da literatura parnasiana:

SONETO

Nesta vida, por ásperos caminhos,
Segui em busca de amores e de glória...

Hoje só tenho uma dorida estória,
Plena de fráguas, eternais espinhos...

Descobri miseráveis e mesquinhos,
Percebi a História tão glória,
Senti-me triste, a vida merencória...
Porque tão cruéis, ásperos caminhos?

Ah! Não sei... não saberei nunca, ó Deus!
Tristeza perenal dos dias meus
Tem arcanos profundos como o mar...

Se não se sabe em que ela consiste,
Que eu seja pois, unicamente, triste
E apenas um consolo: o de chorar.

SPLEEN

À memória de Álvares de Azevedo

Imerso nesse "spleen" de que Azevedo,
De quando em vez nos fala com tristeza,
Sinto a vida estiolar-se num degredo,
Vejo pálida, dúbia a Natureza...

Em meu ser, que dúvida, e que incerteza!
Como uma gruta o meu viver é tredo,
O mundo para mim não tem beleza...
Pressinto morte em minha vida cedo!

Reunindo, à noite, à doce companhia,
Dos meus vates gentis e da Poesia,
Na agradável, perpétua embriaguez...

É quando logro instante de prazer...
No mais me sinto enxágue fenecer
Como uma planta em cáustica aridez!...

Receberia outros dois Prêmios Governador do Estado de São Paulo. Ambos de Roteiro Cinematográfico, em anos consecutivos, tornando-se o primeiro literato a receber a láurea em duas categorias.

40

O QUARTO HOSPITALAR tornou-se ainda mais sombrio quando o paciente teve a visão dos amigos que se foram por suas próprias vontades.

Joaquim não via o suicídio com o mesmo foco de algumas religiões que o condenavam, muito menos como as leis em seu país tratavam esse assunto.

E suas lembranças deslizaram pela sua vida desde a juventude, quando um amigo, Roberto Prado, se matara pela insensibilidade da parceira até sua idade recente, quando outro seu amigo, arquiteto famoso, decidiu pôr fim à própria existência.

Ele lamentava as duas decisões, mas não as condenava. Ao contrário, considerava uma atitude corajosa. Triste. Mas corajosa.

Se, no primeiro caso, jovens amigos comuns se reuniram na casa do falecido a chorar e beber em sua homenagem, já no segundo, a maturidade desenhava outro foco no desenlace, e Joaquim e outros amigos choraram pela depressão profunda que acometera a vítima, levando-a ao gesto final. Mas ponderaram, que melhor é sair da vida do que a enfrentar com tristeza.

Joaquim sempre fora defensor de eutanásia em casos irreversíveis, como dos que sofrem de Alzheimer, que destrói a dignidade da pessoa, deixando-a refém das humilhações ocasionadas pela falta dos controles motor e das necessidades fisiológicas, até a alienação total.

Bem como da ortotanásia e de outras formas de morte assistida.

Mas piores lembranças do que essas mortes planejadas vieram-lhe à memória quando vislumbrou a cena do amigo, André Palluch, de tantos anos, parceiro de trabalhos intelectuais e artísticos, ser trucidado em assalto covarde e deixado como morto nas ruas sombrias da Lapa, no Rio de Janeiro, vindo a falecer no hospital, por absoluto descaso, pelos erros médicos que terminaram por vitimá-lo.

Não teve forças para ir ao enterro do amigo no Rio e, em São Paulo, chorou solitário perto de seu computador, onde, por anos, trabalharam juntos em projetos realizados.

E, no mesmo momento dessa tristeza irreversível, seu filho o representava no enterro. Em pronunciamento comovente, externou suas emoções.

"Hoje estou chorando muito, porque choro por mim e pelo meu pai."

E, nesse dia do enterro, Joaquim redigiu um texto, que somente ele ouviria, por meio de sua própria voz embargada, na solidão daquela data, naquele escritório em sua casa paulistana, onde tantos projetos foram sonhados:

ANDRÉ EM BREVES PINCELADAS QUE RETRATAM AMIZADE DE UMA VIDA.

Pelas reminiscências de minha vida intelectual encontro André acompanhando-me nas filigranas das descobertas culturais. Tínhamos menos de 20 anos e o sabor destas conquistas culturais mesclavam-se com nossas incursões boêmias pelas noites paulistanas. Engendrávamos teorias e discutíamos estratégias para salvar o mundo do seu afogamento materialista. O que não sabíamos é que ele próprio seria afogado no crime hediondo do destempero da violência e duplamente assassinado pela ineficácia contundente do nosso sistema oficial de saúde pública. Mas não quero lembrar de seu esgar doloroso, e para ele incompreensível, perante a morte injusta que lhe foi imposta pelo bandido e pelo agente famigerado de nosso sistema hospitalar.

Prefiro voltar aos anos de nossa juventude, quando ele se enveredava artisticamente ao cinema e eu às letras e quando nos locupletávamos em parceria cultural. Mais tarde, já não tínhamos a inocência da juventude e sim a vontade heroica de firmar nossos nomes como contribuintes à cultura pátria. E acompanhamos os anos em envelhecimento indesejado e oferecemos, muitas vezes em parceria, nossos esforços por um sistema político mais justo. Tivemos no transcorrer destas décadas nossas desilusões e alegrias, porém nossa afinidade cultural estreitava nossa amizade e impelia-nos a realizar sonhos em projetos de arte, como nas dezenas de documentários cinematográficos que realizamos com o mesmo ímpeto de nossa juventude.

Destaco a importância que André teve pra mim quando ele e Miklós me incentivaram a roteirizar meu romance "Paraíso de Hades" que graças à dedicação e talento de André, roteirista maior, foi aprovado pela Ancine...

Quando meu filho se iniciou no caminho do humor, foi André quem o filmou interpretando os primeiros textos de sua lavra que mais tarde eclodiram no "stand up"... Quando Alice, minha filha, queria mais um ombro amigo, procurava André, que neste período morava conosco em São Paulo... E os muitos amigos fraternos que eu lhe apresentei, como Anibal Massaini, Antenor Cerello, Ayrton Orsi, Aurora Duarte, Caciporé Torres, Carlinhos Salem, Carlos Bratke, Carmen Fonseca, Cassiano Araújo, Celso Grellet, Celso Kassab, Chico Pinto, Debora Veiga, Diogo Pacheco, Edgard Galvão de Albuquerque, Gabriela Pennacchi, Isabella Robinson, Jabor Descio Sobrinho, Jânio Benito Costa, João Carlos Cauduro, José Carlos dos Santos, José Nicolau, José Roberto Noronha, Joyce Cavalccante, Júlio Medaglia, Ligia Prouvot, Lucinha Abreu Duarte, Luiz da Rocha Azevedo, Luiz Felipe Mendes e Silva, Milton Leubeck, Nilo Sérgio Félix, Paulo Roberto Rebocho, Pedro Menin, Pedro Paulo Mendes e Silva, Renato Franco de Mello, Tânia Resende, Teca Lacerda, Vera e Sílvio Bonatti... e alguns amigos que estão com ele no além como Chiquito da Cunha Bueno, Fang, Fernando Coni Campos, Massao Ohno, Mauro Chaves, Nino Ferraz, Roberto da Silva Prado e Wilson Carpegiani.

André participou da minha família, foi amigo das mulheres que me acompanharam em trajetos importantes na minha vida, como Gabriela, Isabella, Debora, Ligia e Andrea Camarinha.

Foi amigo de meus filhos, que o conhecendo, passaram a amá-lo e respeitá-lo.

Portanto, ele representa, para mim, uma extensão da família. E cada ano que se passava, em amizade fraternal, fomentávamos o idealismo de contribuir com nossas realizações culturais para uma sociedade mais equânime, voltada para a liberdade e justiça social. Não tivemos êxito nessa empreitada democrática, mas soubemos vivenciar e cultivar uma amizade que, com orgulho, repassei a meus filhos, que o amaram como eu, porque com ele conviveram e aprenderam o valor da honestidade intelectual e da sensibilidade artística, dos valores morais e, principalmente, da Amizade que solidifica e dá sentido ao existencial.

Mas outro sofrimento ocasionado por morte, que mais o fez despencar de uma lógica de vida e o deixou à mercê da alienação, ocorreu quando sua última esposa se deitou para dormir ao seu lado e jamais acordou. Aos trinta e sete anos de idade, seu coração parou.

E, pasmo pelo irreversível, totalmente a ele incompreensível, chorou calado.

Lembrava-se, também, sempre com muita saudade, das mortes naturais de seu pai e, anos depois, da sua mãe longeva. E a prematura morte de seu único irmão homem que, infelizmente, falecera sem que houvesse uma reconciliação real entre eles.

41

RECORDOU-SE DE QUE, na época em que exerceu mandato parlamentar ou outros cargos oficiais, a corrupção não era tão escancarada como a atual, mas já era praticada intensamente.

Mesmo seus inimigos políticos reconheciam sua integridade.

Porém essa sua qualidade não era louvada por seus pares, que ainda espalhavam que ele era "trouxa" e que, mesmo com a caneta na mão, quando foi Adjunto de Cultura ou 1º Secretário da Assembleia, não sabia ganhar dinheiro, como diziam.

"Saber ganhar dinheiro" significava aceitar propinas, fomentando a corrupção.

Decepcionado e amargurado com essa prática espúria, abandonou a vida pública. Anos depois tentaria a reeleição com o apoio de amigos, como André da Rocha Azevedo, Carlos Eduardo Calfat Salem – amigo de juventude, Carlos Bratke, Chiquinho Scarpa, Cristiane Saad, Edes Dalle Molle, Fauzi Hamuche, Héracles Infante, Jabor Descio Sobrinho – que o recebia, às vezes, em seu apartamento de praia na Riviera de São Lourenço, João Carlos Cauduro – seu cunhado muito querido, João Paulo Arruda, José Nicolau, Letícia Menin, Ligia Provout, Luiz da Rocha Azevedo – outro cunhado, que em diversas fases de sua vida sempre lhe ofereceu apoio, Michel Farah, Orlando Galatti, Regina Salem, Reynaldo Kherlakian, Reynaldo Yunes, Tadeu Ribeiro e tantos outros, incluindo artistas plásticos como Caciporé Torres, Carlos Araújo, Cassiano Araújo, Marli Gusmão e Hosana Izzo, mas não obteve êxito, por não poder arcar com as despesas das campanhas milionárias que elegem os parlamentares no Brasil.

E, na atualidade, sentia-se enojado com a corrupção endêmica, institucionalizada pelo PT e aceita por próceres de quase todos os partidos políticos do país.

Citava Huxley:

"A democracia permite que pessoas abomináveis conquistem o poder".

Considerava a Lava Jato a grande esperança para a melhoria ética entre os novos políticos que deveriam substituir a máquina administrativa anterior eivada de ilicitudes.

– O maior benefício da Lava Jato – dizia com entusiasmo – é que conseguiu incutir nas gerações de meninas e meninos de 12 a 15 anos que roubar é feio. E quem se locupletou com ilícitos vai para a cadeia.

Na prática não foi bem assim, mas serviu para o início da moralização nos três Poderes institucionais.

Joaquim sempre dizia que dois vilões e dois mocinhos tinham conseguido atenuar a roubalheira endêmica praticada por décadas em nosso país.

Os vilões foram Roberto Jefferson que, não por mérito democrático, mas por se sentir ameaçado por Zé Dirceu, conseguiu, por seus dotes de grande orador e pelo seu conhecimento das falcatruas perpetradas, derrubar o ministro todo-poderoso, livrando o Brasil da futura presidência desse tal Dirceu que, sem dúvida, lograria êxito se não fosse desmascarado pelo vilão e dessa forma obrigado a renunciar ao cargo e à candidatura.

O outro foi Eduardo Cunha, que, também sem anseios pela justiça, mas motivado por interesses pessoais, conseguiu, quase sozinho, derrubar a "presidenta" Dilma Rousseff, permitindo, assim, ao país defenestrar parte da quadrilha de corrupção que o dominava.

Ambos foram presos.

E os dois mocinhos foram o ministro Joaquim Barbosa, que, com muito esforço e altivez, conseguiu pôr na cadeia os próceres da corrupção; e o o genial Sergio Moro, que, por patriotismo incomum, ergueu a Lava Jato aos patamares da decência democrática.

Porém, todas essas ações se concretizaram porque estavam respaldadas pela sociedade indignada. Por todas as categorias sociais.

As manifestações populares, em todo o Brasil, exigiram a queda do lulopetismo. Destituíram Dilma Rousseff da Presidência e encarceraram quase todos os próceres petistas, como Dirceu e o próprio Lula.

No auge das manifestações populares, Joaquim engrossava a multidão de brasileiros que lotavam a Avenida Paulista em São Paulo, comandando vários grupos de amigos que ele recebia na casa do saudoso Renato Franco de Mello, que a cedia, com essa finalidade. Única residência na célebre Avenida Paulista, era um casarão construído por seus pais em 1905 e tombado pelo patrimônio histórico de São Paulo. Mansão lindíssima, palco privilegiado dessas manifestações patrióticas.

Após esses episódios históricos serem delineados, Joaquim dizia;

– Seria justo citar, ainda, o Procurador da República, Deltan Dallagnol, coordenador e porta-voz da força-tarefa da Lava Jato, que revelou episódios dos mais vergonhosos de toda a história deste Brasil. E obteve notoriedade com o Power Point de 2016, quando citou Lula como "maestro da orquestra criminosa". Esses políticos ultrajam as instituições republicanas por sórdidas tramas criminosas.

E com humor tragicômico repetia a frase do seu amigo Carlito Maia:

"Brasil? Fraude explica".

42

A RESPIRAÇÃO OPRESSA indicava a agonia. Seu padecimento se amenizou quando lembranças das meninas lhe vieram à tona.

Lembranças gentis de suas primeiras filhas, Cristiana e Silvana.

Após seu desquite, fazia questão de levar todos os dias as meninas para o colégio. Mesmo se tivesse ido dormir com o sol raiando.

Felizmente elas, de quatro e sete anos, estudavam à tarde.

Joaquim as buscava na casa da mãe e muitas vezes, desafiando as regras estabelecidas, em vez de levá-las às aulas, cabulava, e, com as meninas, visitava museus ou parques de diversão.

As duas, sem entenderem o politicamente incorreto, adoravam aquelas mudanças do método.

– Elas se divertem e aprendem muito mais comigo – dizia aos amigos que concordavam ou não, mas que o achavam um descumpridor das regras vigentes.

Suas filhas sempre permaneceram em seu imaginário paterno e ele, quando se desquitou da mãe delas, sofreu muito pela separação das meninas.

Às vezes, levava-as para almoçar em restaurantes antes das aulas ou nas tais cabulações. E soube pelas crianças que a mãe, na volta das aulas, sempre perguntava em qual restaurante o pai as levara.

As meninas não sabiam responder e passaram a perguntar ao pai o nome dos estabelecimentos.

Muitas vezes eram restaurantes simples, às vezes por quilo, porém após as refeições dizia:

– Avisem sua mãe que hoje fomos ao Fasano, em outro dia ao Tambouille. E depois ao Parigi... e ao Gero...

As crianças repetiam e a mãe recebia as respostas com absoluta concordância e aprovação.

Essas lembranças amenizavam suas dores.

Veio-lhe à memória a cena em que a babá de sua filhinha Cristiana, às vésperas das eleições, a empurrava no carrinho de bebê, que ele enchera de santinhos eleitorais – ela sempre mastigava um deles. Atrás do carrinho via-se um cartaz, realizado pelo artista Gustavo Rosa, com uma figurinha hilária e o texto:

"Eu voto no papai
Joaquim Conceição
Deputado Estadual"

E as babás e mamães da praça achavam aquela imagem carinhosa e pegavam os santinhos, com seu nome e número, para sufragá-lo nas urnas.

Assim fizeram e assim Joaquim foi eleito.

Durante o seu primeiro mandato legislativo, conheceu Isabella, que viria a se tornar sua segunda mulher.

Foi o casamento que durou mais tempo, quase vinte anos, e do qual vieram seus outros filhos. Um casal de crianças que cresceu no convívio com suas duas primeiras filhas. Por um longo período, viveram todos juntos na mesma casa, fato que os uniu por toda a vida.

A infância de Alice, sua filha mais jovem, e a de seu filho se uniram à adolescência das mais velhas, quando moravam naquele solar majestoso da Cidade Jardim, que lhe trouxe momentos de enorme felicidade.

Alice, entre os filhos, era quem mais se identificava com sua natureza boêmia e, desde a juventude, muitas vezes, o acompanhava nas reuniões festivas com os amigos, que acabaram se tornando também dela, até a sua vida adulta.

E lembrou-se, com o coração transbordando de amor, de uma cena hilária, quando a menina tinha uns seis anos.

Joaquim aguardava naquela noite a visita de dois casais de amigos. Porém os visitantes chegaram um pouco antes, enquanto ele ainda estava se arrumando.

A empregada os fez entrar e Alice, solicitamente, perguntou, repetindo o que seu pai sempre fazia:

– Então, vamos começar a noite. Esperem um pouquinho que vou trazer suas bebidas.

E, enquanto os casais conversavam e beliscavam uns petiscos já servidos, Alice foi à copa para lhes preparar as bebidas.

Quando Joaquim desceu para recepcionar os amigos, deparou com uma cena insólita; os quatro os aguardavam, em risadas soltas, com copos de milk-shake nas mãos.

Lembranças gentis que amenizavam a prostração do moribundo.

43

AINDA JOVEM, movido pela solidariedade, procurou a Maçonaria. Indicado por amigos maçons, como o português Jorge Martins, tornou-se um deles pelo Portal da loja "Acácia de Vila Prudente".

> "Aqueles que dão o seu nome à seita maçônica ou a outras sociedades congêneres, que conspiram contra a Igreja ou os legítimos poderes civis, incorrem, só por esse ato, em excomunhão simplesmente reservada à Sé Apostólica" (Dir. Canônico. C. 2335).

E assim Joaquim, sem dar a mínima, foi excomungado da religião na qual se crismara, o catolicismo.

A maçonaria é constituída por Lojas e Grandes Orientes, sendo cada divisão governada por um grão-mestre. O seu rito compreende três graus simbólicos, a saber: aprendiz, companheiro e mestre. O aprendiz jaz ainda nas trevas do mundo; mas a seita lhe ministrará conhecimentos bastantes para chegar à luz. Uma vez iluminado, passará a chamar-se companheiro. Mais um pouco de esforço e ele se divinizará, isto é, atingirá o cume da perfeição maçônica. Tornar-se-á então mestre. A par dos graus simbólicos, há outros, chamados graus filosóficos, que serão conferidos conforme os conhecimentos de cada um. Somente aos graduados se revelam os segredos da seita.

E ele atuava com afinco em seus propósitos humanitários, até que, por sua natureza rebelde e aventureira, cansou-se da monotonia das reuniões semanais e, já no grau três da entidade, pediu o "quite place" e "adormece", o que significa pedir um licenciamento da ordem.

Em matéria de crença e política reina grande divergência entre os maçons, uns são espiritualistas, outros materialistas, uns socialistas outros direitistas etc.

"No seu espírito real e esotérico", adverte Preuss, "no seu fim e no seu objeto, em sua luz e em suas doutrinas, na sua filosofia e na sua religião, a maçonaria é essencialmente uma. Forma, assim, uma família... uma ordem".

E Joaquim descrevia:

– A maçonaria é uma instituição essencialmente filantrópica, filosófica e progressista, que tem por objetivo a busca da verdade, o estudo da moral e a prática da solidariedade, visando tão só o aperfeiçoamento intelectual e social da humanidade, tendo por divisa "Liberdade, Igualdade e Fraternidade"... Porém, a Igreja Católica sempre a acusou de tecer "planos sinistros", conforme afirmara Leão XIII, e seu predecessor Pio IX chamou-a de "Sinagoga de Satanás". Em sua bula *Humanun Genus*, dada a lume a 20 de abril de 1884, assim resume o pontífice a finalidade da maçonaria:

> "São tão manifestamente contrários à razão, que ninguém é capaz de calcular o seu grau de perversidade... Enquanto que os pagãos tão convencidos estavam da necessidade de prestar culto à Divindade, que chegaram a afirmar ser mais fácil construir uma cidade no ar do que fundar uma república sem templos e sem cultos, os maçons querem construir uma sociedade sem Deus! Dest'arte se esforçam por nivelar a humanidade aos irracionais, não proporcionando ao homem outra aspiração além dos prazeres sensíveis, aniquilando, assim, o gênero humano pela infâmia e pelo opróbrio. Por ai se vê que a Maçonaria é uma sociedade puramente materialista e, como tal, visa suprimir todas as religiões, particularmente (como disse Presuss) o catolicismo fundado por Jesus Cristo.
>
> Alegar-se-á que a seita cultua o Grande Arquiteto do Universo. Não há dúvida, mas cumpre notar que o Grande Arquiteto dos Maçons não é o Deus verdadeiro e sim um mero símbolo maçônico, ou seja, a Natureza, causa universal, segundo eles, de todas as cousas.
>
> Ora, 'em uma sociedade onde desaparece todo e qualquer sentimento religioso', observa o insuspeito Voltaire, 'os homens se devorariam uns aos outros como cães hidrófobos!' Pois bem, outro fim não teve a maçonaria, riscando Deus do seu culto, senão eliminar das consciências todo e qualquer sentimento de religião. Não o conseguirá, decerto, porque 'o homem é um animal

religioso'; contudo, poderá reduzir o mundo inteiro ao estado de degradação e de miséria a que se reduziu a Rússia, seus demais países não coibirem em tempo o trabalho subterrâneo de destruição que a 'Sinagoga de Satanás' está realizando entre todos os povos civilizados."

– Nada menos que nove papas – dizia Joaquim –, em menos de dois séculos, fulminaram a maçonaria com terríveis anátemas. São eles: Clemente XII (1738), Bento XIV (1751), Pio VI (1775), Pio VII (1821), Leão XII (1826), Pio VIII (1829), Gregório XVI (1832), Pio IX (cinco vezes entre 1864 e 1873) e Leão XIII (1884).

E então professava:

– Não se pode precisar a data em que a maçonaria começou a existir. É certo, porém, que em 1717 foi fundada na Inglaterra a chamada Grande Loja de Londres, por Elias Ashmole, grande bibliófilo, e posteriormente, em 1771, na França, o Grande Oriente. Esses dois centros constituem as sedes da Maçonaria universal.

E ele, certa vez, visitou a Grande Loja em Londres e o Grande Oriente em Paris, que tiveram enorme influência política no mundo ocidental. E, como exemplo, cita-se o famoso episódio na Loja de Londres, onde Voltaire e Benjamin Franklin marcaram encontro para conversar sobre a independência americana. Iluminismo e maçonaria se comunicavam.

A maçonaria teve grande influência no Segundo Reinado brasileiro e principalmente nos ideais da República do Brasil.

Mas, paulatinamente, foi perdendo força política e, atualmente, Joaquim e seus irmãos maçons só a praticam para objetivar projetos filantrópicos, na prática de solidariedade.

Os anátemas da Igreja jamais o incomodaram e praticou os ensinamentos maçons antes, depois e durante seus mandatos na política.

44

EM UM CURTO período da juventude, Joaquim fora niilista. E militara, por rebeldia, pelos preceitos contrários às comunidades organizadas conforme leis e convenções sociais.

Assinou, com o poeta Roberto Piva, o escritor Jorge Mautner, que em seguida se tornaria músico e guru dos baianos Gilberto Gil, Bethânia e Caetano Veloso, e João Carlos Quartim de Moraes, com quem se iniciou nos estudos filosóficos, sob a orientação de Paulo Edmur de Souza Queiroz e Vicente Ferreira da Silva, o Manifesto Niilista, para divulgar seus ideais.

Mera aventura juvenil, pois logo se compenetrara da necessidade de parâmetros que conduzam a sociedade, livrando-a do caos.

Mas o que lhe incomodava, sobremaneira, era a certeza de que não havia no Universo leis naturais que regessem o Bem e o Mal.

As leis e as regras, às vezes díspares, tinham sido criadas nos mais distintos locais, através dos milênios, por estirpes de homens, somente para assegurar a própria subsistência.

E, nas diversas civilizações que dominaram o Planeta, esses conceitos se modificavam, muitas vezes até o antagonismo radical.

Em Esparta, no auge da hegemonia do Peloponeso, os bebês que nasciam com deficiência física eram lançados vivos dos altos do Monte Taigeto para se despedaçarem nas rochas de seus sopés; na mesma época, no século V a.C., na vizinha Atenas, isso era considerado crime, cuja penalidade era a morte.

A clitoridectomia até hoje é praticada em alguns locais do Oriente Médio e da África do Norte, para total indignação do chamado mundo civilizado ocidental.

Assassinar em nome de Deus foi permitido pelos cristãos, judeus e mulçumanos e causa estupefação aos ateus e a povos que seguem outras religiões.

E dezenas... centenas de outras práticas e costumes regeram a dicotomia dos seres humanos.

Isso o amargurava, não existirem conceitos naturais que orientassem os humanos, porém tão somente premissas fictícias a coordenar todas as eras, em todos os países, nos atuais e nos que sucumbiram. Dos persas ou caldeus aos americanos ou russos.

Joaquim acreditava mais nos homens do que nas instituições criadas por seus mandatários, pois, se nas origens elas poderiam ser benéficas às comunidades, os que os sucediam somente as modificavam para se manter no poder em detrimento da população.

E, em diversos países, em diversas épocas, graças às ações de alguns, muitos foram protegidos.

E ele sempre citava governantes, independentemente do regime político em que viviam seus países, que com mãos de ferro nortearam o progresso e os benefícios de seus povos, como os Déspotas Esclarecidos no século XVIII.

– Tenham como exemplo Frederico II da Prússia, José II da Áustria e Catarina II da Rússia, sem nos esquecermos do Marquês de Pombal em Portugal, que modernizaram seus países à revelia de seus parlamentos e das aristocracias locais, levando-os a seguirem os ensinamentos dos Iluministas e dando-lhes maior segurança civil. Lembremo-nos, também, do próprio Napoleão – que torna a França o país mais poderoso de sua época.

Joaquim não acreditava nos regimes, acreditava nos homens.

"O Homem é a medida de todas as coisas", como o sofista Protágoras pontificou nas *Antilogias*, "e por esse axioma nos mostra a relatividade dos conceitos culturais e sociais".

Em um discurso inflamado que fizera na Assembleia, como deputado, Joaquim, em um trecho, externava essa opinião:

> "... Não foram as centúrias romanas que conquistaram o mundo, mas Júlio César.
>
> Não foram as falanges macedônicas que dominaram países mais poderosos, mas Alexandre.
>
> Não foram as patas dos elefantes cartagineses que fizeram Roma tremer, mas Aníbal.

Não foram as tropas franceses que fizeram a Europa se curvar, mas Napoleão.

Nem as hordas mongólicas com seus formidáveis cavaleiros arqueiros que venceram a Grande Muralha da China e conquistaram grande parte do Ocidente, mas Gengis Khan."

Ele nunca poderia, com convicção severa, ensinar aos filhos que existiria um regime de governo ideal para todos os países, nem que a verdade eterna pudesse existir. Também não poderia dizer a eles que o Bem e o Mal talvez não existissem como verdades absolutas.

Tudo sempre foi relativo e os regimes políticos também.

Leitor atento do Manifesto do Partido Comunista, publicado em 21 de fevereiro de 1848 por Karl Marx e Friedrich Engels, ele, mesmo aceitando a erudição dos autores, tinha certeza da impraticabilidade daquela teoria. E a própria História lhe deu razão, quando em todos os países, excetuando-se a China, aquele regime não vingou e se deteriorou ante o liberalismo do capitalismo moderado.

Porém tudo é tão relativo, tinha certeza de que, se o comunismo acabasse subitamente na China, esse país desmoronaria, levando consigo metade da economia mundial.

Paulatinamente, poderia acontecer a Glasnost (Transparência) e a Perestroika (Reconstrução) naquele país do Extremo Oriente, mas, hoje, Joaquim, a contragosto, considerava que lá o comunismo não poderia ser extinto.

Sempre fora anticomunista ferrenho. Mas tudo é relativo. Então até o comunismo ele aceitava em algum lugar.

45

EM SEU LEITO, Joaquim ouviu ou pensou ouvir vozes ao seu redor.

– Eu acho que ele pode nos ouvir.

– Pode ser, eu percebi movimento em seu rosto.

Acreditou que esse diálogo entre suas filhas poderia ser real.

E das lembranças das meninas, uma veio-lhe à tona, quando, em pomposa festa, uma delas, Silvana, se casava no casarão colonial que ele próprio tinha recentemente restaurado.

Era um solar construído em 1813 que estava arruinado e desabando quando Joaquim e Michel Chelala, seu sócio no empreendimento, tomaram a responsabilidade de recuperar aquele prédio tombado. Não fosse por essa dedicação àquela construção histórica, o casarão teria ruído, e ele sempre se sentiu orgulhoso de ter impedido esse desastre, restaurando uma das construções coloniais mais importantes para a história de sua cidade.

Foi sua contribuição à preservação da memória de São Paulo.

O casarão foi inaugurado com solenidade ímpar, com a presença de autoridades civis e membros da elite cultural brasileira.

O ministro da Cultura, Francisco Weffort, e o Príncipe dos Poetas Brasileiros, Paulo Bomfim, junto com Joaquim, descerraram a fita inaugural daquela joia da arquitetura colonial brasileira, que Joaquim preservara e oferecia a São Paulo.

A Casa se tornaria um ícone... um cartão de visita da cidade. Todas as autoridades que visitavam São Paulo, alguns chefes de Estado e dois ou três reis de países amigos tinham recomendação oficial de conhecer aquele amplo e agradável complexo arquitetônico.

Ele o transformou em um espaço cultural.

O primeiro evento social, após a inauguração da famosa Casa da Fazenda do Morumbi, foi a monumental festa do primeiro casamento de sua filha Silvana.

Joaquim tornou-se o curador de arte do projeto por uns dez anos e dessa forma consolidou seu nome como empresário cultural.

Realizando, nessa mansão, grandes eventos, a exemplo de retrospectivas em homenagem aos principais artistas vivos sul-americanos que já eram seus amigos: Aldemir Martins, Caciporé Torres, Carlos Páez Vilaró, Cícero Dias, o peruano Felipe Lettersten, Ferenc Kiss, Inimá de Paula e Thomaz Ianelli, entre outros. E, também, oferecendo aquele espaço nobre aos artistas emergentes e desconhecidos, dando-lhes a oportunidade de expor suas obras em igualdade de condições com aquelas figuras icônicas da cultura nacional.

Os elitistas o criticaram por esse gesto de democracia artística. Contudo, sua persistência prevaleceu e seu mecenato foi reconhecido.

Lembranças das grandes festas misturavam-se àquelas dificuldades que enfrentou para conseguir recursos que permitissem a manutenção do sítio histórico.

Outra lembrança: em plena azáfama da construção da casa, permitia que seu filho, então, com uns quinze anos, dirigisse sozinho seu carro no amplo terreno da propriedade, para adquirir experiência como motorista, escandalizando os seguidores das leis de trânsito.

Mas a lembrança que mais o comoveu foi quando, em uma das grandes festas que ocorriam na Casa, conheceu a menina linda, Debora, que se tornaria a terceira de suas queridas esposas.

– Eu vi, ele mexeu os lábios – dizia uma filha que acariciava sua mão inerte.

46

CERTO DIA, veio-lhe à mente a lembrança querida de seu amigo Vilaró.

Por seu vigor e dedicação às artes, seu nome já era nacional no restrito mundo cultural. Ultrapassou os pampas. Já reconhecido como um dos principais artistas plásticos sul-americanos, o uruguaio Carlos Páez Vilaró o convidou para, juntos, desenvolverem projetos que divulgassem obras e artistas latino-americanos.

Em parceria profícua, Joaquim tornou-se diretor da Academia Latino-Americana de Arte – ALA, para geri-la no Brasil.

Após alguns anos, com diversos projetos bem-sucedidos executados pela ALA, Vilaró o convidou para sucedê-lo na presidência internacional da entidade.

Cargo que assumiu, com sede na Casa da Fazenda do Morumbi, que restaurara por meio de um projeto cultural amparado pela Lei Rouanet, de aproximadamente U$ 8 milhões.

Aliás, por causa desse projeto de enorme repercussão nacional e de outro, também arquitetônico, no Museu da Casa Brasileira, igualmente executado por meio da lei de incentivo, às vezes seu nome saía nos jornais com o epíteto de "arquiteto". Como não o era, desdizia o erro, mas achava graça, sempre com um sorriso zombeteiro.

Com dezenas de exposições, documentários e livros sobre arte realizados em sua gestão, a ALA se consolidou como umas das mais respeitadas entidades culturais da América Latina.

Além dos eventos realizados em diversos estados brasileiros, a ALA se apresentou em diversos países do Cone Sul – Argentina, Uruguai e Chile –, então o sodalício e seus projetos se firmaram, também, nos calendários culturais desses países.

No Uruguai, a ALA realizou 14 exposições em anos consecutivos, nas quais sempre contavam com a presença do embaixador brasileiro que estivesse no cargo, bem como ministros de Estado do país anfitrião, como Leonardo Gusman em 2004 ou Hector Lezcano em 2008.

Esses eventos ocorreram no período governamental de quatro presidentes, desde Julio Maria Sanguinetti, que Joaquim conheceu no Brasil apresentado por Rafael Mora, então cônsul uruguaio em São Paulo, ou Jorge Batlle, que Joaquim já conhecia, desde que esse presidente visitou, no Brasil, a Casa da Fazenda do Morumbi.

Em 2001, visitou, também, a exposição que a ALA promoveu no transatlântico Costa Clasica, ancorado em Punta Del Este, e, posteriormente, em 2004 inaugurou a exposição no Conrad Hotel.

Amaury Jr., um dos mais conhecidos apresentadores da TV sul-americana, se fez presente em duas delas, fazendo a cobertura completa em seu programa de enorme audiência no Brasil e no próprio Uruguai.

Porém, além dessas viagens sempre alegres e profícuas, uma delas mereceu lembrança angustiante.

Estava com Ligia visitando um parque turístico em Santiago do Chile e, sem perceberem, o relógio bateu 18 horas. Encerrava-se o horário da visitação e já escurecia.

Fora do logradouro, não conseguiram encontrar um táxi, naquela época não havia Uber, e já estavam preocupados quando um homem corpulento perguntou se precisavam de táxi.

Era um tipo estranho, mas toparam serem conduzidos até o hotel.

Logo no início da viagem, Ligia percebeu que o motorista olhava com insistência pelo retrovisor e balbuciava frases desconexas. Demonstrou seu temor pedindo a Joaquim que dissesse ao taxista para pararem em qualquer lugar movimentado.

Nesse momento ouviram pancadas regulares no porta-malas do carro, como se alguém lá estivesse preso e batesse com os pés para chamar atenção.

O pavor dominou-os. As batidas continuavam e o taxista falava alto consigo próprio.

Parecia estar drogado. Alguns minutos depois, sempre sob aquelas batidas terrificantes que, imaginaram, pediam socorro, o carro chegou ao hotel, porém o motorista se recusou a subir a rampa que dá à recepção, parando o carro na própria avenida. Virou-se para eles e disse que a corrida custava 100 dólares. A estratégia que Joaquim traçara malogrou, porque a ideia era que, quando o carro chegasse à portaria do hotel, eles saíssem correndo clamando por socorro. Mais uma vez, em tom ameaçador, o motorista recusou-se a deixá-los onde tivesse funcionários do hotel.

As batidas preocupantes continuavam com mais ímpeto, ele abriu a porta e rapidamente desceram do carro. Ainda disse que a quantia exigida era despropositada e jogou 10 ou 20 dólares no banco da frente.

Trêmulos, correram até a entrada do hotel.

O táxi disparou pela avenida e eles, já no saguão de entrada, sentaram-se e, ainda nervosos, decidiram nada falar às autoridades, porque nem sequer sabiam a marca do carro, portanto não poderiam ajudar a polícia.

No dia seguinte voltaram a São Paulo com a sensação atormentadora de impotência.

Uma experiência torturante.

A vida de Joaquim Francisco da Conceição foi sempre profícua em fatos insólitos.

47

QUANDO AS JANELAS daquele quarto em que padecia foram abertas, pela primeira vez, em muito tempo, teve a sensação de claro-escuro.

Seus olhos reconheciam a luz que iluminava o ambiente. Pensou no sol e do sol derivou para uma lembrança alegre.

Ele e Marlene, sua amizade colorida naquela época, tomavam sol à beira de uma piscina com água muito azul e se despediam com carinhos explícitos, porque ela iria viajar para a Nova Zelândia, onde passaria a morar e abriria seu ateliê de pintura.

Eram jovens, com menos de trinta anos, e ansiosos pelo futuro.

– Tenho certeza de que você vai vencer, querida. Seu talento e perseverança prevalecerão.

E os amantes se despediram, desejando que seus sonhos de realizassem.

Quando ela viajou, trocaram cartas de incentivo. E sempre mantiveram contato.

Um ano depois, Marlene lhe telefonou dizendo que viria ao Brasil para visitar sua família no Nordeste. Combinaram que ela viria a São Paulo para encontrá-lo em visita rápida.

Nessa época, ele estava com namorada nova e ela num relacionamento sério com um americano. Mas, nesse encontro galante, ambos foram possuídos pelo ardor da libido e fizeram sexo tão alucinado como antes.

Passaram dois ou três dias em constantes brincadeiras eróticas. Sentiam que essa atração os tornava cada vez mais amigos e, ao se despedirem novamente, sabiam que se encontrariam outras vezes.

E assim ocorreu, por anos. Cada vez que Marlene visitava a família, vinha ver o amigo no Sudeste. Foi uma relação insólita e única. Tornaram-se amantes esporádicos por décadas.

Essas lembranças eróticas amenizaram a tristeza de Joaquim naquele dia em que a escuridão de muito tempo cedia lugar à claridade das janelas abertas de um quarto de hospital.

48

VEIO À MENTE DE JOAQUIM a antológica história sobre o pacto de morte que fizera com seu amigo Luiz Sampaio.

Homem de grande erudição, Luiz foi um dos seus melhores amigos.

Três vezes herdeiro de vultosos capitais, por três vezes ele conseguiu dilapidá-los.

Era um homem gordo, nada bonito, mas que cativava pela cultura, simpatia e educação. Muito forte fisicamente e boêmio inveterado, em sua juventude constantemente se metia em brigas e arruaças. E, em uma delas, foi atingido por uma cadeirada, quando perdeu uma das vistas. Além de feio, ficou caolho, mas ao amadurecer abandonou a prática das brigas e se tornou um gentleman. Quando Luiz entrava com Joaquim em festas grã-finas, por seu aspecto físico, era imediatamente rejeitado pelos convivas, porém em meia hora ele, por sua perspicácia e erudição, tornava-se o centro das atenções. E recebia convites seletos para as mais importantes reuniões sociais.

Quando os dois amigos chegavam em qualquer evento, Joaquim se sentia gratificado com o sucesso de seu convidado. Assim Luiz foi introduzido à alta sociedade brasileira.

Filho único, recebeu considerável herança com a morte do pai e a torrou em dois anos nos melhores hotéis de Paris e Londres, convivendo com mulheres jovens e uísques velhos.

Voltando ao Brasil, deu conferências e palestras no Curso de Extensão Cultural de Joaquim.

E assim ia vivendo, modestamente, quando o primeiro tio, irmão de seu pai, faleceu sem filhos, deixando-lhe sua fortuna.

Luiz praticou o repeteco. Dessa vez, Joaquim o acompanhou por breve período.

Conforme o previsto, dois anos depois voltou ao Brasil sem dinheiro e viveu de sua remuneração como professor em faculdades do interior.

Sempre que voltava a São Paulo, passava semanas como hóspede na casa de Joaquim. Em certa noite de muito uísque, fizeram o famoso pacto:

Se um deles sofresse um AVC ou um acidente automobilístico que os deixasse paraplégicos ou inertes na cama, o outro deveria matá-lo.

Preferiam morrer a ficar estáticos em um leito torturante.

E assim, em diversas ocasiões boêmias, esse pacto foi se consolidando e se tornando cada vez mais indissolúvel.

Eis que o outro tio, também solteirão, segundo irmão de seu pai, bateu as botas e o ritual se repetiu.

Luiz foi gastar a grana dessa última herança. Joaquim foi por duas vezes, em breves períodos, ajudá-lo a gastá-la.

E a reprise aconteceu.

Quando Luiz retornou duro para São Paulo, voltou, também, a participar das noitadas etílicas/culturais na casa de Joaquim.

Mas o imponderável ocorreu. Luiz foi acometido de um brutal AVC e se encontrava totalmente imóvel no leito. Somente suas pálpebras acatavam as ordens de seu cérebro, outrora brilhante. Não conseguia mexer nem sequer um dedo.

Joaquim, entristecido, lastimando o estado do amigo, ia sempre visitá-lo no hospital.

Até chegar o momento em que decidiu cumprir o pacto.

– Luiz, você é meu especial amigo. Fizemos um pacto e eu vou cumpri-lo. Com muita tristeza, mas devo honrar nosso acordo.

E o corpo inerte de Luiz não respondia.

– Porém quero que você dê a permissão final. Se você quiser que eu o mate, pisque uma vez. Se você não quiser que eu o mate, pisque duas vezes.

E, para o alívio de Joaquim, que nem tinha arquitetado qualquer plano e nem sabia como poderia matar o amigo, viu suas pálpebras piscarem, freneticamente, dezenas de vezes, por segundos.

Luiz não queria morrer.

Passados uns dois anos, Luiz, que nunca se recuperou do seu mal, veio a falecer, infelizmente após muito sofrimento.

Joaquim sentiu remorso por não ter matado o amigo, evitando inúteis dores físicas e psicológicas.

– Deveria ter cumprido o pacto sem perguntar nada. Não fui forte o suficiente.

Pelo resto da vida, sentiu-se culpado.

49

SINISTRO LEITO no qual jazia o corpo inerte. Somente um leve estertor anunciava sua débil vida.

Mas o milagre se realizou e naquela máscara funérea poderia se perceber uma cútis, quando uma lembrança vívida percorreu o cérebro de Joaquim.

E ele se viu nitidamente conversando com um amigo na mesa de um bar.

As garrafas de cerveja já vazias ao pé daquela mesa indicavam a quantidade ingerida.

Os dois discutiam Kierkegaard. Mas, já vencidos pela bebida, discordaram de determinado conceito de obra do dinamarquês. Em pouco tempo, a conversa amena se transformou em discussão feroz. Os amigos abandonaram a amizade e, enfurecidos pelo álcool, passaram a se ofender.

Joaquim era mais jovem, com porte atlético, mas o outro ostentava um físico avantajado, sinal claro de uma força descomunal.

Quando, aos brados, ambos se levantaram da mesa, os colegas, os amigos, moças e rapazes das mesas vizinhas intervieram para que a briga não se consumasse. Todos se conheciam naquele bar.

– Vamos resolver lá fora! – pontificou o antagonista de Joaquim, e a turma do "deixa disso" esperou sua resposta.

– Gilberto Bastos, a sua covardia me ofende. Por você ser muito mais forte fisicamente quer forjar uma briga desigual – respondeu Joaquim.

– Se formos ao desfecho físico, que o façamos com igualdade. Vamos ao duelo com faca.

Os companheiros não entenderam o desafio.

– Cada um de nós empunhará uma faca de iguais dimensões. Cada um de nós morderá uma ponta de um mesmo lenço e se iniciará o duelo. O xale que a Marta está usando poderá servir como lenço – disse Joaquim, pegando a longa echarpe da amiga que, atônita, observava a contenda.

Assim seria mais justo. Porque em uma briga a mãos limpas, evidentemente, Gil venceria seu rival, mas nessa forma do duelo as chances seriam iguais.

E o grupo todo, meninas e rapazes entorpecidos pela grande quantidade de bebida, saíram do bar do Seu Zé e foram à rua.

– Aqui não pode ser realizado o duelo – disse um dos componentes daquele grupo ébrio. – A polícia poderá chegar. Vamos ao Morumbi. Em local ermo.

Todos se entreolharam e aceitaram a sugestão.

Em dois carros estacionados na Faria Lima, de propriedade dos estudantes, acomodaram o grupo de umas oito pessoas.

Gil estava motorizado com uma lambreta do ano e Joaquim viera de carona com ele.

Então, nada mais justo do que se aboletar no banco de carona da lambreta do amigo, agora contendor, e irem juntos ao desfecho final.

A cena singular não despertou estranheza em nenhum dos presentes, e todos partiram.

A lambreta com os dois oponentes, seguida pelos dois carros dos companheiros, rapidamente chegou ao local ermo.

A madrugada declinava e já se via o nascer do sol.

E o grupo se formou em círculo naquela colina do Morumbi.

– O duelo não poderá ser *in extremis* – proclamou um dos acompanhantes.

– Não – disse outro. – *Al primo sangue.*

– *Al primo sangue* – repetiram todos.

E os dois duelistas se posicionaram. Suas silhuetas se tornavam românticas ao nascer do sol.

Cada um deles mordeu uma ponta do xale. Ficaram aproximadamente a um metro de distância e cada um empunhou uma faca de igual tamanho, trazida do bar do Seu Zé.

– Quando eu falar "já" podem começar o duelo – disse um dos amigos, que se arvorara em juiz da contenda.

– Quem deixar o xale cair, perde o duelo com desonra.

Todo o grupo aprovou a sábia decisão.

– Não se pode ferir o rosto – disse outro colega mais cauteloso.

– Proibido atacar o rosto – concordaram todos.

Os combatentes se firmaram em seus lugares. Olhos nos olhos.

Faca na mão. Se consideravam partícipes de um romance de Alexandre Dumas ou, entorpecidos pelo álcool, adentravam as páginas de Dostoiévski.

– Já – bradou com ênfase o juiz.

E os dois, imóveis, se mediram. Aos poucos, as facas se movimentaram lentamente, cada um estudando o adversário.

Gil desferiu o primeiro golpe, que não atingiu o adversário pela esquiva oportuna.

Outros ataques de parte a parte não lograram êxito.

O sol já clareava aquele esdrúxulo grupo alcoolizado quando Joaquim, com golpe certeiro, atingiu o amigo na mão na qual ele segurava sua faca. O sangue jorrou em um corte superficial e Gil deixou cair sua arma ao chão, sob os aplausos frenéticos do grupo excitado.

O próprio xale serviu para estancar o sangue do amigo.

E todos voltaram ao bar de origem.

Com a honra lavada, Joaquim dirigiu a lambreta, com Gil com a mão enfaixada no lugar do carona.

Alguns foram para suas casas.

Os dois amigos, acompanhados por Marta, pelo juiz e outros membros do grupo, sentaram à mesa e continuaram a falar de Kierkegaard.

E aquela amizade se consolidou... como irmãos de sangue.

E voltava a citar Adoniran Barbosa:

– Bom de briga é aquele que cai fora da briga.

Naquela noite, ele, também, não havia sido esperto o suficiente para seguir a máxima do sambista.

50

EM OUTRA OCASIÃO, quando seu filho, por usar sua celebridade contra as injustiças sociais e principalmente no combate à corrupção no âmbito policial, foi jurado de morte, publicamente, por um site apócrifo da banda podre da polícia militar, Joaquim, à revelia dele, foi das redes sociais ao Congresso Brasileiro, para evitar que a tragédia anunciada pudesse acontecer.

Culminou quando um senador amigo seu, Álvaro Dias, leu da Tribuna do Senado, a Carta Aberta ao Brasil, na qual Joaquim denunciava a ameaça letal.

CARTA ABERTA AO BRASIL

A cultura é a arma mais eficaz, em um País com rara oposição, de coibir os desmandos e conscientizar a população a fazer valer os seus direitos.

Quando o artista no mister de sua profissão extrapola o entretenimento e passa a expor as manchas sórdidas que imperam nas instituições sociais, suas palavras tornam-se a voz do povo, que por motivos de impotência, jamais foram ditas, mas que doravante passam a ser ouvidas, refletindo o pensamento corrente da população, que conhece a existência dessa feridas, mas que não consegue expô-las, para que o cirurgião político as elimine.

Quando o artista pelos seus dons, talentos e coragem apresenta esses cânceres sociais, no intuito de provocar o aparecimento desses cirurgiões, conta com o apoio da sociedade, mas com a ira organizada da criminalidade mandante, dos porões dos presídios medievais que grassam em nosso país enfermo, aos terraços sofisticados de nossa elite política e empresarial, que mancomunados, reinam em nossa sociedade, extorquindo-a, pela ganância, em lucros gigantescos, através do tráfico das drogas ilegais ou da corrupção desenfreada que avassala nossas casas institucionais, do executivo ao legislativo, do judiciário ao religioso.

Quando o artista, pelo seu carisma de celebridade, que conquistou pelo seu trabalho árduo, ouve o eco de sua própria voz rebimbar pelas praças públicas, pelas avenidas e ruelas de nossas cidades sofridas, é porque o povo está identificando suas zoadas e tiradas engraçadas, com a realidade triste que contamina nossas instituições legais.

Então, é hora de lhe calar a boca, pensam os mandatários do crime organizado, pois de mero "clown" inofensivo, esse artista se torna porta-voz do clamor calado que sufoca a existência do cidadão sofredor.

Quando o artista através da sua apresentação profissional incentiva a manifestação de rua, aquela manifestação justa e transparente, legal e pacífica que demonstra o desagrado popular em relação à ordem vigente, ele passa a ser visto por aqueles mandatários como um perigo que deve ser eliminado.

Quando o artista tem milhares de acessos na internet e milhões de seguidores é porque sua voz atinge a população que se identifica com a problemática exposta e com a acusação contundente de seu texto. Se a voz do cidadão é tímida e inaudível, ele faz da celebridade o porta-voz de sua indignação.

Os palhaços dos picadeiros dos circos mambembes são bem vistos pela classe dominante da criminalidade, pois colaboram em atenuar ou esconder a realidade terrível de nossas chagas sociais. Mas o artista que com destemor e consciência pátria ousa escancarar essa realidade torpe, tornando-se paladino da grande maioria honesta, silenciosa e sofredora de nossa sociedade, é hora de amordaçá-lo, para que as atividades vis destes criminosos, desde os de colarinho branco de nossas casas de leis, aos de bermudas esgarçadas que perambulam pelas periferias, continuem a gerar lucros astronômicos e ilegais, desde os pontos pobres dos pequenos traficantes aos pináculos sofisticados das mansões privadas e dos edifícios públicos que abrigam esta canalha dominante.

Quando o artista se torna perigoso para o *status quo* dominante e quando, nem a persuasão da força física ou a tentativa de corrupção consegue calar-lhe a boca, é hora de exterminá-lo para que sua voz, que é a voz do povo, não seja ouvida e nem estimule a rebelião indignada, que em avalanche histórica pode ocasionar revolução civil e depor os mandatários do crime, até pelas vias pacíficas do voto eleitoral.

Tenho um filho, que de forma destemida, colocou sua imagem de celebridade em prol da verdade, que o consagraram como porta-voz da maioria silenciosa.

Sem visar o lucro pecuniário e a comodidade social que sua atividade artística poderia proporcionar-lhe, ele, com verve destemida se enveredou nas acusações perigosas àqueles que fabricam o medo, para usufruir o lucro pecaminoso.

Fui por diversas vezes assediado por políticos, inclusive dois ministros de Estado, para que persuadisse meu filho a amenizar suas críticas e sempre lhes respondi que as recebia com grande orgulho e admiração e que ao invés de querer vê-las atenuadas, incentivo-o a intensificá-las para que ele dê um exemplo ético ao Brasil, colaborando para a extinção das máculas que contaminam o Estado de Direito, pois foi para cumprir esta missão que sua mãe e eu o educamos.

Já fui deputado e sempre orientei meus filhos a seguirem a ordem das Leis Civis, que dignificam o ser humano civilizado.

Meu filho está sendo ameaçado de forma apócrifa e anônima e abertamente nas redes sociais, temo pela sua integridade física e até pela sua vida e, desde já, responsabilizo aqueles mandatários hipócritas e covardes pelo que lhe possa acontecer.

Nas redes sociais foi posto, no “blog do Soldado”, que se diz “página não oficial de apoio à Polícia Militar do Estado do Rio de Janeiro”, de forma inequívoca e literal que devem metralhar sua cara com tiros de fuzil.

Cabe à Polícia Militar, entidade que respeito e admiro, e que tanto tem contribuído à pacificação social, a incumbência de desbaratar a ala podre de sua honrada instituição.

Recorro, portanto, às autoridades competentes para que lhe deem segurança, para que sua voz, pela sua Arte, continue

> ecoando e conscientizando o cidadão brasileiro pelos seus direitos democráticos de vivência digna e paz social.

A repercussão dessa leitura atingiu a própria Dilma Rousseff, então "presidenta" do Brasil, que orientou seus colaboradores da área a tomarem enérgicas providências.

Embora o Secretário de Segurança afiançasse a Joaquim que suas ações em defesa da integridade física do filho foram importantes para que o mal maior não ocorresse, este não aceitou aquela intervenção do pai, dizendo que podia se defender sozinho dessa ameaça.

– Mesmo assim, eu agiria da mesma forma, por outras mil vezes, se fosse necessário – respondeu Joaquim, com juízo formado e amparado nas declarações emitidas pelos secretários de segurança do Rio e de São Paulo, que consideraram que a repercussão dessa leitura no Senado Federal determinou a emissão da ordem dos mandatários do crime organizado, para que seus asseclas menores abortassem aquela operação.

Porque, na realidade, quem executaria aquela ameaça não seriam os próceres da criminalidade, mas os delinquentes menores, ansiosos por galgar plataformas na hierarquia do crime.

Sempre se identificou com os preceitos pregados por Álvaro, em sua luta contra os corruptos poderosos que assolam nosso país. Depois desse episódio, estreitaram a amizade e, quando o senador se candidatou a presidente, Joaquim ofereceu em sua casa uma recepção que se integrou à agenda eleitoral do candidato, convidando importantes artistas e empresários formadores de opinião, para que suas propostas de governo fossem discutidas e divulgadas.

51

EM TODA A SUA VIDA, Joaquim dera maior ênfase à cultura do que aos esportes, mesmo tendo praticado alguns com êxito. Foi campeão paulista de boxe colegial pelo Santa Cruz e de esgrima pelo Club Athletico Paulistano, na modalidade do florete.

Mas o único esporte que praticou até mais velho foi o esqui aquático, mesmo de forma periclitante, e ensaiava seus tombos nos mares de Ilhabela em São Paulo ou na Barra de São Miguel em Alagoas sob a orientação de seu amigo José Nicolau, este sim, exímio esquiador, tanto quanto seu filho Zequinha, que rapidamente galgou a carreira política e foi eleito, muito jovem, prefeito dessa cidade.

Eles moravam em uma casa estupenda no cimo de um morro, à beira-mar, de onde se avistava a paisagem belíssima das praias nordestinas.

Por dezenas de vezes, hospedou-se lá, em férias inesquecíveis, enquanto esteve casado com Debora.

Dando continuidade aos cuidados com seu corpo, após décadas sem pisar em academia de musculação, resolveu seguir a orientação de seu médico Luiz Campadelli, casado com sua sobrinha Flávia, e incentivado por uma jovem amiga atleta, que mesmo casada, mantivera com ele, anteriormente, um longo e saudável relacionamento, se matricular em uma delas. Diariamente, passou a frequentá-la para melhor definir sua musculatura.

Mas sua atuação cultural, sem dúvida, foi o mais importante para as lembranças de sua vida, angariando inúmeras amizades.

Desde os pianistas João Carlos Martins, Caio Pagano, Gilberto Tinetti e Marcelo Bratke, os maestros Eleazar de Carvalho, Júlio Medaglia e Diogo Pacheco, que o apresentou, em sua casa, a Ravi Shankar (que brindou os convidados do maestro com estupenda apresentação de cítara) aos cantores, como Juca Chaves, Elis Regina, Nelson Gonçalves, Jair Rodrigues, Wilson Simonal, Juliana Fernandes, Thereza Blota e tantos outros, os artistas plásticos que fizeram parte de sua vivência, como Volpi, Gruber, Maria Bonomi, Octavio Araújo, Di Cavalcanti, Caciporé Torres, Marcos Amaro, Claudio Tozzi, João Parisi Filho, Anapana, Black Linhares, Zélio, Emanoel Araújo, Tarsila do Amaral, os Ianelli, Felipe Senatore, a grande Agi Straus, Cassiano Araújo, o fotógrafo Chico Pinto, os cartunistas Cassio Manga, Luiz Gê, Paulo e Chico Caruso e com todos os artistas do Grupo Santa Helena, do qual foi um dos *marchands* mais proeminentes e reconhecido pela maioria dos galeristas e críticos de arte brasileiros, bem como os tradicionais leiloeiros de arte, como Irineu Ângulo, Roberto Castelli, Luiz Arena, Marcelo Barbosa e Renato Magalhães Gouveia.

Foi amigo dos principais artistas plásticos brasileiros desde os anos 1970 até as primeiras décadas do século XXI.

Com eles, também mantinha laços profissionais, executando diversos documentários de arte. Um sobre Fulvio Pennacchi, que ele introduziu no mercado de arte brasileiro, tornando-se por um longo período o seu *marchand* exclusivo, outro sobre Di Cavalcanti, seu amigo. Também sobre as talentosas Adda Pompermayer, Carmen Fonseca e Alicia Rossi, sobre cantores como Jair Rodrigues, Wilson Simonal e Juliana Fernandes ou com personalidades das artes cênicas como Plínio Marcos, Alberto D'Aversa, John Herbert, Luiz Gustavo (Tatá), Karin Rodrigues, Luís Sérgio Person, Roberto Santos, Nelson Pereira dos Santos, José Mojica Marins (Zé do Caixão), Fernando Coni Campos, Davi Neves, Glauber Rocha, Anecy Rocha, Walter Lima Jr., Walter Hugo Khouri, Sérgio Mamberti, entre tantos outros, ou, ainda, como modelos de moda, como Claudinha Zani.

Lembrou-se ainda, de que, talvez, por coincidência, pais de três de suas mulheres eram artistas plásticos: o escultor Emílio Veiga, o ceramista Paulo Prouvot e o mestre Pennacchi, e que com eles trabalhou profissionalmente.

E, com seu amigo Miklós, chegou a fazer um importante roteiro sobre Nelson Gonçalves, após entrevistarem em um hotel mambembe em São Paulo onde o artista, em gravação existente até hoje, relatou terríveis momentos de sua vida pessoal, sacrificada pelas drogas. Felizmente, o cantor famoso conseguiu superar.

E as inúmeras lembranças se desenvolviam, em sua memória saudosa desses amigos queridos.

Como quando combinou com Di Cavalcanti de filmar um documentário, o que se deu da seguinte forma:

Joaquim iniciou o filme com Di dando a primeira pincelada na tela em branco e, após contar episódios da sua vida, o filme terminaria com o artista apondo sua assinatura na tela pronta.

Após muitos dias de filmagem em seu ateliê em Laranjeiras, no Rio, sempre com muitos drinques ao entardecer, finalmente o documentário terminou.

As bebidas se intensificaram naquela noite e, quando ambos já haviam consumido duas garrafas de uísque, despediram-se alegremente.

Joaquim pegou o quadro recém terminado e saiu. Já estava na rua quando ouviu Di Cavalcanti gritar, da janela do seu sobrado:

– Joaquim, você está levando o meu quadro!

Joaquim voltou-se, olhou para o alto e respondeu:

– O quadro é meu, Di.

Continuou levando o quadro pela rua abaixo e o pintor continuava com voz cada vez menos audível.

– O filme é seu, mas o quadro é meu!

– O quadro é meu...

No dia seguinte, encontraram-se no ateliê e resolveram, entre muitos goles, que o quadro ficaria com Joaquim.

Lembrou-se, ainda, de quando, certa vez, Di Cavalcanti lhe dissera que alguns dos seus quadros ficaram por Buenos Aires ou Paris, cidades onde ele morou por algum tempo.

Então resolveu ir à cidade portenha e pôs anúncio no jornal, dizendo que queria comprar quadros.

Ardilosamente pesquisou nomes de artistas argentinos sem nenhuma expressão e redigiu o anúncio dizendo que se interessava por obras daqueles artistas, estando entre eles o nome de Di Cavalcanti, oferecendo preços bem abaixo da sua tabela no Brasil.

Sua artimanha deu certo e ele voltou da cidade portenha com duas obras do artista, que foram revendidas a excelente preço. Tentou o mesmo em Paris, mas não logrou êxito.

Certa ocasião, em que ele tinha dezoito anos, sua namorada da época passava férias em Itanhaém.

Então, todo fim de semana ele se hospedava em uma pensão muito simples, na praia, para ficar próximo dela.

Sempre foi destratado pelo proprietário, um tipo rude, que exigia pagamento adiantado, dizendo-lhe que jovens de cabelos compridos não mereciam confiança e eram a perdição da sociedade. E costumeiramente zombava de sua cabeleira longa na presença de outros hóspedes.

Joaquim era obrigado a aceitar os insultos, pois a pensão era barata e ele não podia arcar com maiores despesas.

Em um fim de semana, alegando que não tinha outros quartos – Joaquim sabia que havia –, o albergueiro ofereceu-lhe um cubículo, sem banheiro, pelo mesmo preço que ele pagava pela suíte, pois ele sabia da necessidade de Joaquim. Assim que nele adentrou, percebeu que havia um quadro pendurado em cima de sua cama, que logo identificou como um Volpi antigo, da fase de Itanhaém.

Bolou uma estratégia. No café da manhã do dia seguinte, se encontrou o estalajadeiro truculento e lhe propôs trocar aquele quadro que "sentimentalmente se ligara a ele" por um outro que ele traria de São Paulo, bem maior.

O proprietário, prevendo uma permuta vantajosa, consentiu em apreciar, na outra semana, o quadro que ele traria.

Na volta a São Paulo escolheu um enorme quadro muito colorido, porém sem nenhum valor comercial, e o levou para apresentá-lo como troca.

O hospedeiro se encantou pelo quadro e, julgando estar fazendo um ótimo negócio, aceitou.

Joaquim retornou com um magnífico Volpi antigo e jamais voltou a pisar naquela hospedaria precária, porque, como conseguiu vender a obra por muita grana, sempre que ia a Itanhaém ficava em um hotel de luxo, com mais comodidade para namorar.

O estalajadeiro nunca pôde compreender como aquele menino cabeludo, que nunca consumira nada em seu barzinho mixuruca, trocou seu estabelecimento por aquele hotel grã-fino, onde todas as manhãs, na praia, degustava ostras, camarões e diversas caipirinhas ou gins-tônicas. E o pior; sempre que se cruzavam, o jovem nem sequer o cumprimentava, como se não o conhecesse.

Entre tantas outras lembranças, pertinentes às artes, vieram-lhe, ainda, à memória episódios sobre a Fundação Bienal de São Paulo, uma das mais sólidas entidades culturais brasileiras, reconhecida internacionalmente.

A Fundação se encontrava em dificuldades financeiras para realizar sua próxima edição, e seu amigo Carlos Bratke, então o presidente, assessorado pela eficiente Mariah Villas Boas, convidou-o para que gerenciasse a captação oficial de recursos, para que a Bienal não malograsse.

Acompanhado por Debora, passou um ano inteiro indo a Brasília, pois, como político e empresário cultural, tinha o perfil para convencer os congressistas da necessidade premente das verbas oficiais para que a Bienal brasileira não causasse o vexame internacional de não ocorrer por falta de fundos. Eles viajavam na segunda-feira e, em geral, voltavam na quinta. Ficavam hospedados na Academia de Tênis, um dos mais requintados hotéis da cidade, onde um complexo de entretenimento, com luxuosos restaurantes, quadras esportivas, dois cinemas, serviços de massagens e salões de beleza, os entretia nos momentos de lazer.

Após um ano de árduo trabalho de convencimento dos parlamentares, logrou êxito.

E a 25ª Bienal Internacional de São Paulo pôde acontecer.

Realizou os trabalhos para a Fundação, como um documentário de longa-metragem sobre aquela edição ou quando foi o curador de um novo espaço na Bienal, como se fosse uma galeria dentro do prédio. E inaugurou-o com exposição da artista Alícia Rossi.

52

SEMPRE QUE JOAQUIM se lembrava do painel escultórico de 810 m^2 (9 metros de altura por 90 de extensão) que seu amigo, o escultor Paulo Taddeo, fizera em Paulínia, interior de São Paulo, a tristeza se abatia sobre ele. Dessa vez, no quarto hospitalar, quando a lembrança sobreveio, não foi diferente e seu cenho fechou-se com amargor.

Joaquim enxergou-se visitando o enorme ateliê de Taddeo que, recentemente, fizera um contrato com a Prefeitura de Paulínia, cidade rica, vizinha a Campinas, com um dos maiores PIBs do Brasil pela refinaria da Petrobras, tornando-a um polo da distribuição de combustíveis.

Paulo Taddeo, um dos mais importantes escultores do País, com obras na Europa, onde morou por longos anos, deveria executar um painel escultórico em alto relevo, no qual se contaria a história da cidade.

Foi dado um orçamento justo, mas, pelo tamanho da obra, extremamente caro, que, sem dúvida, iria exaltar a cidade que queria ser considerada uma das capitais da cultura do país. Quem pagaria pela monumental escultura era uma famosa empreiteira que, aliás, anos depois, ficou enrolada com a operação Lava Jato.

Para que o projeto fosse posto em prática, o escultor teve uma ideia de rara sensibilidade: convocou meninas e meninos carentes da região, dos 11 aos 17 anos, e, analisando suas aptidões artísticas, convidou-os para trabalhar em conjunto na realização daquele megapainel.

Para realizar um projeto dessas dimensões, necessário se faria organizar turmas de desenho de produção, de fotografia, de escritores para a pesquisa histórica da cidade, e finalmente de escultores.

As crianças jamais haviam imaginado que um dia poderiam colaborar na feitura de uma obra de arte, mesmo porque muitas delas haviam abandonado a escola ainda no primário e, entre elas, algumas já se haviam envolvido com a vida criminosa.

Joaquim foi convidado pelo amigo para prestigiar as crianças que participaram do projeto, e colaborou com o seu esforço enorme para pôr em prática essa coautoria que resultaria na obra monumental.

Dividiram-se as crianças em equipes de trabalho por suas tendências vocacionais, criativas e artísticas.

Se no início os jovens olharam com desconfiança aquele chamado para trabalhar na confecção do monumento, rapidamente confraternizaram, como uma grande família.

Joaquim se empolgava com esse projeto que, além de artístico, manteve um admirável caráter social.

As crianças abandonaram o ócio que poderia levá-las às drogas e outros crimes, e, após terminarem as aulas escolares, iam de bom grado aprender seus novos ofícios.

Após três meses, os grupos se formaram e a obra se iniciou.

Cada menina... cada menino... recebia uma pequena quantia em dinheiro por semana.

E o projeto ia se consolidando, sob o olhar carinhoso de Joaquim e sob a orientação severa do escultor.

Finalmente, após um ano de árduo trabalho, o painel tomava forma e encantava quem visitasse aquele ateliê do Bem.

Era fenomenal constatar como as crianças brasileiras têm talento nato para as artes.

Daqueles grupos formados por uns sessenta adolescentes e crianças, revelou-se um pendor forte ao desenho, à fotografia ou à escultura em pelo menos doze. Os outros poderiam também se tornar artistas ou artesãos de talento.

O monumental painel estava quase pronto quando houve uma desavença entre a prefeitura e a empreiteira patrocinadora do projeto, que fora contratada para realizar obras bilionárias na cidade. O orçamento do painel era diminuto, perto dos valores das obras contratadas para a realização do empreendimento urbano de Paulínia – que, aliás, deu grande lucro à empreiteira.

E, assim, sem nenhum sentimento humanitário, tanto a prefeitura, que tinha contratado o escultor, quanto a empreiteira que estava fazendo as obras na cidade se recusaram a continuar financiando o projeto de arte.

Joaquim viu a indignação das crianças e adolescentes que trabalharam dois anos e meio na confecção do painel e, de repente, se viram na rua... de volta às ruas.

Com enorme pesar, soube que, gradativamente, as crianças que tanto conhecera e acompanhara em suas atividades artísticas haviam-se revoltado e abandonado aquele sonho de um dia serem artistas.

Muitas delas se iniciaram ou voltaram ao crime. Joaquim soube que, após esse desenlace mesquinho, pelo menos quatro meninos foram mortos, entre tráfico e assaltos.

Ainda tentou, politicamente, conseguir verbas para o término do trabalho gigantesco. Nada conseguiu. Nem de políticos, nem de empreiteiras.

Sua revolta foi tão impotente quanto a revolta dos jovens artistas.

E sua indignação foi em vão, pois não obteve êxito em nenhuma de suas reivindicações para que não se extinguisse o projeto que já estava executado em noventa por cento.

Joaquim percebeu seu corpo enrijecer-se na cama – e nada mais sentiu.

53

UM DIA, SEU FILHO, ainda iniciante em sua carreira, mas despontando como um dos líderes da cultura nacional, telefonara comunicando-lhe que estava organizando na praia de Copacabana uma manifestação pública contra a censura oficial que o então governo de esquerda, veladamente, impunha aos artistas, para que não pudessem expor ao público as mazelas de seus delitos imorais.

Essa lei esdrúxula e retrógrada, que não permitia que se ridicularizassem candidatos a cargos legislativos e executivos, por três meses antes das eleições, fora cabalmente criticada pelo filho, que pedia a sua extinção.

Joaquim morava em São Paulo e seu filho seguia carreira no Rio.

No dia marcado para o evento público, foi acompanhar a manifestação – um sucesso de público, com diversos personagens ativos na militância política cultural presentes e apoiando a iniciativa do jovem artista.

Houve uma grande divulgação desse evento contra a censura, convidando o povo a prestigiar o ato democrático, capitaneado e engendrado por seu filho.

A praia estava lotada de gente em frente ao Copacabana Palace. No momento oportuno, o jovem subiu em uma escada bem alta, que ele levara ao local, e com um megafone leu o Manifesto que escreveram juntos.

HUMOR SEM CENSURA

Quando o Estado proíbe o direito de expressão e impede os cidadãos de exporem suas ideias e a livre imprensa de se pronunciar, damos início a um retrocesso inaceitável, nos remetendo ao totalitarismo. Neste ato, não temos a intenção de minar o Governo atual, apenas queremos que tal atitude seja revista pelas autoridades competentes. As restrições impostas aos profissionais da Arte são francamente inconstitucionais, uma forma arbitrária e espúria de censurar o seu trabalho, silenciando-os.

No exercício de democracia, informar e criticar não somente é um direito, mas um dever.

Queremos ter o direito de cumprir o nosso dever.

Não é com a mordaça que exercitamos a democracia, mas com a liberdade de expressão e de criação. Que a nossa arte possa servir de carapuça para os que se locupletam com as jogadas infames da política imoral.

Por que querem nos cercear? Por ridicularizarmos os corruptos que nos ridicularizam? Ou por apontarmos de forma jocosa aqueles que traem a nós e também a Pátria, de forma indecorosa?

Que os detentores do poder eleitoral guiem-se pela consciência democrática, pelo bom senso da cidadania.

Que em um exemplo de fidalguia, reconsiderem, em nome da decência e da moralidade, as medidas tomadas que denigrem a imagem do Brasil junto aos países que praticam democracia.

Que sejam isentos de apadrinhamentos e de servidão diante dos interesses politiqueiros e nos deem uma demonstração de lisura para que possamos retornar, com altivez e humor, à liberdade de expressão.

E, por fim, que o eleitor possa decidir ele mesmo rir ou não com determinada piada e, principalmente, que possa decidir o que fazer com seu voto.

Rio de Janeiro, 1º de agosto de 2010.

Ao término da leitura, sob aplausos, a multidão o seguiu, pela praia, até o Leme.

Foi uma das primeiras manifestações populares no país, no início do século XXI, que canalizaram as tendências civis contra as injustiças sociais.

Foi, também, quando percebeu a importância que seu filho poderia vir a ter no cenário político nacional.

Prestigiados pela mídia, os ecos da manifestação chegaram à Presidência da República, motivo pelo qual o ministro da Cultura, Juca Ferreira, solicitou a presença de Joaquim em Brasília para que tentasse serenar os ânimos, informando que a tal lei seria revogada.

E de fato, com rapidez incomum, a Suprema Corte, por intermédio de seu vice-presidente Ayres Britto, concedeu uma liminar contra a excrescência.

O ministro pediu a Joaquim que procurasse silenciar a voz do filho.

– Ao contrário, Excelência, sempre eduquei meus filhos para não se calarem ante as injustiças impostas pelos mandatários – respondeu-lhe Joaquim. – Continuarei a incentivar a voz de todos que não temem os poderosos e lutam pela liberdade de expressão.

Somente oito anos depois essa lei foi pautada pela presidente do STF, ministra Carmen Lúcia, para ser analisada em plenário da Suprema Corte.

Pai e filho foram a Brasília, junto com os humoristas Bruno Mazzeo e Marcius Melhem, para acompanhar de perto esse processo. Por intermédio de seu primo, ministro Paulo de Moura Ribeiro, do STJ, foram ao Salão Branco do Supremo para conversar e oferecer subsídios aos ministros, antes do julgamento final.

Por unanimidade, a famigerada lei foi extinta.

Em certa ocasião, seu filho foi considerado, pela mídia, como um dos homens mais influentes do Brasil em sua área profissional.

54

JOAQUIM ERA um *gourmet* apaixonado.

Gastronomias de todo o mundo lhe causavam imensa felicidade.

Das trufas esplêndidas de Alba às ovas do esturjão russo.

Das sopas de ninhos de andorinha das escarpas marinhas da China às suas sopas fumegantes de barbatanas de tubarão.

Mas não eram somente essas iguarias extremamente caras que lhe apeteciam. Apreciava a pizza de São Paulo, tanto quanto as do sul da Itália.

Comia com satisfação as inigualáveis linguiças e salsichas de Baviera, com o mesmo apetite com que saboreava os produtos das hamburguerias diferenciadas dos paulistanos.

Não queria passar perto dos McDonald's e congêneres em qualquer lugar do mundo, embora, por inúmeras vezes os frequentasse para satisfazer os filhos. Lembrou-se de uma cena inusitada; quando, com sua esposa Debora, iam a um jantar de gala, na sofisticada Sala São Paulo, ele de smoking e ela de longo, elegantérrimos: foi obrigado a entrar em um McDonald's, próximo à Cracolândia, por exigência dela, que se dizia esfaimada. E, sob os olhares incrédulos dos fregueses, ela devorou um cheeseburguer.

Adorava os fondues franceses e suíços de Ementhal e Gruyère tanto quanto a fonduta piemontesa do queijo Fontina, coberta com lâminas finíssimas do seu maior tesouro culinário, a trufa branca. E, sempre que possível, acompanhado do Barolo, chamado pelos italianos de "vinho dos Reis".

– Il Rosso Barolo e Il Profumo del Tartufo Bianco – balbuciava Joaquim com água na boca.

Além do Barolo, às vezes, degustava o Barbaresco, ambos produzidos às margens do Tarano.

Mas, embora pertencesse à Confraria do Vinho (Caves), presidida impecavelmente por seu amigo Fauzi Hamuche, que reunia companheiros todas as quartas-feiras, em São Paulo para degustarem bebidas excelentes, em almoços nababescos, em tardes com o Domaine de La Romanèe-Conti, da Borgonha ou os de Bordeaux, como Château Lafite, o Haute-Brion ou Mouton Rothschild, Joaquim preferia os destilados e os uísques tinham a sua predileção.

Os *scotches* eram seus preferidos.

– As destilarias estão perto dos rios com encostas rochosas. Essa água puríssima influi na qualidade da bebida e somado à turfa, muito comum na Escócia e que é uma transformação milenar de material orgânico, como folhas e flores que caem naturalmente ao solo, produz-se o néctar divino. Não se pode esquecer de outro material orgânico, a urze, símbolo escocês da sorte, uma flor roxa que quando fenece é incorporada à turfa e, logo, ao sabor do uísque.

E acrescentava:

– As destilarias usam a queima da turfa para evaporar o caldo de cevada maltada e nesse processo o odor da turfa adere à bebida conferindo seu sabor inigualável. Dessa alquimia nasce o *malte whisky*. Em 1853, Andrew Usher criou o *blended*, mistura de *single malt* com *grain whisky*, esse último em maior proporção – dizia Joaquim, enquanto os bebericava com prazer.

Preferia os de 18 anos ou mais, porém degustava todos, inclusive o *whiskey*, que é a grafia adotada para algumas bebidas produzidas com a mesma técnica, mas fora da Escócia, como os excelentes irlandeses e americanos.

Possuía uma razoável coleção de uísques, porém não os conservava em garrafas fechadas.

Alguns itens foram comprados em leilão. Outros, provenientes das coleções de amigos como Sérgio Comolatti, Cris e Wanderley Bonventi, Regina Posses e outros.

Iam, uma a uma, sendo esvaziadas em degustações com os amigos.

Alguns deles, *experts* e aficionados por uísques, como Carlos Zibel, excelente artista plástico, que discorria com sabedoria sobre esse néctar.

Alguns *scotches* antigos em embalagens raras, como Queen's Castle, Robie Burns, Kings of Scots, Spey Royal, King Edward, Robbie Dhu, Inver House, Curtis de Luxe, Long John, House of Lords, Mc

Callum's, paralelamente aos Blue Label e Royal Salute da vida, iam paulatinamente sendo degustados.

Como onibíbulo devoto, apreciava também os coquetéis, que iam desde a caipirinha com saquê e lima da Pérsia ao Manhattan e ao Negroni, passando pelos Dry Martini, sem se esquecer do tradicional gim-tônica.

E assim degustava com os sóbrios confrades do Caves ou com seus amigos boêmios de muitas madrugadas.

Também era um amante dos queijos.

– Sem os queijos, eu não conseguiria viver – sempre dizia com acentuado exagero. – Desde o Brie, produzido há mais de 900 anos no Vale do Marne, arredores de Paris, ao esférico mineiro de recente produção no solo brasileiro, inspirado nos queijos dinamarqueses e holandeses, como o Gouda. Amo tanto os oriundos do leite de vaca, como o gorgonzola italiano, produzido há mais de mil anos às margens do Pó, como os de ovelhas, dando ênfase ao Roquefort francês.

Acrescentava ainda:

– Sou fissurado em queijos provenientes de diversos países, dos Gavarnie forjados nos Pirineus espanhóis aos provolones italianos. Do Estepe russo ao Reino de Portugal. Do Fol-Epi e Camembert franceses aos suíços Ementhal e Gruyère.

E concluía:

– Mas o que mais faz minhas papilas gustativas funcionarem histericamente é o imbatível da Serra da Estrela, das ovelhas portuguesas.

E assim externava sua predileção pelos queijos.

Sua volúpia pelo pernil de porco era compartilhada por *gourmets* amigos e, sempre que se chegava ao tradicional embate para decidir entre o *jamón* ibérico de *bellote*, o Pata Negra ou o *prosciutto* de Parma, salomonicamente, com ironia, fechava a questão:

– O *prosciutto* San Danielle é o maior. Isso porque é nessa região que se criam os maiores porcos do mundo, portanto, são os maiores presuntos do planeta. Mas, sem dúvida – finalizava –, o *jamón* foi o primeiro, porque, quando no século II a.C. os romanos chegaram à Península Ibérica, já se produzia o pernil de porco curado e salgado, e os soldados de César, maravilhados com aquele sabor, levaram essa técnica para o preparo do *prosciutto*.

Entre outros prazeres gustativos, era quase fanático por azeite.

Possuía uma considerável coleção que ia comprando ou recebendo de presente dos amigos ou dos filhos que os traziam de suas viagens.

Sem dúvida, sua preferência era pelos de origem mediterrânea, mas incluía os australianos e os sul-africanos, bem como os sul-americanos e os produzidos na Califórnia ou na Turquia.

Colocados na mesa da sala de jantar, os convivas iam se servindo com pães variados em pequenas degustações, dos excepcionais lagares do Cerrado – região vinícola do Dão – ao Picoto – premiadíssimo português... E saboreavam a Cartuxa e o Pêra -Manca do Alentejo... o MaxMeridia de Córdoba... o Quinta de Alorna, às margens do Tejo... o Crudo de Bari... o Il Grezzo Pazanini de Spoleto... o orgânico LA de Andaluzia... o Marques de Tamaris da Espanha... o Sankara da Turquia... o Mykonos da Laconia ao supertoscano Biondi-Santi – um dos mais caros do mundo –, e tantos outros, mais comerciais, como o Cardeal ou o Herdade do Esporão.

Todos com acidez de 0,1% a no máximo 0,5%.

Joaquim sempre dizia, nessas ocasiões, que, embora os pãezinhos com os quais se saboreavam esses azeites fossem excelentes, o correto seria degustá-los com pães sem sal, tradição que se firmou na Umbria e no Abruzio, no Lácio e na Toscana, quando, em 1540, o papa Paulo III taxou o sal, e essas regiões, em protesto, passaram a produzir os pães sem sal.

O azeite, assim, seria melhor degustado.

Sempre que podia, frequentava as butiques de azeite. Visitou uma vez as do Bairro Gótico de Barcelona e se lembrava com água na boca do Dean & Deluca de Nova York.

– Um dia ainda vou à Premiére Pression Provence, em Paris, que não conheço, mas da qual já sinto o seu aroma.

E afirmava que iria ainda apurar seu olfato, para reconhecer de quais azeitonas eram os azeites produzidos... das gregas calamatas às francesas cailletier... das arbequinas espanholas às moraiolos italianas.

Achava que, como o vinho podia ser reconhecido pelas uvas, os azeites poderiam ser reconhecidos pelas azeitonas das quais derivam e, dessa forma, deveriam ter seus nomes nos rótulos dos azeites, da mesma maneira que os nomes das uvas são creditadas nos rótulos das garrafas de vinho.

Recentemente Joaquim aprovara excelentes azeites "novellos" brasileiros.

– Novello é o nome que se dá a um tipo de azeite produzido na Itália. É um líquido sem decantação ou filtragem e, portanto, mantém resíduos da massa da azeitona. São frutos da primeira colheita e que vão ao lagar para macerá-lo em primeira prensagem a frio.

E continuava:

– Os melhores nacionais são os produzidos nos contrafortes de Serra da Mantiqueira entre São Paulo e Minas Gerais, bem como os produzidos nas serras gaúchas, todos com azeitonas arbequinas.

Sempre alertava seus convivas da picaretagem de alguns azeites vendidos em supermercados, quando seus rótulos apregoam: colesterol zero.

– Evidentemente – dizia ele indignado – o colesterol é um tipo de gordura animal, portanto, não pode haver em óleos vegetais.

E entre ágapes e alegria, às vezes regados com reflexões e bate-papos filosóficos... pelo menos antes da nona dose... iam os amigos degustando a vida.

– Todo líquido da azeitona é aproveitável. Dou preferência aos extravirgens com menos de 0,5% de acidez, porém aceita-se com esse título aqueles que têm até 0,8% de acidez. Depois disso, até os 2% de acidez são chamados de azeites virgens. E, após esses 2%, o líquido passa a ser chamado lampante e é aproveitado para produção de cosméticos – professava Joaquim com suas papilas gustativas ansiando pelo néctar.

Era um *gourmet* que amava tanto os alimentos sofisticados quanto os bons petiscos de botequim, que frequentava costumeiramente.

Quase todas as semanas almoçava ou jantava com seu amigo Nico Peres, nos mais sofisticados restaurantes paulistanos, como La Tambuille, Gero, Mani, Fasano – com seu excelente bar Baretto, Parigi, Tangará ou em outros estrelados.

Suas melhores lembranças de bares vagavam pelos elegantes Plano's – que ele considerava o melhor bar que já existiu em São Paulo ou o The Fox no Rio até os botecos como Chic-Chá, Riviera, Luar de Agosto, entre dezenas de outros, que ele frequentava com amigos como Edgard Galvão de Albuquerque, Miklós, Luís Sérgio Person ou com os filósofos Bento de Almeida Prado e seu primo Oswaldo Porchat.

Nos últimos anos, ficara amigo de um *chef de cuisine* em ascensão no Brasil, Roberto Mello. Pelo menos uma vez por semana, eles, com diversos convidados, degustavam maviosos quitutes preparados em sua casa, quase sempre acolitado com grande competência pelo amigo comum, Alessandro Tenucci. As excelências gustativas eram acompanhadas por explicações históricas e detalhes sobre seus preparos, que encantavam os convivas, preparando-lhes o paladar.

Com ele, houve momentos de puras experiências gastronômicas, das mais clássicas e com carga histórica, às mais modernas. Muitas em sua residência, outras "chez convivas", geralmente com a presença de escritores e artistas plásticos, às vezes saudados por "palhinhas" de cantoras e cantores.

Sempre recordava a primeira vez em que Roberto fez sua famosa Galinhada na Cerveja, quando seus convidados degustaram o prato, com sabores únicos, feito com muita técnica, mas acima de tudo com toda a plenitude que essa nobre profissão de "alimentar as pessoas" possibilita.

O chef costumeiramente afirmava:

– A profissão é cozinheiro, caro Joaquim. "Chef" é simplesmente um cargo. Quando comandas um restaurante ou alguma estrutura que envolva o famoso A&B, esse é somente um cargo. A essência, a profissão é a de um cozinheiro. E com muito orgulho. Tem muito estudante de Gastronomia que sai da faculdade sem ainda saber nada e acha que se esconder sob o codinome de "chef" vai fazer com que o fulano cozinhe melhor. Até parece.

E continuava a preleção.

– Por falar em A&B, mais conhecido como Alimentos & Bebidas, em inglês F&B ou Food & Beverage na gastronomia e hotelaria mundial.

Essa parceria rendeu ótimos momentos, dos pratos mais simples aos mais suntuosos, sempre com muito sabor e história a ser contada. Nós, por exemplo, podemos nos lembrar da primeira vez em que foram servidos, na casa de Joaquim, os Po' Boys ou Poor Boys, sanduíches que marcaram uma época histórica nos EUA, no ano de 1929, quando uma greve de operadores de carros elétricos, ou tróleis, gerou uma comoção em Louisiana e a população fazia e distribuía esses sanduíches para os grevistas: a influência francesa já se mostrava presente com as minibaguetes como base do sanduíche. Os Po' Boys eram recheados com o que estivesse disponível, geralmente rosbife, algum tipo de "gravy", cuja tradução para o português seria "molho", mas também era muito comum que esses sanduíches fossem recheados com camarões, ostras, peixes ou alguma outra iguaria que fosse pescada na costa sul dos EUA. Nossos convidados degustaram Po' Boys de camarões com molho Ranch, legumes, alface-americana e tomate, outro de rosbife, legumes ao forno e *gravy* de carne e um ainda mais exótico com o sabor de *gravy* de shimeji ao *shoyu*, erva-doce e maçãs verdes.

Roberto sempre vinha com novidades. Após uma temporada nos EUA cozinhando em iates para a alta sociedade de Miami, voltou com influências e novidades para muito brasileiros no quesito de técnicas gastronômicas. Desde novos cortes de carne, termos e técnicas do American BBQ, tais como as *Buffalo Chicken Wings* (asinhas de frango), *Chicken Lollipops* (pirulitos de frango) e o *brisket* bovino, até alguns equipamentos modernos que ele sempre fez questão de atualizar, como o termocirculador, mais conhecido como *precision cooker*, que cozinha alimentos sob a técnica do *sous-vide*, que em francês significa "sob vácuo". Dessa forma passam por um processo de cocção. E essa técnica é usada pelos mais estrelados restaurantes Michelin do planeta.

Outra novidade que deixou todos boquiabertos foi uma "Smoking-Gun": não se tratava de um revólver ou outra arma de fogo, mas simplesmente de um defumador portátil, no qual, com serragem de lenhas frutíferas, Roberto dava toques de fumaça de macieira, laranjeira, nogueira ou cerejeira em algumas de suas iguarias, muitas vezes as servindo dentro de uma redoma de fumaça. Seus convidados se deliciavam, em todos os sentidos da palavra.

Lembrou-se, ainda, de uma festa em sua casa que comemorava um tríplice aniversário: dele, de sua nora, Nataly, e o de seu filho – há mais de trinta anos, por tradição, comemoravam juntos.

Após o apagar das velinhas, pelos três aniversariantes, seu filho tomou a palavra:

– E para entregar o primeiro pedaço de bolo, eu quero que seja para a pessoa que mais nos aguenta nessa vida. Que tão brava e fielmente está sempre do lado da gente, em todos os momentos, principalmente quando mais precisamos...

E os olhos e mentes dos inúmeros amigos que prestigiavam a festa se perguntavam para quem seria entregue aquela primeira fatia do bolo... seria para o seu pai? Para a sua mulher?

– Esse primeiro pedaço de bolo vai para... (Tambores rufando por toda a sala)

– Para... o Zé Carlos!

E palmas ecoaram por todo o ambiente. O funcionário que por mais de vinte anos trabalhava em sua casa, encarregado dos afazeres domésticos, sempre com afinco e dedicação, visto, até mesmo, como mais um membro da família, pegou o primeiro pedaço com um sorriso tímido, porém muito agradecido e honrado pelo merecido reconhecimento, sob a aprovação emotiva de todos.

Sua ambição gastronômica viajava pelos mares do planeta. Das barbatanas dos tubarões da China às ovas do esturjão do Cáspio. Dos abalones, moluscos gigantes do Pacífico, às saborosas ostras de Santa Catarina e aos camarões e lagostas do Nordeste brasileiro.

Do bacalhau dos Mares do Norte, processado pelos portugueses, aos moluscos do Taiti e aos salmões das águas frias do sul do Chile e das gélidas do norte da Eurásia e da América.

E assim, entre montanhas e mares, Joaquim Francisco da Conceição trafegava com desenvoltura pela gastronomia planetária.

Certa feita foi com o filho para Londres com o objetivo precípuo da degustação: conheceram o Rules, o restaurante mais antigo da Inglaterra em funcionamento, desde 1798, e o exótico Dans Le Noir, em que a sala de jantar é escura como breu e os garçons que guiam os clientes são cegos e, por isso, possuem maior facilidade de se movimentarem entre as mesas e servirem os pratos e as bebidas. E como podem ser servidos naquela escuridão, sem que os comensais saibam o que vão comer, a brincadeira se completa quando, depois do jantar, todos reunidos numa sala clara, tentam desvendar o que comeram.

A maioria não consegue acertar. A Joaquim coube um prato de javali, saboroso, mas ele não foi capaz de identificar a iguaria, mesmo que, em diversas outras ocasiões, até já tivesse degustado aquela carne saborosa.

Em outra viagem, também com o filho, foi a Portugal, onde sempre se encantavam com sua gastronomia e com seus vinhos. Desta feita, foram conhecer a Cave do Ferreira, no Porto, a convite de seus proprietários.

E Joaquim se empolgava ao relatar aos amigos o episódio hilário que ali aconteceu.

O programa era tentador: em um local onde dezenas de tonéis gigantes armazenavam diversos tipos de vinho. Iriam degustá-los, monitorados por um *expert*. Depois haveria um almoço de gala. Pai e filho experimentaram pequenas doses de uns dez dentre aqueles tonéis, em degustação assistida. Uns 50 minutos depois subiram ao salão, onde seria servido lauto almoço em suas homenagens.

Foram recebidos pelos Guedes, atuais proprietários dos vinhedos e das caves dessa tradicional marca portuguesa, onde, em 1751, o patriarca da família Ferreira dera início à produção do vinho do Porto em seus vinhedos, que seriam demarcados em 1756 pelo Marquês de Pombal.

Os Guedes, anfitriões perfeitos, os atenderam com galhardia fidalga e os apresentaram aos próceres da cidade, que já lá se encontravam para receber os brasileiros.

Após mais algumas taças de excelentes vinhos, dirigiram-se à sala do almoço e tomaram lugar a uma enorme mesa redonda, capaz de receber uns trinta comensais.

Joaquim sentou-se à esquerda do anfitrião principal e seu filho se posicionou à direita.

Sala belíssima, da qual, por janela panorâmica, se observa a placidez do Douro.

E a conversação fluiu animadamente, até o presidente da Cave perguntar a Joaquim:

– Então, gostas muito de vinho?

Ele, sem pensar, afirmou que sim, mas que preferia os destilados. Em seguida, percebeu que não precisaria ter dado essa resposta e, para tentar corrigir-se, afirmou:

– Mas em compensação meu filho gosta e conhece muito bem o vinho.

E o anfitrião imediatamente se virou para o rapaz:

– Seu pai me disse que tu gostas e conheces vinho.

Em resposta imediata, seu filho respondeu alto, para que todos o ouvissem:

– Sim, e conheço tudo sobre vinho. Reconheço qualquer tipo de vinho.

Joaquim não podia acreditar na prepotência daquela resposta.

Envergonhou-se pela afirmação cabotina e pretenciosa proferida pelo jovem.

Os Guedes eram reconhecidos como uns dos maiores fabricantes de vinho do mundo e respeitados enólogos.

Joaquim percebeu que o anfitrião se surpreendeu com a resposta presunçosa.

Meu filho deve estar bêbado, pensou Joaquim, sem poder acreditar. E o rapaz prosseguiu:

– E, para provar que conheço tudo sobre vinhos, podem me trazer qualquer garrafa que eu lhes direi qual é o seu tipo.

Os convivas pararam de falar, para observar o que aconteceria com a pretensão descabida daquele convidado.

Joaquim queria sumir daquela sala. E os Guedes, incrédulos, estranhando aquela afirmativa soberba, se ergueram, confabularam entre si e pediram ao garçom que trouxesse uma certa garrafa, com o rótulo tampado por um guardanapo de linho.

A mesa silenciou. Joaquim ficou lívido. Os Guedes iriam trucidar aquele menino pretencioso.

E o garçom chegou com a garrafa.

A mesa aguardou o desfecho da aposta.

O garçom serviu o vinho.

Joaquim sentiu-se mal.

Os Guedes nem se sentaram.

O filho de Joaquim se ergueu com a taça na mão.

Olhou o vinho demoradamente.

Balançou a taça.

Cheirou duas ou três vezes o líquido.

Fez cara de quem estava refletindo.

Levou o vinho à boca.

Deu um pequeno gole.

Bochechou com estardalhaço e o engoliu.

Novamente olhou com perspicácia para o vinho e o levou novamente aos lábios.

Deu o segundo gole.

Os convidados aguardaram o veredicto em silêncio sepulcral.

Os Guedes se entreolharam com descrédito.

Joaquim quis morrer.

E, no clímax daquela situação angustiante, seu filho finalmente dá o ultimo gole e, com cara de quem desvendou a questão, leva a taça com estrépito à mesa e, peremptório, proclamou o veredicto:

– Vinho tinto... pode servir.

As gargalhadas ecoaram na sala.

Os Guedes riram às bandeiras despregadas.

Joaquim, ainda não refeito do susto, fechou os olhos em sinal de agradecimento aos deuses.

E as conversas se animaram em risadas constantes. O menino se tornou o epicentro daquele ágape, no qual se exaltava o vinho que os portugueses lhes ofertaram com tanto carinho.

Joaquim sempre procurava conhecer bebidas alcóolicas ou peculiares de diversas regiões, mas lembrou-se de uma cena onde não precisou procurar, pois, sem esperar e de forma inédita, veio a provar o *Gocce Imperiali* (Tintura Imperial).

Estava com Debora, Thais e Cesar Romão visitando o escultor Caciporé Torres, quando, enquanto bebericavam seus uísques, Thais, que morava próximo, lembrou-se dessa bebida produzida nos mosteiros de Pavia ou no cisterciense de Piona e pediu a seu filho que trouxesse a tal garrafa.

É um destilado com gosto de anis e uma graduação alcoólica de 90°. Fortíssimo. Está próximo do etanol puro e deve ser diluído em água, café ou chá. Porém os amigos resolveram degustá-lo puro.

Joaquim se extasiava com essas surpresas. Sem imaginar que iria degustar uma bebida desconhecida por ele, ganhou a noite.

E o grupo álacre esvaziou a garrafa em confraternização animada.

Gourmet convicto, para encerrar uma refeição primorosa Joaquim não dispensava, após almoço, jantar ou ceia, a degustação de um autêntico Cohiba cubano.

Essa marca de charuto foi produzida pela Habanos, estatal cubana, originalmente com exclusividade para Fidel Castro.

A partir de 1982, começou a ser comercializada e, pela sua excelência, passou a ser considerado um produto das marcas mais selecionadas, mais caras e ambicionadas por aficionados de todo o mundo.

– Pessoalmente, eu prefiro o Espléndido, que pode ser encontrado em seis tamanhos que formam a chamada “Línea Clásica”, composta dos charutos Panatela, Corona Especial, Lancero, Robusto, Exquisito e Esplendido.

– Aliados aos Cohibas, encontram-se outros charutos cubanos de excepcional qualidade, como Romeo y Julieta, Hoyo de Monterrey, Partagas, Montecristo e alguns outros "puros" que me encantam.

E, em largas baforadas, Joaquim ia gozando sua vida hedonista, elaborando conjecturas concernentes à cultura e à política de seu país.

55

PADECIA AMORTECIDO pela inércia quando, de estalo, sem preâmbulo, veio-lhe à mente trôpega a lembrança vívida de sua candidatura a deputado estadual, pelo Estado de São Paulo.

Foi convidado a concorrer à Assembleia Legislativa de São Paulo por Ulysses Guimarães e Horácio Ortiz, seu tio, casado com sua tia Léa, o qual já era deputado estadual e concorria à reeleição. Ambos se elegeram e, pela primeira vez na história do parlamento paulista, tio e sobrinho participaram da mesma gestão.

Um dos mais importantes intelectuais da época, Francisco Luiz de Almeida Salles, crítico de cinema e poeta, fundador, com Paulo Emílio Sales Gomes, da Cinemateca Brasileira e seu primeiro presidente, adido cultural em Paris, presidente do Clube Amigos da Cultura, o Clubinho, membro vitalício da Fundação Bienal de São Paulo, entre tantos outros cargos e títulos. Erudito e dono de vasta cultura era apelidado carinhosamente de "presidente". Bonachão e boêmio, tornou-se lendário no restrito mundo artístico brasileiro.

No bar do Pepe, na Galeria Metrópole, depois no Barzinho do Museu e no Clubinho, famosos redutos de artistas e intelectuais boêmios, ele divulgou esse texto no intuito de angariar apoio de artistas e intelectuais, formadores de opinião, convidando-os a assinar o manifesto, que ele subscreveu.

MANIFESTO DE APOIO À CANDIDATURA DE JOAQUIM CONCEIÇÃO PARA DEPUTADO À ASSEMBLEIA LEGISLATIVA DO ESTADO DE SÃO PAULO

A candidatura de Joaquim Conceição a uma cadeira de Deputado na Assembleia Legislativa Estadual merece o nosso apoio, não só pelo que representa de participação tão reclamada da juventude no processo político brasileiro, mas principalmente, por registrar um indício importante de ingresso na vida púbica, de homens de exclusiva formação cultural e artística.

Os problemas especificamente da cultura e da criação e difusão artísticas não têm encontrado nos parlamentos brasileiros defensores credenciados, com conhecimento das suas características essenciais.

E, quanto mais o País salienta-se no cainha do desenvolvimento, mais exigentes são os reclamos da juventude no sentido de uma maior assimilação cultual e educacional no estabelecimento de melhores condições para a fruição e a criação artísticas.

Joaquim Conceição é escritor, crítico de arte, poeta, cineasta várias vezes premiado nacional e internacionalmente, e vem batalhando abnegadamente, em prol da educação e das artes brasileiras, sendo que atualmente dirige, em São Paulo, o Movimento Paulista em defesa da Educação e da Cultura Brasileiras, que visa conscientizar os brasileiros em torno dos problemas fundamentais de nossa formação socioeducacional e cultural.

Subscrevem,

Francisco Luiz de Almeida Salles – Presidente da Cinemateca Brasileira, Emiliano Di Cavalcanti – Pintor, Francisco Rebolo Gonzales – Pintor, Fulvio Pennacchi – Pintor, Noêmia Mourão – Pintora, Renato Magalhães Gouveia – Escritório de Arte, Aldemir Martins – Pintor, Fernando Millan – Galeria de Arte, Hilda Hilst – Poetisa, Marcos Marcondes – marchand de tableaux, Massao Ohno – Artista Gráfico, Norberto Geyerhan – Livraria Kosmos – Galeria Astreia, Gustavo Rosa – Pintor, Aurora Duarte – Produtora Cinematográfica, Clovis Graciano – Pintor, Gregory Fink – Chelsea Gallery, Fernando Coni Campos – Cineasta, Irineu Ângulo – Leiloeiro de Arte, João Parisi Filho – Pintor, Luiz Ernesto Kawall – Jornalista, Elisa Carolina Porchat Franco – Centro de Arte Aplicada Jabik, Neyde Rosa Bonfiglioli – Galeria Bonfiglioli, Paulo Galvão (Pagal) – Pintor, Darcy Penteado – Pintor, Clelia Cotrin Alves – Pintora, Raimundo Magno de Andrade – Pintor, Walter Lewy – Pintor, Alfredo Volpi – Pintor, Paulo Mendes de Almeida – Crítico de Arte, Diogo Pacheco – Maestro, Emilio Miguel Abellá – Pintor, entre outros.

Joaquim era assíduo e querido nas redes artísticas e intelectuais do eixo São Paulo-Rio. E, com esse apoio, de importante peso cultural, a mídia o procurava, entrevistas eram concedidas e seu nome divulgado até a vitória final nas urnas.

Eleito, entre dezenas de notícias e entrevistas concedidas à imprensa falada, escrita e televisiva, a Folha de São Paulo de agosto 1976 publica esta matéria:

O DEPUTADO DAS ARTES E DA CULTURA

Em 1965, o jovem poeta Joaquim Conceição (Prêmio Governador do estado de Poesia), recém ingresso nas Faculdades de Filosofia e Direito, resolve abraçar a então controversa, carreira cinematográfica. Sob os olhares reprovadores da sociedade burguesa, o rapaz rico que deveria se tornar "brilhante advogado" seguindo a tradição familiar, inicia sacrificada peregrinação no mundo das artes cinematográficas.

Conseguindo o 1º lugar nos vestibulares da Escola Superior de Cinema, Joaquim desde aí, consegue conciliar a sua arte com sua vocação política; pois logo é convidado para disputar a Presidência do Centro Acadêmico "Humberto Mauro", tornando-se o seu 1º Presidente.

Organizador nato de programações artísticas logo o nome do Centro ultrapassa as fronteiras paulistas e Joaquim é convidado a dar conferências, organizar festivais e simpósios culturais nos maiores centros artísticos brasileiros. Porém a sua ânsia de criação não lhe permite ser simplesmente um intelectual teórico e através de sérias pesquisas cinematográficas realiza o seu primeiro curta metragem: "Geração Traída", que conquista a Medalha de Ouro no Festival Internacional de Londres.

Seria o 1º de seus prêmios internacionais que se seguem no Festival Internacional de Locarno: "Viagem ao Fim do Mundo" (longa metragem), Festival Internacional de Guadalajara: "Fulvio Pennacchi – Mestre Pintor), e ouros que se unem aos prêmios nacionais: Aquisição do INC, Prêmio Governador do Estado: "Canção Desesperada" (baseado em Pablo Neruda) etc.

Sua vida é dedicada à divulgação de nossa cultura e à criação artística, tanto no concernente às suas atividades profissionais, escritor e cineasta, quanto no estímulo que passa a dar aos artistas brasileiros, inclusive nos seus campos econômicos.

Nesta época, 1970, o seu ecletismo passa a abordar nossas artes plásticas e quer como crítico, quer como cineasta, Joaquim inicia um grupo de intelectuais, a grande valorização de nossos pintores e escultores que vem eclodir nos nossos dias, quando felizmente, hoje, existe a cotação de preços para as suas obras, a exemplo de países civilizados.

Torna-se um "marchand de tableaux". E através dessa nova profissão no Brasil vai enriquecendo a sua pinacoteca particular, com obras de nossos grandes mestres, como Pennacchi, Volpi, Aldemir Martins, Clóvis Graciano, Di Cavalcanti, Rebolo, Gustavo Rosa etc.

Em sua plataforma de difusão cultural, juntamente com Almeida Salles, Luiz Ernesto Kawall, William Pereira da Silva, funda a Associação Paulista em Defesa da Educação e da Cultura Brasileiras (1974), entidade sem fins comerciais e que visa a melhoria das condições de ensino em nosso Estado e a divulgação popular de nossos artistas e suas obras, bem como o lançamento dos nomes talentosos, porém desconhecidos, para que tenham merecido lugar ao sol, no sacrificado mundo artístico. "É premente", no seu dizer, "que nossa gente conheça os seus artistas, familiarize-se com suas obras, não só para valorização da nossa própria cultura, como também, para que o seu nível intelectual acompanhe o progresso técnico de nossa terra. E, no meu entender, refletido dos objetivos da Associação Paulista em Defesa da Educação e da Cultura Brasileiras, temos a obrigação de facilitar-lhe este conhecimento; para tanto, coordenamos pinacotecas itinerantes, que, levarão às cidades do interior do Estado, em exposições didáticas, as obras mais expressivas de nossas artes plásticas e possivelmente acompanhadas de artistas, críticos, professores que coordenarão palestras, juntamente com os interessados locais, para o seu maior aproveitamento público. E paralelamente a estas exposições, fazer-se o inverso, trazer do interior, os artistas desconhecidos do grande público, para lançá-los nas Capitais, para que tenham a oportunidade de adquirirem pelos seus talentos, as merecidas cotações.

> "– Isto no concernente às artes plásticas que têm programação semelhante ao apoio ao teatro, cinema, música, literatura e coreografias."
>
> Enfim, para falar sobre Joaquim Conceição precisaríamos escrever um livro portanto vamos direto ao assunto, talvez o mais empolgante e que coroa sua vida jovem, mas intensa, dedicada à cultura brasileira – sua eleição para Deputado Estadual.
>
> A primeira vez que tomamos contacto com a sua candidatura, esta nos agradou duplamente, primeiro por já conhecermos as atividades culturais do candidato, segundo por ter sido ela lançada através de um manifesto de iniciativa dos mais gabaritados nomes de nosso intelectuais e artistas que, de maneira inédita, apoiaram um nome para representá-los na Assembleia Legislativa do Estado de São Paulo. Basta reproduzirmos o seu 1º parágrafo para situarmos o conceito do jovem intelectual: "A candidatura de Joaquim Conceição a uma Cadeira de Deputado na Assembleia Legislativa Estadual merece o nosso apoio, não só pelo o que representa de participação tão reclamada, da juventude no processo político brasileiro, mas principalmente, por registar um indício importante de ingresso na vida pública, de homens de exclusiva formação cultural e artística. Os problemas especificamente da cultura e difusão artísticas não têm encontrado nos parlamentos brasileiros, defensores credenciados, com conhecimento das suas características essenciais.

Joaquim Conceição, embora participando pela primeira vez de uma eleição pública, foi bem eleito, ficando entre os dez mais votados da capital paulista, com votos sufragados em nome da cultura de seu Estado.

Após a surpresa, o primeiro impacto, gregos e troianos o procuraram para compor Secretarias, Presidências de Comissões, Assessorias; jornalistas credenciados indicaram seu nome para funções importantes; políticos astutos se acercaram do moço simples que dizia: "A minha foi a vitória da conscientização popular que negou os princípios politiqueiros, num brado demonstrativo de emancipação cultural. Que os fados me iluminem, pois os caminhos são áridos; porém outros, mais difíceis, já foram trilhados."

E insistiam na pergunta: "E as Secretarias?"

– Agradeço a confiança daqueles que redigiram um abaixo-assinado propondo meus serviços ao Governador, porém fui eleito pelo MDB na oposição e obedeço à orientação partidária. E, independentemente de onde puder ser mais útil, minha diretriz como Deputado é a valorização do Poder Legislativo. Por meio dele, em seu nome, poderei dar sequência ao cumprimento das coordenadas que sempre regeram minha vida: o enriquecimento cultural da minha gente.

56

Lembrança mais recente lhe surgiu.

Trafegava pela vida em seus sessenta anos, com o mesmo ímpeto de juventude, quando conheceu uma cantora brasileira, residente há mais de dez anos em um país europeu e que voltara ao Brasil para gravar um videoclipe.

Houve uma química correspondida e, apesar da diferença de idade, resolveram oficializar o namoro.

A idade nunca foi obstáculo para seus relacionamentos, pois não somente aparentava ser bem mais moço, como, naturalmente, agia e criava planos e projetos como se tivesse trinta anos.

Foi um affair confortável, pois, além de ela ser bonitinha, tipo mignon, embora não tivesse muito talento musical, possuía um grande *sex appeal*. Nos seus trinta e poucos anos, inicialmente, soube conduzir a ligação afetiva com maturidade.

A artista continuava morando no exterior, com seu marido e filho. Voltava ao Brasil a cada três meses, quando se hospedava na casa de Joaquim por uns vinte dias, e, dessa forma, o relacionamento aberto foi se intensificando, no transcorrer de uns três anos.

Ela conhecia a fama de "galinha" do seu namorado e começou a exigir fidelidade.

Foi aí que a "fila andou", conforme se dizia nessa época quando se trocava de namorada, pois ele conheceu uma jovem modelo, recém-separada do marido, que, por morar no Brasil, dedicou-lhe tempo integral.

Assim seus relacionamentos mais constantes iam se substituindo.

A vida rocambolesca de Joaquim prosseguia.

Era incorrigível.

57

VEIO-LHE À MENTE o amigo Nilo Sérgio Felix.

Há mais de quarenta anos Joaquim conhecia esse carioca da gema e a amizade se estreitou no decorrer das andanças boêmias e da coincidência de suas aspirações políticas.

Tratavam-se como irmãos e assim foram considerados no transcorrer de suas vidas públicas e pessoais.

Nilo participou ativamente da política esportiva e turística do Rio, tendo sido Secretário Municipal de Esportes e duas vezes Secretário Estadual de Turismo.

Joaquim se elegera deputado estadual e fora, por pouco tempo, Secretário Adjunto de Cultura em sua cidade, São Paulo.

Viam-se regularmente, embora morassem em cidades diferentes, mas, principalmente, participaram de projetos culturais em conjunto.

Joaquim, como Presidente da Academia Latino-Americana de Arte, realizava importantes exposições no Rio e sempre tivera o apoio oficial da Secretaria de Turismo, pois esses eventos atraíam seleto turismo cultural, quando artistas de diversos estados brasileiros, membros da ALA, para lá se dirigiam com seus amigos e familiares para prestigiar as respectivas mostras de arte.

Tornaram-se tradição os eventos que a ALA realizava em anos consecutivos no Forte de Copacabana, bem como no Iate Clube do Rio de Janeiro ou no Sofitel de Copacabana.

Nunca a Secretaria de Turismo gastou um centavo sequer com esses trabalhos; oferecia somente o apoio institucional e oficioso.

E os dois amigos fortaleciam os laços entre os dois estados.

Esse foi um dos fatores predominantes para, anos mais tarde, Joaquim receber o título de Cidadão do Estado do Rio de Janeiro.

Porém, anos antes de assumirem cargos públicos, Nilo tornara-se diretor do Expresso de Prata, formidável trem-leito noturno que fazia o trajeto Rio-São Paulo-Rio, encantando paulistas e cariocas.

Eram muito jovens e Joaquim foi chamado pelo amigo para, no vagão-restaurante, organizar leilões de pequenas obras de arte que entreteriam nobremente os passageiros.

O Expresso de Prata tinha uma característica apropriada para os casais apaixonados: saía de São Paulo às 22 horas, porém, desde às 20 horas, abria suas portas para que se instalassem nas cabines e depois se dirigissem ao vagão-bar e restaurante.

E permaneciam bebericando até meia-noite, quando o vagão--restaurante encerrava as atividades e os passageiros voltavam aos leitos de suas cabines.

Às 8 horas da manhã o trem chegava no Rio e o restaurante se abria novamente, agora para o café da manhã.

Era uma farra. Um programa inesquecível. Joaquim quase sempre levava uma namorada para ajudá-lo na organização do leilão, que, embora não lhe rendesse muita grana, lhe era gratificante.

As vendas ocorriam, principalmente, pelo espirito boêmio e apaixonado dos passageiros que, embalados pelos drinques, ofertavam às acompanhantes as obras de pequenas dimensões.

Então se lembrou com nitidez de uma dessas viagens.

Nessa, fora sozinho, e enquanto bebericava um uísque em sua mesa do vagão-restaurante viu entrar e sentar-se em uma mesa contígua uma menina com um corpo supersensual e uns olhos azuis que o arrebataram.

E Joaquim percebeu que esses olhos se dirigiam a ele com frequência encantadora e convidativa.

Levantou-se e objetivamente se dirigiu à moça.

– Olá. Está gostando do trem?

Dirigiu-lhe um sorriso cúmplice.

– Superlegal! E pelo que vejo você costuma frequentá-lo.

– É verdade. Como você sabe?

– Semana passada fui pro Rio com minha mãe e te vi aqui fazendo leilão.

– Impossível que não a tenha visto, seus olhos são inesquecíveis.

E o papo rolou.

Renatinha tinha viajado na semana anterior com a mãe e a deixara na casa de sua vovó. Agora iria buscá-la. Ele não a percebeu naquele dia porque a mãe a tinha proibido de ir àquele vagão. Só dera uma espiadinha e reconheceu o leiloeiro.

– Você estava com uma menina muito linda. Quem era? Sua namorada?

– Era uma amiga que veio me ajudar no leilão. Eu não tenho namorada. Estou muito triste porque a menina que namorava comigo há 6 meses voltou com o antigo namorado.

E as mentiras continuaram de lado a lado.

Ele já estava sentado há uns dez minutos na mesa dela, bebericando seu segundo uísque, quando ousou encostar seu joelho no joelho dela.

A moça não se moveu. O contato físico estava armado.

Ela havia pedido um espumante, já tinham feito os tim-tins corriqueiros e a conversa deslizava para as artes.

Renata acabara de entrar no curso de atriz de Wolf Maia.

E Joaquim aos poucos ia tocando partes do corpo da jovem. Primeiro as mãos, depois o braço. Um carinho suave no rosto.

E os joelhos e pés roçavam.

O trem trepidava suave para seu destino e Joaquim e Renatinha tentavam unir seus destinos naquela noite.

Os copos se esvaziavam.

O papo rolava solto e finalmente Joaquim não soltou mais a mão da menina, que correspondeu ao aperto carinhoso acariciando-o com a outra mão.

Continuaram assim até que o garçom veio lhes dizer que o bar iria fechar. Joaquim pagou e, de mãos dadas, andaram pelos corredores dos vagões-leito, até chegarem à cabine dele. Sem falar nada, abriu a porta e a conduziu para dentro.

O primeiro beijo na boca foi quando ainda estavam de pé. Depois, entre amassos e outros beijos, um foi despindo o outro e, sem falarem mais nada, extasiaram-se nas diversas formas e posições sexuais.

Pela manhã, trocaram telefones e ela se retirou para a sua cabine.

Joaquim ficaria no Rio. Ela voltaria ainda naquela noite com a mãe para São Paulo.

Uns dez dias depois, encontraram-se novamente em São Paulo. E esse relacionamento foi de certa forma duradouro, pois permaneceu mesmo depois do casamento da menina, uns dois anos após o encontro fortuito.

Assim, entre tantas peripécias, a amizade com Nilo se estendeu pela vida inteira.

Seus projetos objetivavam, somente, trazer benefícios culturais às suas cidades.

58

CARLOS PÁEZ VILARÓ, poeta e pintor famoso, fora seu íntimo amigo e juntos beberam alguns tonéis de vinhos e uísques.

Um dia, quando Joaquim foi visitá-lo em Punta Del Este, o pintor o recebeu em sua icônica residência – Casa Pueblo, construída por ele mesmo, que se tornou o principal cartão de visitas da cidade.

Com a fidalguia de sempre, depois de muita conversa sobre arte e política e muitas doses de uísque, Carlito escreveu, em português, sua sugestão para o epitáfio do amigo:

"Joaquim Francisco da Conceição.
Integridade na Vida Pública e Dedicação Total à Cultura.
Pai Amoroso e Amigo Fiel.
Boêmio Inveterado e Amante Libertino."

Em outra ocasião, quando um jornal uruguaio, que fazia cobertura da exposição da ALA no Conrad, lhe perguntou quais os defeitos e as qualidades desse curador brasileiro, assim o definiu:

– Joaquim Conceição carece de educação em ciências exatas, como matemática, física e química, mas tem enorme erudição humanística e, quer por sua peculiar impostação de voz, quer por sua singular expressividade, o calão e as palavras chulas quando proferidas por ele, insolitamente, passam a ter a conotação de uma linguagem erudita.

59

JOAQUIM PODERIA PUXAR pela memória para recordar suas centenas de cenas de peripécias amorosas. Mas, com naturalidade, algumas se fizeram claras na lembrança do moribundo.

Tinha acabado de chegar à mesa de um bar, próximo do ateliê do seu amigo Ferenc Kiss, que, nos seus vinte e poucos anos, costumeiramente visitava, quando uma menina da sua idade, linda, com pernas perfeitas, que apareciam sob o seu shortinho curto, sentou-se na mesa ao lado.

Joaquim sempre tivera predileção por pernas esguias e seios de pera. A chamada falsa magra.

Imediatamente, afetou desinteresse. Enquanto o bar inteiro, homens e mulheres, admirava aquela presença sensual, nem sequer lhe lançou um olhar. Ela percebeu esse desinteresse.

Ciente da atenção que chamava, folheava uma revista, mas, sem corresponder a qualquer olhar, Joaquim lia... ou fingia ler um livro de filosofia.

A oportunidade de contato se deu quando ela pediu um gim-tônica ao garçom.

– Gim-tônica – repetiu Joaquim para o garçom –, ótima pedida. Vê um pra mim também.

E, virando-se para a menina.

– Excelente dica... estava em dúvida... Você sempre prefere o gim?

E seu sorriso franco se abriu cativante à jovem, que respondeu com parcimônia.

– Não... prefiro ver sozinha minha revista.

A ducha de água fria se abateu sobre Joaquim, que, sem se demonstrar rejeitado, respondeu:

– Ok. Então, eu volto ao meu livro. Só queria ser gentil com você.

E voltou a fingir que se dedicava à leitura.

Após um minuto a examiná-lo com mais atenção, ela retornou ao diálogo.

– Desculpe... não quis ser grosseira.

E, após outro minuto, ambos conversavam na mesma mesa.

Ela fazia Faculdade de Arquitetura (FAU). Ele, Direito.

Ela gostava de Arte. Ele também.

Ela bebia gim. Ele mentia e dizia que era sua bebida preferida.

Ela adorava Fellini. Ele, Buñuel.

Ela expôs sua vida. Ele inventou a sua.

Ela foi ficando bêbada. Ele também.

Ela lhe disse que esperava uma amiga que não veio.

Ele não acreditou.

E suas mãos se tocavam com intimidade pré-libidinosa.

E seus pés e pernas se roçavam com casualidade fingida.

E, quando ia convidá-la para sair, a amiga retardatária, que julgara não existir, chegou.

– Puxa – pensou Joaquim – justo agora que ela estava no ponto.

A amiga lhe foi apresentada.

Era magra sem ser bonita, mas tinha um estranho *sex appeal.*

Já chegara com o combustível de algumas doses.

Imediatamente, os três se entrosaram.

Joaquim e a menina continuaram a se roçar, agora sob o olhar atento da nova parceira, que se uniu a eles no gim-tônica.

Em pouco tempo, sentiu que os toques manuais da nova amiga se demoravam mais que o normal, tanto em seus braços como nos braços da outra.

Sentiu-se extremamente excitado quando a mão de uma se apoiou em seu joelho esquerdo e a da outra pressionou sua coxa.

E os três, em conversação animada sobre cinema e teatro, iam se socializando, quando a conversa versou sobre Jules e Jim, o clássico de Truffaut, com Jeanne Moreau.

– Os papéis poderiam se inverter – ponderou Joaquim. – Duas mulheres para um homem só.

Elas riram e os três apertaram-se nas mãos.

– Eu tenho uma garrafa em casa do Bombay, o melhor gim do mundo – exclamou Joaquim, que por sorte do destino estava com uma *garçonnière* nova na esquina da Rua Augusta, próximo dali.

Após mais uma rodada, os três, já meio trôpegos, dirigiram-se para o apartamento.

E foram andando descontraídos e alegres até o prédio.

Subiram pelo elevador e, abraçados, entraram no apartamento. Uniram-se, ainda de pé, em um primeiro abraço lascivo.

E, mesmo sem abrirem a garrafa do gim, que na verdade ele nem sabia se ainda tinha, iniciaram as carícias e, rapidamente, se viram despidos e deitados na cama de casal, quando a magrinha o enlaçou por trás enquanto ele penetrava na vagina da amiga.

Foi uma noite dissoluta, onde o *cunnilingus* e o *anillingus* imperaram e a felação desenfreada estimulou penetrações múltiplas.

E a amizade dos três perdurou por uns seis meses. Até que as duas companheiras foram terminar seus estudos de arquitetura na Faculdade de Salvador.

Depois Joaquim soube que estavam juntas há uns dois meses, antes daquele primeiro encontro.

Ainda, por duas ou três vezes, o trio se encontrou quando voltavam para visitar a família em São Paulo, e uma vez quando o convidaram para conhecer seu apartamento na Bahia.

Outro episódio de *ménage à trois* veio-lhe à mente, agora excitada.

Participava Joaquim de uma das muitas festas que seu amigo Stefano Canavesio, embaixador italiano, oferecia com constância e ficaram conhecidas no Brasil, onde a boêmia rolava solta e sempre recheadas de lindas mulheres, quando uma loirinha, de cabelos compridos e corpo exuberante dele se aproximou, dizendo que já o tinha visto em outras festas. Iniciaram uma conversa animada.

Desde o início, demonstrara grande interesse por ele, com toques demorados e maliciosos em seus braços e passando por duas vezes seus dedos pelos cabelos dele. Porém, como estava acompanhada, pediu-lhe que passasse seu endereço, sem que ninguém percebesse. Joaquim pensava que todos percebiam, mas fez exatamente como ela pediu e sorrateiramente lhe passou seu cartão.

E a festa continuou com outras paqueras.

No dia seguinte, ainda sonolento e de ressaca, recebeu o telefonema da loirinha, que lhe dizia que tinha brigado com o namorado na véspera e insinuou se encontrarem.

Era o que Joaquim queria e na mesma noite recebeu-a em sua casa. Tinha acabado de se separar de sua quarta mulher.

Sem outras delongas, eles se uniam no primeiro beijo e entre drinques e amassos devassos o casal atingiu o orgasmo ambicionado. E, para sua surpresa – agradável surpresa –, continuaram conversando por muito tempo, bebericando champanhe, criando assim uma inesperada amizade.

A loirinha, bem mais jovem que Joaquim, tornou-se parceira esporádica. E, naturalmente, com singela espontaneidade, tornaram-se amigos.

Muitas noites de amor... e de tesão... e algumas viagens os aproximaram ainda mais. Em uma dessas idas ao Rio, após uma visita exótica ao Morro do Vidigal, a amiga lhe confessou que já mantivera alguns casos – dois ou três – com outras meninas.

Ele ficou muito excitado e, prevendo aventuras luxuriosas, manteve naquela noite um relacionamento tórrido, com muitas perguntas e respostas lascivas a respeito dos relacionamentos gays da menina.

Como tinham começado.

Qual a primeira vez que ela beijara outra.

Se elas usavam brinquedinhos.

Se ela preferia ser passiva.

Se ela preferia chupar ou ser chupada.

Se queria que ele participasse em *ménage à trois*, com alguma outra menina.

De fato, alguns dias depois em São Paulo, iniciaram algumas sessões de *ménage*.

Tiveram algumas outras parceiras. Em dias ou noites diferentes.

E continuaram muito amigos para sempre.

As lembranças dissolutas obrigaram o moribundo, inconscientemente, a levar, com esforço, a mão ao sexo.

Então, outra cena foi lembrada.

Estava em uma balada oferecida por Reynaldo Dutra quando uma jovem esguia e apetitosa dele se aproximou e, entre conversas amenas, iniciou a paquera, dando toques carinhosos em seus braços e mãos, às vezes, encostando nele seus seios pequenos e durinhos, afetando casualidade.

Em pouco tempo saíram da festa e foram à casa de Joaquim.

O inédito dessa lembrança é que, após a transa consumada, Belinha revelou que havia, recentemente, rompido seu relacionamento de dois anos com sua namorada e que naquela noite, após muitos anos, pela primeira vez se sentiu atraída por um homem.

Joaquim espantou-se com a revelação e ficou excitado com grande intensidade.

Ele acreditou que fora o escolhido. Poderia não ter sido, porém, assim preferiu crer e continuaram o papo entre novas carícias prolongadas.

E combinaram que ela iria lhe apresentar algumas amigas que topavam *ménage à trois.*

Por um longo período o casal se relacionou esporadicamente, a sós ou com amigas de Belinha.

A lembrança lhe foi prazerosa

60

DE TANTAS LEMBRANÇAS embaralhadas, em certo momento uma se fixou na mente entorpecida de Joaquim.

Um transatlântico com bandeira italiana, o Costa Clasica, deslizava suavemente pelo mar; e, como na montagem dos filmes, desse plano geral passou para um plano médio, onde ele, Debora – sua mulher –, seus filhos e sua sobrinha Adriana se encontravam sentados no amplo salão de refeições do navio.

Participavam de um cruzeiro de 18 dias que partira de Santos, fora ao Rio e agora estava rumando para Buenos Aires e Punta del Este.

Debora e Joaquim tinham montado no navio uma linda exposição de quadros de artistas brasileiros. E promoviam um interessante leilão de parede, onde cada quadro tinha uma cartela ao lado e os interessados iam postando seus lances e colocando o número de suas cabines. A cada 48 horas os quadros eram vendidos pelo maior lance.

Uma maneira singular que o casal bolou para comercializar obras de arte. Todos os dias, às 17 horas, recebiam os passageiros para tomar um vinho e participar dos bate-papos culturais, conduzidos por Joaquim.

O casal e os filhos aproveitavam e se divertiam nesse cruzeiro de luxo, ao mesmo tempo em que faturavam com as vendas.

E dessa lembrança, outras, inéditas, percorreram a memória do moribundo, como aquela do leilão de pequenas obras no trem noturno que fazia São Paulo-Rio, o Expresso de Prata e os minileilões que, por algumas vezes, Joaquim fizera em aviões da Vasp.

Eram pequenas estratégias inventivas, que ele criava para exercer suas atividades profissionais e aproveitar os prazeres da vida.

E, quando montava eventos culturais em diversas cidades brasileiras, ou sul-americanas, permutava créditos com hotéis 5 estrelas, que lhe ofereciam suítes de luxo, como o Othon, o Sofitel, o Marina e tantos outros no Rio. Ou o Conrad, ao qual ia há 14 anos consecutivos, em Punta del Este, e o Radisson Victoria, em Montevideo. O Uruguai era a sede da Academia Latino-Americana de Arte, e seu amigo Rafael Mora, que foi cônsul por seis anos em São Paulo, era o Diretor da ALA naquele país.

E outros eventos aconteciam no Chile, na Argentina... uma vez na Alemanha... outra na Itália.

Nessa época de efervescência, vivia, primeiro com Debora e depois com Ligia, que nunca deixaram de acompanhá-lo em suas respectivas uniões.

Outras cenas de suas belíssimas exposições de arte em locais *tops* surgiram-lhe com constância e, como uma sucessão de antigos slides, ia vislumbrando os quadros dos artistas da Academia em lugares elegantes como o Iate Clube de Santos, capitaneado magistralmente pelo Comodoro Berardino (Bera) Fanganiello, onde realizava, também, desfile de moda, e o estilista Orlando Chiquetto, em profícua parceria, apresentava suas coleções inspiradas nos quadros expostos.

Além de outras mostras anuais que se tornaram parte importante do calendário cultural brasileiro, como seus eventos no Memorial da América Latina em São Paulo, no Forte de Copacabana no Rio ou nos Iates de Santos, Rio de Janeiro e Ilhabela, pilotado pelo eficiente Comodoro José Yunes.

Ou, ainda, em locais igualmente badalados, como o Espaço Cultural da Cristal. Em clubes tradicionais de São Paulo, como o Paineiras do Morumby, com um belíssimo salão de Exposições ou o Paulistano, um dos mais antigos de São Paulo, compostos da elite brasileira. E em museus tradicionais como o Museu Brasileiro de Escultura e Ecologia (Mube), em São Paulo, ou no Museu da República, no Distrito Federal.

Certa vez, também em Brasília, organizou monumental exposição no Superior Tribunal de Justiça (STJ), com o apoio integral do ministro Paulo Dias de Moura Ribeiro, seu primo e amigo.

Outros eventos de grande importância cultural e social que a ALA prestou no Brasil foram suas mostras no glamoroso Jockey Clube de

São Paulo, durante a gestão dos presidentes José Antonio Pamplona de Andrade, Márcio Toledo e Eduardo da Rocha Azevedo.

Nessas exposições de arte, a ALA, em parceria com o Jockey, homenageou diversos artistas e pessoas ligadas à cultura, designando seus nomes para intitularem os páreos que aconteciam durante os dias das exposições. E, dessa forma, foram agraciados consagrados artistas como:

Aldemir Martins, Alfredo Ceschiatti, Alfredo Volpi, Anita Malfatti, Athos Bulcão, Bruno Giorgi, Caciporé Torres, Candido Portinari, Di Cavalcanti, Flavio de Carvalho, Francisco Brennand, Francisco Stockinger, João Câmara, Juarez Machado, Nilton Cavalcanti, Rego Monteiro, Roberto Burle Marx, Rubem Valentim, Rubens Gerchman, Tarsila do Amaral, Thomaz Ianelli, Victor Brecheret. E, também, o maestro Diogo Pacheco, o editor Massao Ohno, os arquitetos João Filgueiras Lima, Lúcio Costa e Oscar Niemeyer e os escritores Fernando Coni Campos, Guilherme de Almeida, Mário de Andrade, Martinho de Haro, Menotti del Picchia, Oswald de Andrade e Roberto Piva.

E também os artistas da ALA, Adda Pompermayer, Ana Falcão, Angélika Altmann, Carmen Fonseca, Cassiano Araújo, Dacha Franceschi, Marisa Giaquinto, Marli Gusmão e os conselheiros, Jabor Descio Sobrinho, José Luiz Ribeiro, Nilo Sérgio Félix, Pedro Paulo Mendes e Silva e Rafael Mora.

Ou na Pinacoteca Benedicto Calixto, em Santos, sob a batuta de seu, então, eficiente presidente Mario Flavio (Bito) Leme Paes e Alcântara e do diretor Eduardo Paulino, exímio concertista de piano e motociclista por paixão. Ambos reconhecidos médicos santistas.

Com a realização desses eventos, ia apresentando um panorama geral das artes plásticas contemporâneas no Brasil.

Assim, cumpria seu mister de divulgar e entrelaçar as artes e as culturas latino-americanas, sempre sob a égide da Academia Latino-Americana de Arte.

61

EPISÓDIOS POLÍTICOS lhe trouxeram recordações.

Joaquim Francisco da Conceição não transitou incólume pelas veredas históricas deste nosso Brasil.

Mesmo antes de ser deputado, militara ativamente nos bastidores políticos.

Muitas vezes externava um posicionamento contrário às correntes minoritárias, porém ruidosas. Mas esse posicionamento agradava à maioria silenciosa.

Em uma certa palestra para um auditório, com maioria de universitários, ousou emitir premissas que os jovens não estavam acostumados a ouvir.

– País alegre pelo espírito do seu povo e tristíssimo pelas mazelas políticas que o conduzem, principalmente desde o início do século XXI, quando o PT institucionalizou a corrupção entre os megaempreiteiros e os órgãos oficiais, tornando-a endêmica e sistemática. O país teve seus cofres arrombados em muitos bilhões de dólares. Infelizmente, quebraram o Brasil.

Dizia ainda:

– E essa corja adveio do início da segunda metade do século XX, quando aventureiros da esquerda, da classe média, falsamente usando o nome da democracia, mancomunados e a soldo de países comunistas, tentaram assaltar o Poder. Na realidade, queriam estabelecer jamais uma democracia, mas um regime ditatorial de esquerda populista, para mascarar suas intenções.

E prosseguia:

– O Brasil foi salvo desse intento que o levaria a se tornar uma Grande Cuba, por forças militares, aliadas à população brasileira e a praticamente todos os órgãos das mídias faladas, escritas e televisivas, além de outras instituições oficiais e oficiosas, como a OAB, por exemplo.

Por fim, concluiu:

– E os militares tomaram o poder. Salvou-se o país.

Joaquim, como a maioria do povo brasileiro, sempre apoiou os ideais daquela Revolução de 64 que impediu que o Brasil fosse dominado por países como Rússia ou Cuba, que vislumbravam ou viam nessa tomada de poder pelas forças de esquerda a grande possibilidade de comunizar toda a América do Sul.

Porém, com os exageros cometidos em nome desse novo regime, Joaquim, pela democracia, se revoltou e pleiteou uma cadeira à Assembleia Paulista pelo partido da oposição ao governo.

Apoiado por intelectuais e artistas, logrou vencer o pleito e assumiu seu lugar no Parlamento com o cognome "Deputado das Artes", dado pela imprensa, tornando-se um dos parlamentares mais jovens do país. Nessa época, estava casado com Gabriela.

Deputado eleito, se iniciou na oposição ao autoritarismo que se separava dos ideais democráticos que apoiara na Revolução de 64.

E conseguiu com Sábato Magaldi, então Secretário da Cultura de São Paulo, que emprestasse o Teatro Municipal para que um grupo de artistas e intelectuais, como Claudio Willer e Massao Ohno, lá organizasse a Feira de Poesia e Arte em 1976, pioneira dos protestos contra os excessos do regime militar.

Nessa manifestação declamou alguns de seus poemas e, com outros poetas e intelectuais, corria o risco de ser preso pelo regime de exceção.

Antes disso, no entanto, já participara ativamente da política cultural. Porém, após ser investido desse cargo público, sua voz obteve mais audiência na luta contra a censura e pela divulgação das artes e da cultura brasileira.

Antes, durante e após sua deputação, sempre participara ativamente da política brasileira. Conhecera pessoalmente todos os presidentes do Brasil depois do regime militar. Privando da amizade de alguns deles, iniciou esses relacionamentos ainda muito jovem, quando foi apresentado por um primo de sua mãe, João Pacheco e Chaves, que, naquele momento era deputado federal, a Juscelino Kubitschek.

Assim como também conheceu, pessoalmente, desde aquela época, todos os governadores paulistas e todos os prefeitos de São Paulo, tornando-se, também, amigo pessoal de alguns deles.

Lembrava-se da época distante em que, durante os fins de semana, por um ano inteiro, passara a frequentar, no Guarujá, a casa de Jânio Quadros, que, alguns anos após sua renúncia ao cargo de Presidente da República, se preparava para ser o próximo prefeito de São Paulo.

Às vezes, lá pernoitava em colóquios políticos e eruditos com o ex-presidente, sempre regados com muito uísque e boa comida.

Nesse quesito, Jânio tinha uma particularidade. Antes de se servir, no almoço e no jantar, picava diversas pimentas fortes, que Eloá, sua esposa, cultivava no quintal, besuntando o prato inteiro. Somente depois, servia-se da comida oferecida. E a comia com enorme apetite.

Nessa época, estava casado com Isabella, que o acompanhou por inúmeras vezes nessas viagens políticas.

Lembrava-se, também, anos após aqueles episódios no Guarujá, da amizade que espontaneamente se formara com o Alckmin.

Geraldo Alckmin era então vice-governador de São Paulo e candidato a prefeito da capital.

Vindo do interior do estado, pouco a conhecia, e Joaquim, após muitas reuniões, ofereceu-lhe ajuda.

– Alckmin, você é candidato a prefeito e pouco conhece a cidade. Qualquer jornalista pode surpreendê-lo com perguntas simples sobre seu conhecimento da cidade, e você não saberá responder. Quer que eu a apresente?

O vice-governador, empolgado com aquele apoio, topou a ajuda de imediato e, já no final de semana, passou na casa de Joaquim para percorrerem os locais icônicos da cidade: Casa dos Bandeirantes, Museu Paulista (do Ipiranga), Casa do Sertanejo e tantos outros locais de expressiva importância para quem necessitasse conhecer São Paulo.

Nessa época, era casado com Debora que, às vezes, junto com Lú, a esposa de Alckmin, os acompanhavam nesses passeios. Sem dúvida, um dos que mais marcaram o casal Alckmin foi quando Debora e Joaquim os levaram para conhecer o Mosteiro de São Bento e assistir à missa cantada.

Além dessas visitas, Joaquim ia ao Palácio dos Bandeirantes, todas as quartas-feiras, dar aulas ao vice-governador sobre o histórico cultural e político da cidade.

Elaborara até uma apostila para facilitar esses ensinamentos e sempre se admirava com a aplicação do aluno.

– Nunca conheci – dizia Joaquim, entre sério e brincalhão – um aluno tão aplicado como o Geraldo. Toda quarta-feira, antes de começar a aula, faço-lhe perguntas sobre as aulas anteriores, ele acerta todas as respostas.

Essa amizade e parceria política estenderam-se pelos anos, inclusive quando o governador prefaciou um livro de arte da ALA, e culminou quando Alckmin foi homologado, por sua legenda, como candidato à Presidência do Brasil.

Evidentemente, os candidatos presidenciáveis contam os minutos de seus dias para melhor aproveitá-los em benefício de suas campanhas. E, dentro dessa rigidez de suas agendas eleitorais, o candidato do PSDB aceitou o convite de Joaquim, que o recepcionou em sua casa, promovendo noite de intensa movimentação cultural, quando artistas e intelectuais, formadores de opinião em diversos estados brasileiros, se reuniram para oferecer seu apoio ao candidato.

E assim Joaquim Conceição privava de significativas amizades nesse mundo do poder.

Tal militância vinha desde seus estudos universitários, quando se tornou diretor do jornal *A Conduta*, órgão oficial do Centro Acadêmico João Mendes Jr., da Faculdade de Direito do Mackenzie ou quando foi eleito presidente do Centro Acadêmico Humberto Mauro, da Faculdade de Cinema e Comunicação, da São Luiz, onde completou o primeiro curso de cinema instituído nas universidades brasileiras.

Conviveu com alguns políticos de expressão nacional, tornando-se amigo de muitos deles, como o senador Álvaro Dias, a quem, inclusive, quando era candidato a Presidente da República, também, ofereceu um jantar em plena campanha para apresentá-lo à classe artística e intelectual de São Paulo.

Joaquim Francisco ofereceu sua contribuição à democracia brasileira.

E os ortodoxos de esquerda sempre o execraram como fascista, assim como os extremados da direita o tacharam de socialista.

62

JOAQUIM SEMPRE RECEBERA muitos prêmios, títulos e comendas em sua vida política e cultural, mas tinha especial orgulho pelo título de Cidadão do Estado do Rio de Janeiro, que ganhou por ter lá realizado dezenas de eventos, fomentando a vida artística e promovendo um verdadeiro turismo cultural na cidade.

Aliado a isso, sempre amara e frequentara o Rio como se fosse carioca.

Já tivera apartamento no Rio, onde possuía inúmeros amigos e, por décadas, já namorara muitas carioquinhas. Desde quando ele e a *jeunesse dorée,* como intitulada na ocasião, frequentavam as noites no Hippopotamus, Regine's, Le Bateu aos bares The Fox, Degrau e Zeppelin ou iam bebericar na pérgula da piscina do Copacabana Palace.

E muitas histórias e lembranças agradáveis o uniam indissoluvelmente à Cidade Maravilhosa.

Porém, o que mais o empolgara nessa outorga oficial fora a coincidência de homenagens semelhantes que ele e o filho alcançaram, pois no mesmo ano em que Joaquim, paulistano, recebeu o título de Cidadão Carioca, coordenado pelo diligente Fabio Costa, seu filho, nascido no Rio, recebeu o título de Cidadão Paulistano, em solenidade presidida pelo vereador Eliseu Gabriel.

Ambos se sentiram duplamente homenageados.

Naquela época um jornalista lhe perguntou se ele tinha orgulho de seu filho ser uma celebridade.

– Não faço nenhuma questão de ele ser celebridade, pois distorceram de tal maneira essa palavra que basta alguém, homem ou mulher, mostrar a bunda na televisão que pode se tornar uma celebridade.

E então concluiu:

– Mas fico orgulhoso, sim, de que meu filho, pelos seus méritos e esforços de artista, está se tornando uma pessoa célebre. Essas chamadas celebridades são efêmeras, pessoas célebres na cultura atingem esse patamar pelo legado de suas obras ou por seu trabalho em prol da comunidade.

63

LEMBRANÇAS DE SUA VIDA AMOROSA vieram à mente de Joaquim em nítida sequência. Uma delas, na ocasião em que lançou um de seus livros no Museu de Imagem e do Som, em São Paulo.

Uma extensa fila se organizara para colher seu autógrafo e, pacientemente, escrevia alguma frase que individualizasse cada leitor.

Em uma fila muito extensa, amigos, entre eles políticos, intelectuais, artistas, aguardavam o autógrafo em exemplares do romance *Paraíso de Hades*.

Os livros eram vendidos por uma funcionária da editora que escrevia o nome do comprador em um papelucho, para facilitar o autógrafo.

Entre todos, sobressaía a figura ímpar do ex-presidente Jânio Quadros.

Em certo momento, uma jovem muito bonita abriu seu exemplar sobre a mesa de autógrafos e em seu papelucho estava escrito "Maria Eudóxia Silveira".

Lembrou-se vagamente daquele nome, mas, por não conhecer a menina, ia dizer alguma coisa, quando ela se adiantou:

– Oi, Joaquim, eu sou filha de Eudóxia Silveira, sua amiga.

Imediatamente, fez um esforço para recordar a fisionomia que aquele nome poderia lhe trazer.

– Sim, querida, que prazer te conhecer. Como vai a sua mãe?

– Na verdade, ela me disse que você me conheceu menininha.

– Claro, agora caiu a ficha, você é tão linda quanto ela.

Mas, na realidade, não conseguia visualizar sua antiga conhecida.

– Vou ler o livro e depois quero discuti-lo com você. Eu adoro ler. Minha mãe me disse que você sempre leu muito e é um homem muito culto. Ela não pôde vir porque está em Campos. Onde eu posso encontrá-lo para conversarmos sobre o livro?

Joaquim, admirando a beleza de moça, imediatamente sacou seu cartão social.

– Vou ficar muito contente em termos essa conversa, mas quero sua opinião honesta.

– Tenha certeza de que terá – disse a jovem com desenvoltura, dando-lhe um beijo de despedida.

Achou... talvez tivesse sido casual... que ela o beijara muito perto da boca e demorara uns segundos a mais nesse ósculo promissor.

Antes do autógrafo seguinte, acompanhou com o olhar a menina se afastando.

"Puta que pariu, que pernas lindas", pensou. Ela, em sua minúscula minissaia, virou-se para dar um adeusinho e o flagrou naquele olhar lascivo.

Joaquim se recompôs e a noite prosseguiu com os elogios e jamegões.

Uns vinte dias depois, quando já havia esquecido aquele par de pernas esguias, ela lhe telefonou e candidamente combinou um encontro para discutir seu livro e para que ela pudesse elaborar um trabalho tratando dele na Faculdade de Letras da USP.

Encontraram-se num barzinho sossegado da Vila Madalena.

– Oi, querida, que bom te ver. E sua mãe, como está?

– Vai bem, mas nem falei que iria te encontrar para depois lhe fazer uma surpresa.

E o casal prosseguiu, saboreando caipirinha de saquê de lima da Pérsia.

Foram conversando sobre seu livro e mudaram do saquê para a cachaça.

Joaquim admirou-se com a agilidade mental de Leninha, que, realmente, demonstrou ser culta e provavelmente muito estudiosa.

Aplicada e liberal nas ideias que expressava e nos toques e sorrisos maliciosos, depois do terceiro drinque passou a acariciar o escritor. Ia anotando em um caderninho todas as observações dele sobre o livro.

Mas foi somente quando ela apertou com força sua perna e deitou a cabeça no ombro de Joaquim que ele teve coragem de abraçá-la e beijar suavemente a sua testa.

A menina, ainda com a cabeça descansando sobre o ombro dele, olhou-o firmemente e encostando seus lábios nos dele, penetrou a língua em sua boca explorando-a inteira.

O pequeno apartamento de Leninha ficava a uns dois quarteirões do bar, que, provavelmente, ela escolhera porque já tinha o plano arquitetado.

E Joaquim mais uma vez se surpreendeu com a jovem, agora pela sua absoluta liberdade sexual, ao beijar cada centímetro de seu corpo.

Viram-se mais algumas vezes, quando ela pedia a ele que a ajudasse em algum trabalho da faculdade.

Disse-lhe que nunca contaria à sua mãe sobre aquele relacionamento secreto.

Que ele tivesse conhecimento, houve outras duas ocasiões em que Joaquim manteve casos com meninas, filhas de suas ex-namoradas, porém nessas outras vezes só veio a saber do parentesco após o desenlace consumado.

Em uma delas, a menina propositadamente omitira o fato; na outra, ambos ficaram surpresos quando descobriram que ele já tinha transado com sua mãe.

E outras memórias iriam aparecer em outros dias.

64

NOS ANOS ANTERIORES à sua internação naquele quarto, ele tinha sintomática predileção por mulheres entre 30 e 40 anos, e se dedicava a essas conquistas amorosas, que confirmaram sua fama.

Sem pretender casar-se novamente, seus namoros se tornaram amizades coloridas e foram confortando sua vida aventureira.

Nunca rompeu, também, com as ex-esposas, pelas quais sempre cultivou carinho especial e agradecia aos deuses pelos filhos que duas delas lhe proporcionaram.

Amou com intensidade cada uma delas e julgava ter sido amado por elas.

Amou-as em diversas etapas de sua vida e de todas guardava lembranças que acariciavam seu ego.

Lembrou-se da alegria do primeiro casamento com Gabriela, das festas nababescas que coroaram o noivado e depois o casamento no palácio toscano de seus sogros, Filomena Matarazzo e Fulvio Pennacchi, na Rua Espanha, fincado no centro do Jardim Europa, bairro nobre de São Paulo.

E sua lua de mel na Europa e a felicidade do nascimento das suas primeiras filhas, Cristiana e Silvana.

Naquela época ele se elegeu deputado. Amaram-se enquanto o amor durou.

Então, houve o desquite.

Seu pensamento voou para a segunda esposa, Isabella, e vislumbrou a maneira inédita de como a conheceu.

Presidia uma sessão na Assembleia de São Paulo, como deputado, quando o auxiliar da Mesa lhe trouxe o telefone e lhe disse que seu amigo Edgard Galvão de Albuquerque tinha “urgência urgentíssima” em lhe falar.

Sentia em Edgard uma generosidade intrínseca que o cativava, mas, em geral, suas chamadas eram para lhe propor farras movidas a álcool.

Joaquim conhecia bem seu amigo e, por isso mesmo, quase recusou atendê-lo naquele momento.

Mas, movido pelas mãos do destino, aceitou o telefonema.

– Joaquim, venha imediatamente para a casa da minha namorada. Uma sua sobrinha do Rio está aqui hospedada. Ela é linda. Como você gosta.

Hesitante, mas entusiasmado pela novidade, Joaquim transferiu a presidência da sessão para outro deputado e imediatamente rumou para o local indicado.

Assim que foi apresentado para a moça, a química rolou. Em poucos dias, o casal recém-apresentado estava *in love*, como se dizia então.

O amor se aprofundou durante o namoro e, mesmo ela morando no Rio, o relacionamento prosperou com múltiplas viagens à Cidade Maravilhosa.

Naquela época não havia o divórcio. Joaquim estava desquitado da primeira esposa. Havia uma necessidade legal de esperar pelo menos cinco anos para que se oficializasse outra núpcia com Isabella. Passado esse período, resolveram se casar. Já tinham um lindo casal de filhos, Alice era a mais jovem.

Lembrou-se ainda de um fato singular que o levou a perceber que o filho, que nessa ocasião tinha menos de um ano, era um menino muito inteligente.

Segurava o bebê no colo enquanto a mãe lhe dava mamadeira. Isabella tinha outras coisas para fazer e deu a mamadeira ao pai, que passou a oferecer ao filho e, nessa ocasião, ele, que ainda quase não sabia falar, balbuciou:

– Papadeira.

O bebê tinha raciocinado uma analogia. Se a mãe dava a mamadeira, quando o pai o fizesse deveria ser "papadeira".

E por essa metáfora, por essa ferramenta linguística, o menino conseguiu se expressar.

– Criança que consegue seguir esse raciocínio analógico demonstra inteligência desenvolvida – pontificava Joaquim, com orgulho indisfarçável.

Em festança para oficializar a união, optaram que suas alianças, na solenidade do casamento, fossem conduzidas ao pequeno altar, montado nos jardins da própria residência, por seu filhinho, que na época tinha uns cinco anos.

Mas o fato hilário que adveio do episódio dessa união foi que, alguns meses depois, Marina, uma irmã de Joaquim, resolveu se casar e, quando o filho que tinha conduzido as alianças soube, este retrucou com espanto:

– Tia Marina vai casar? Impossível! Como ela pode casar se nem filhos ela tem?

Isabella tinha o dom do poético. Era uma poetisa nata.

E Joaquim, no início do namoro, sempre a incentivou nessa carreira literária.

Ela era muito jovem e, em diversas ocasiões, Joaquim apresentava seus poemas a personalidades marcantes da cultura nacional, que demonstraram admiração pelos seus versos, como Carlinhos de Oliveira, um dos mais destacados e mordazes críticos literários do Rio, no restaurante Degrau em Ipanema, onde deu a sugestão do título ao seu livro: *Palimpsesto*.

Ou Glauber Rocha, no restaurante The Fox, um dia antes de embarcar para Portugal, quando sua doença iria fulminá-lo. Segundo pareceres de muitos, seria aids. Nessa época não se conhecia essa doença.

Joaquim lamentava muitíssimo, anos depois, não ter insistido com Isabella para que continuasse a sua carreira literária, pois, por diversos motivos, ela resolveu abandonar a poesia.

Achava que ela havia perdido a motivação. Talvez, por sua culpa.

Foram felizes por quase duas décadas. E o encerramento dessa união veio por meio do ato legal que então vigorava, o divórcio.

E foi no auge das atividades da Casa da Fazenda do Morumbi que Joaquim conheceu aquela que seria sua muito amada terceira mulher, Debora.

Após três anos de namoro, resolveram se casar. E oficializaram esse relacionamento em uma festa lindíssima, no sítio paradisíaco do seu amigo escultor Nino Ferraz, com a presença maciça de todos os seus amigos e familiares.

Com ela, teve uma vida de muitas aventuras, durante anos de sucesso cultural e financeiro.

Lembrava-se com satisfação de que durante um ano inteiro passaram todas as semanas em Brasília, cuidando dos interesses da Fundação Bienal de São Paulo.

Hospedavam-se na Academia de Tênis, complexo de hotelaria magnífico, com cinco restaurantes, um cinema e um teatro... piscinas... saunas e casa de massagem, que lhes oferecia lauta hospedagem.

Nessa época, com o auxílio da esposa, incrementou as bases que solidificaram a Academia Latino-Americana de Arte, ALA.

Amaram-se com sintonia e, quando a união chegou ao fim, não havia nem o divórcio, nem o desquite.

Houve a separação.

E, entre múltiplos eventos socioculturais que Joaquim sempre frequentou vespertinamente, sua lembrança dava ênfase a um que ocorrera no Museu Brasileiro da Escultura, onde era conselheiro e onde conheceu Ligia.

Após meses de namoro, resolveram morar juntos e assim permaneceram em relacionamento oficial, durante o qual ela se dedicou com mais afinco à sua arte, a pintura.

E, juntos, consolidaram a ALA, em viagens pelo Cone Sul.

Terminado o encanto do namoro, separaram-se como amigos.

Após terminarem o relacionamento, Joaquim conheceu aquela que viria a ser a sua quinta mulher, Andrea.

Elegantíssima no vestir-se e na postura, impressionava nas festas e eventos que o casal frequentava, pela presença altiva e notável *sex-appeal*.

Casaram-se em cerimônia íntima.

E Joaquim navegou pelas lembranças carinhosas da vida em comum. Ela respirava seu ar. Viviam juntos as 24 horas do dia.

Lembrou-se dos desfiles de moda dos quais ela participava, sempre com grande destaque.

Lembrou-se das viagens nas quais se esqueciam de todo o resto do mundo e se curtiam com amor voluptuoso.

Lembrou-se de fatos comezinhos: quando, à luz de velas, davam-se as mãos e se acariciavam.

Lembrou-se de seu amor pela vida. E, quando teve essa lembrança, Joaquim estremeceu, pois em seguida veio a lembrança atroz do corpo inerte.

Naquela noite dormiam abraçados e ela nunca mais acordou.

Sem ninguém saber, tinha uma doença genética cardíaca. Morreu dormindo.

Para o desespero e dor sem limites de Joaquim Francisco da Conceição.

Entre amores e dores ele viveu uma vida ímpar... singular. À semelhança de sua personalidade.

O desembargador Pedro Menin, seu amigo de infância, dizia em tom de blague:

– Joaquim é o único brasileiro que tem todos os seis estados civis permitidos por lei: solteiro, casado, desquitado, divorciado, separado e viúvo. Outros se separaram ou casaram mais vezes que ele, mas, pela coincidência das datas, a cada vez que ele se separava havia nova legislação a respeito. Então ele foi o único que passou por todas elas.

Todas, esposas mais novas que ele.

As últimas, bem mais novas.

E ele sempre as amou e dizia que, se nova vida tivesse, casaria novamente com cada uma delas.

Nenhuma separação foi traumática. Doloridas, sem dúvida, mas sem brigas.

E Joaquim sempre continuou amigo de suas "ex" e se encontravam amistosamente em festas ou reuniões sociais, às vezes, em sua própria casa, ele e elas com atuais parceiros ou mesmo com novos filhos. E sempre se deram bem.

Um exemplo que bem ilustra esse fato raro de amizades com ex-esposas foi quando, no segundo casamento de seu filho, todas foram convidadas para a festa da solenidade civil.

E todas confraternizaram, saudando os noivos.

65

CONTUDO, RECORDANDO-SE DE PEDRO MENIN, amigo de juventude, surgiu-lhe uma lembrança *sui generis*.

Tinham um amigo que era colecionador de carros de guerra, incluindo alguns tanques.

Essa coleção excêntrica permitiu que os amigos participassem de um episódio único.

O colecionador tinha autorização do exército para adquirir e usar esses tanques de guerra. E assim ocorreu o fato.

Convidados para um passeio pelas ruas de São Paulo, nesse veículo de combate resolveram provocar uma cena inédita.

Dirigiram-se até um bar, o Mercearia, e, sem que ninguém desconfiasse quem eram os ocupantes do veículo, passaram a manobrá-lo na frente do estabelecimento lotado.

Evidentemente, tal proeza causou perplexidade nos frequentadores do local que, subitamente, se sentiram ameaçados quando o canhão rodopiou e apontou para dentro do bar.

Alguns se esquivaram cautelosamente, outros apenas correram para não se tornarem alvo daquela máquina de guerra, pois poderia haver um maluco dirigindo aquele tanque.

Após a confusão ter se intensificado, os amigos abriram a escotilha e, aparecendo, saudaram os atônitos frequentadores.

Fizeram história entre os notívagos de São Paulo.

66

FORA DE SEUS RELACIONAMENTOS ESTÁVEIS, suas lembranças atingiam mais de cinco décadas de momentos galantes, quase sempre acompanhados por drinques generosos, que embalavam suas aventuras.

E Joaquim constatava as modificações nas gerações que se sucediam.

No quesito etílico destilado, a cuba-libre foi sucedida pelo uísque e este pela vodca e pelo saquê.

A cannabis se introduziu de tal forma que se tornou aceitável socialmente.

A cocaína se democratizou com as substâncias nocivas que o crime organizado misturara ao pó medicinal, que fora recomendado até por Freud a seus pacientes.

O crack e as drogas sintéticas, que antes não existiam, liquidaram milhões de lares em todo o mundo, degradando seus consumidores aos níveis mais baixos da dignidade humana.

Os brinquedinhos sexuais tornaram-se presentes nas gavetas dos criados-mudos de todas as classes sociais.

Os biquínis diminuíram e passaram a ser tapa-sexos que desfilavam nas praias e piscinas com a ousadia da afirmação feminina.

Joaquim participara ativamente de todas essas modas e situações, como se, para ele, os anos não interferissem nessa interação.

Seu *savoir vivre* se impusera em todos os seus momentos sociais, políticos ou culturais, e ele ia colecionando amigos de todas as faixas etárias... das mais variadas áreas profissionais, sem, jamais, diferenciá-los pelas contas bancárias.

Tornara-se grato aos que trabalharam com ele nos acontecimentos culturais da ALA, como Debora Veiga, que, além de diretora executiva, era quem criava os convites e demais peças gráficas desses eventos, ou José Carlos Pereira dos Santos, seu funcionário há vinte anos que se tornara seu amigo e seu assistente de montagens nas exposições apresentadas pela Academia, além de conhecer seus hábitos melhor que ninguém, sempre servindo-o com discrição britânica e invejável eficiência.

Ou, ainda, como o conselheiro José Luiz Ribeiro, diretor da sofisticada *Revista Elite*, com quem fez diversas parcerias culturais e, às vezes, dividiram namoradas.

E lembra-se com carinho de outros apoiadores da ALA, como Cris Saad, Erika Digon, Jo Ribeiro, Regina Posses e Rosely Cury, que o acompanharam nesses afazeres culturais; e, também, do excepcional corpo de conselheiros que sempre o apoiou, dos falecidos Alberto Beuttemüller, André Palluch, Ayrton Orsi, Carlos Bratke, Fuad Sallum, Mauro Chaves, Nino Ferraz e Oscar Niemeyer aos atuais, Álvaro Dias, Alzir Leopoldo do Nascimento, Aníbal Massaini, Anna Martins Ferreira – Anapana, Aurélio Nomura, Carlos Barbosa-Lima, Caciporé Torres, Carlos Eduardo Calfat Salem, Cassio (Manga) Scavone, Cassiano Araújo, Chico Caruso, Claudio Aun, Diogo Pacheco, Fauzi Hamouche, Fernando Mauro Pires da Rocha, Francisco Pinto, Jabor Descio Sobrinho, João Carlos Cauduro, José Luiz Ribeiro, Joyce Cavalccante, Juca Chaves, Júlio Medaglia, Lalo Moreyra, Ligia Prouvot, Luiz Ernesto Kawall, Luiz Escudeiro, Marcelo Itagiba, Marco Antonio Castello Branco, Maria Bonomi, Mario Henrique Linck, Michel Tuma Ness, Miklós Palluch, Nilo Sérgio Félix, Odette Eid, Orlando Chiquetto, Paulo Bomfim, Paulo Caruso, Paulo de Moura Ribeiro, Paulo Taddeo, Pedro Menin, Pedro Paulo Mendes e Silva, Ronaldo Von, Sérgio Senger, Walter Feldman e Zélio Alves Pinto.

Além dos amigos queridos, aos quais ele dedicava sincera gratidão, por serem apoiadores constantes da ALA, como Jabor Descio Sobrinho, grande colecionador da arte contemporânea, com quem repetia agradáveis almoços na Hípica Paulista, Rosely Cury Sanches, que se tornou uma de suas melhores amigas, ou Regina Posses, amiga desde a adolescência.

E, também, angariando desafetos e tropeçando nas dificuldades que, inevitavelmente, surgem para aqueles que se recusam a existir sem viver.

Seu amigo Zélio Alves Pinto dizia que ele era Dorian Gray reencarnado, mas os seus inimigos afirmavam que ele não sabia envelhecer

– principalmente, aqueles que envelheciam sem conseguir se equiparar a Joaquim em suas novas conquistas, amorosas ou intelectuais.

Não se conformavam com suas vitórias, se regozijavam com suas derrotas.

E Joaquim proferia, com ironia britânica:

– Nunca deixe de perdoar seus inimigos, pois nada os irrita tanto quanto isso.

Mas nunca esquecia seus nomes e só não perdoava os inimigos que não teriam conhecimento do seu perdão.

67

A LEMBRANÇA VÍVIDA de uma floresta atlântica irrompeu em sua mente combalida.

Joaquim vislumbrou-se em Visconde de Mauá, integrado à natureza exuberante.

Ele e Magui Novaes, sua namorada na época, languidamente deitados na rocha que margeava a cachoeira de água gelada. O sol suave dourava seus corpos nus, transmitindo-lhes um calor saudável atenuado pela temperatura da correnteza.

Isolados do mundo, tinham acabado de transar em comunhão com a floresta e a cascata. Sentiam-se partícipes daquele cenário feérico.

Descansavam então seus corpos recém-empenhados no amor selvagem.

Magui foi uma pintora, que ele namorou entre dois casamentos.

Neta da célebre pianista Guiomar Novaes, com a qual morou em Nova York por alguns anos, Magui respirava arte e rescendia sexo.

Seu relacionamento com Joaquim foi longo e tempestuoso, tanto na capital paulista como em seu sítio fincado em um vale cercado de montanhas verdejantes, onde um córrego despejava suas águas em um pequeno lago próximo àquela cascata que presenciou, por muitas vezes, seus arrebatamentos sexuais.

E o casal curtia o relacionamento que se integrava de maneira ímpar a essa natureza animal do ser humano e transcendia, após o deleite físico, para a espiritualidade da criação artística.

Joaquim escrevia.

Magui pintava.

Ambos refletiam o imponderável destino que os unira.

Nenhum deles poderia prever que, alguns meses após esse episódio na cascata, Magui, com menos de quarenta anos, seria acometida de um câncer fatal.

Ele estava em São Paulo.

Ela faleceu em Mauá.

Joaquim sofreu, mais uma vez, o desaparecimento de um ente querido.

Sua vida realmente não transitava pela normalidade da maioria dos terrestres.

68

O SEMBLANTE LÚGUBRE iluminou-se com uma lembrança recente.

Namorava, então, uma cantora que compunha as próprias letras e músicas.

Sua tez morena compunha com seu corpo sensual uma imagem brejeira da mulher brasileira.

Joaquim se deleitava ao apreciar seu corpo nu estendido languidamente nas espreguiçadeiras da piscina, sob o sol morno das manhãs do verão.

Ela se excitava ao exibir-se ao namorado e, muitas vezes, suas próprias mãos beliscavam os seios firmes e, invariavelmente, se deslocavam até o sexo, quando se acariciava vagarosamente até que o orgasmo se fizesse sentir e a masturbação frenética ocorresse sob os olhares atentos de Joaquim que, então, deitava-se ao seu lado. E a transa se completava para êxtase do casal enamorado.

Depois deixavam, relaxados, seus corpos nus dourarem por longo tempo, entre beijinhos carinhosos. Foi uma de suas amizades coloridas que mais tempo permaneceu com ele.

E, com a mesma moça, lembrou-se de cena sensual.

Ele se deitava nu em sua cama de casal e a amiga, vestida apenas com uma minicamisolinha transparente, sem calcinha e sutiã, de pé, ao lado da cama e ao som de sua música gravada, cantava somente para ele, com trejeitos sensuais.

Joaquim ouvia deleitado aquela música que ela compusera inspirada nele e se excitava em demorada masturbação controlada, até que, ao final da música, ela se aproximava dele e, após o sexo oral, sentava-se em seu pênis ereto para atingirem o orgasmo quase sempre ao mesmo tempo.

Se houvesse alguém naquele quarto sombrio do hospital, poderia perceber uma leve ereção no sexo do moribundo.

69

POR BREVES MOMENTOS, os *flashes* projetavam na memória do moribundo cenas de suas férias infantojuvenis.

Na olaria de seus tios Stella e Cid, onde aprendeu a andar a cavalo e fazer tijolos com os oleiros, junto com seu irmão Fernando e os primos Roberto Ulhôa Cintra e Pícolo, que depois se tornaria um dos mais importantes quadrinistas do Brasil, sob o nome de Luiz Gê.

Nos seus oito anos, acompanhava o plantio de verduras de uma família japonesa, que lá plantava e colhia alface, pepino e tomate. Lembrou-se de participar, na oficina do seu tio, da feitura de um caiaque, que lhe foi dado de presente, para navegar no laguinho do sítio.

Lembrou-se, também, de que em outras férias, nessa olaria, seu tio lhe ensinou a dirigir automóvel.

Depois suas lembranças se focaram em Santos, na casa de seus tios Risoleta e Alberto, médico famoso na cidade, que mantinha um minizoológico na própria casa, com uma jaguatirica, macacos, muitas araras e cacatuas e um grande aquário com carpas japonesas.

Também em Santos, na casa da sua tia Cira, que mantinha um grande galinheiro nos fundos do quintal.

Ou em São Vicente, onde ele, com seus quatorzes anos, começou a namorar as meninas na praia de Itararé, frequentada pela elite quatrocentona paulista, muito mais seletiva que o Guarujá, hospedado no apartamento de veraneio da tia Cinira e dos tios Luiz Geraldo e Cecília, pais de seus primos Alcides, Renato e Paulo, com quem conviveu pela vida inteira e, às vezes, o recebiam em seu lindo chalé sueco em Piracicaba. Lembrou-se das vezes em que, com o irmão Fernando, passaram férias no Paiol Grande, um badalado acampamento para adolescentes.

E, já com quinze anos, em Piracicaba, na chácara Nazareth, dos Pacheco e Chaves, aonde ele, Miguel Pacheco e Chaves, seu colega no Colégio Santa Cruz, e Chiquinho Costa Pinto, exímio pianista, iam com frequência.

Foi exatamente lá, em certas férias, que, em uma Kombi, cada um em um banco com suas namoradas locais, transaram pela primeira vez.

Lembrou-se das excursões a cavalo que os três amigos faziam pela região, dormindo sob barracas montadas por eles.

E quando os três, em uma dessas excursões, depararam com um grupo de escoteiros e resolveram aprontar.

Esperaram que anoitecesse e que os disciplinados escoteiros montassem suas barracas, e nos horários estabelecidos se dirigissem a seus sacos de dormir, dentro dessas barracas.

Os três amigos sorrateiramente, na calada da noite, arrancaram as amarras das barracas que despencaram, causando a maior confusão e susto nos meninos uniformizados que, no entendimento dos três amigos, usavam ridículas calças curtas. Às gargalhadas, esconderam-se no matagal.

Depois já com uns dezessete anos, a sofisticação de suas férias em Campos do Jordão no inverno, na casa de Vitinho e Fernando Simonsen ou na de Beto Munhoz, e no Guarujá no verão, no apartamento da Tilde Lara ou nos mais badalados hotéis.

A fisionomia de Joaquim se mostrava serena.

70

EM OUTRA OCASIÃO, Joaquim teve uma clara lembrança.

Pela primeira vez percebeu imagens acompanhadas de som.

Nessa época, morava na Rua Itaverá, em uma casa enorme e belíssima, na Cidade Jardim, um dos bairros mais nobres de São Paulo.

De seus terraços superiores avistava a pista de cavalos do Jockey e no horizonte a cidade paulistana com o perfil dos prédios da Avenida Paulista.

Ouviu nitidamente o ruído agradável de uma pequena cascata e viu suas águas sendo despejadas em um laguinho habitado por dezoito tartaruguinhas verdes da Amazônia, pleno de bromélias, de plantas aquáticas e, acopladas às pedras, verdejantes samambaias que permitiam a passagem de três quedas d'águas que formavam a famosa cachoeira que Joaquim havia planejado e executado nessa sua mansão da Cidade Jardim.

O rumor suave das águas era relaxante e a cascata era o cenário no qual Joaquim oferecia uma taça de Veuve Clicquot para sua nova namorada.

Havia acabado de se separar de sua mulher e morava sozinho naquela moradia suntuosa.

A moça se empolgava com seus carinhos lúdicos e libidinosos entre os goles do champanhe gelado.

Em certo momento, Joaquim deu um gole na taça dela e, beijando-lhe a boca, fez esse gole escorrer pela língua da namorada.

Depois foi a vez dela de despejar em sua boca o líquido que sorvera da mesma taça.

Era um ritual do amor que ele cumpria sempre com as novas amigas.

Depois desse desempenho, o champanhe começava a molhar o resto do corpo dos amantes e a beijava dos seios à vagina, em sexo oral alucinado... ela sugava seu corpo da boca ao pênis, em êxtase descontrolado.

Satisfeitos pelo sexo orgástico, seus corpos descansavam no sofá de couro, próximo ao laguinho, sob o murmúrio tranquilizante das águas tépidas.

Foi o início de um longo namoro que perdurou entre seus casamentos.

71

JOAQUIM FRANCISCO iniciou-se na área cinematográfica quando entrou na Escola Superior de Cinema (ESC) da Faculdade São Luiz, sob a direção do Padre José Lopez, Willian Pereira da Silva e Luiz Dias.

Sempre fora um cinéfilo e desde a adolescência assistia religiosamente aos filmes considerados de Arte pela crítica e pelos intelectuais do mundo inteiro. Em geral, eram exibidos em salas especiais dedicadas a esse pequeno e seleto público de formadores de opinião, como o Belas Artes e o Bijou, em São Paulo, e o Cine Paissandu, no Rio.

Não perdia um dos debates sobre cinema que eram promovidos pela Cinemateca Brasileira, em São Paulo, nessa época presidida por Francisco Luiz de Almeida Salles e Paulo Emílio Sales Gomes, seus mestres e que se tornaram seus amigos no transcorrer daqueles anos.

Na ESC teve professores de alto nível que ajudaram a formar seu conhecimento na área, como Luís Sérgio Person, Nelson Pereira dos Santos, Roberto Santos, Jean-Claude Bernardet, Mário Chamie, Décio Pignatari, Carlos Kopke, Pithan e Silva, Anatol Rosenfeld e outros importantes cineastas e intelectuais brasileiros.

Era um conceito de currículo superarrojado e, após as aulas, os alunos iam com os mestres aos bares frequentados pela *intelligentsia* brasileira. Dessa forma, Joaquim e os colegas privaram de conversação pessoal com aquelas autoridades do mundo cultural.

Joaquim fizera o vestibular para a ESC, que foi a primeira faculdade de Cinema no Brasil, e pertencera à sua primeira turma, com colegas que se tornaram muito amigos, como Celso Grellet, Eduardo Mamede, Irco, Denis Mattar, Ana Carolina, Carlos Reichenbach, João Callegaro, Zacarias, Enzo Barone, Paulo Rufino e tantos outros.

Iam sempre assistir aos filmes mais importantes da história do cinema e, após as sessões, os debatiam, expressando suas reflexões e opiniões.

Desde o cinema mudo de Georges Méliès, com a sua obra mais famosa, *Viagem à Lua*, de 1902, às comédias do *O Gordo e o Magro* e aos clássicos de Charles Chaplin, até o expressionismo alemão de Max Mack, com *O Outro*, de 1913, e o *Estudante de Praga* do mesmo ano, a *O Gabinete do Dr. Caligari*, de Robert Wiene, de 1920.

Até os filmes de Murnau e Fritz Lang.

Nunca poderia se esquecer de Paul Leni, Pabst, King Vidor, nem do genial Buñuel ou de Jean Cocteau.

Na realidade, Joaquim nunca foi fissurado em atores ou atrizes, e sim nos diretores dos filmes.

Considerava Sergei Eisenstein insuperável com seus *O Encouraçado Potemkin*, de 1925, e *Alexander Nevsky*, de 1938.

Sempre admirou a obra de Vittorio De Sica, desde *Ladrões de Bicicleta*, de 1948, e de Clouzot, com *Salário do Medo*, de 1953, a Alfred Hitchcock, com *Psicose*, de 1960.

Em certa época, foi fanático por Akira Kurosawa e Toshiro Mifune em seus filmes épicos sobre samurais, mas com uma conotação da atualidade existencial.

E o cinema e seus filmes preencheram, pelos anos da faculdade, sua atenção.

Sempre dizia que, se lhe perguntassem quais seriam os dez melhores filmes em sua opinião, responderia:

– Se cem listas eu fizesse, cada uma delas poderia ter títulos diferentes. Não poderia repeti-los, pois, em cada uma delas, outros filmes me ocorreriam. *Cidadão Kane*, de Orson Welles, *O Ano Passado em Marienbad*, de Alain Resnais, bem como alguns de Carlos Saura, *Cria Cuervos*, *Carmen*, *Mamá Cumple Cien Años* e *Tango*, talvez pudessem figurar em todas as minhas listas.

Tanto os *Cahiers du Cinéma*, desde 1951, quanto a Nouvelle Vague foram inesquecíveis em sua vida – Truffaut, Godard, Chabrol, Agnès Varda, dando especial ênfase a Alain Resnais.

Jamais poderia se esquecer dos espanhóis Buñuel, Almodóvar ou Carlos Saura – que julgava ser, tecnicamente, o cineasta mais perfeito de todos os tempos.

Nem do sueco Ingmar Bergman.

Nem de tantos outros.

Das comédias, sempre preferiu as intelectualizadas de Jacques Tati, Peter Sellers, Monty Python, Groucho Marx, Woody Allen, Jerry Seinfeld, às escrachadas dos americanos como Bob Hope, Jim Carrey, Robin Williams, Eddie Murphy, Jerry Lewis ou as do mexicano Cantinflas.

Joaquim não gostava de atores que faziam caretas e micagens para levar ao riso.

Adorava as comédias italianas dos anos 1960 protagonizadas por Totó, Ugo Tognazzi, Adolfo Celi... mas, considerava imbatíveis as comédias de Mario Monicelli, como *Quinteto Irreverente* e *Meus Caros Amigos* ou *O Incrível Exército de Brancaleone*, com o impecável Vittorio Gassman.

No Brasil, deliciou-se na rádio, com PRK-30, e, posteriormente, na televisão com Chico Anísio, Jô Soares e Renato Corte-Real, sem se esquecer da *Família Trapo*, com Ronald Golias, ou *Os Normais*, com Fernanda Torres e Luiz Fernando Guimarães. Também com a *TV Pirata* e, mais recentemente, *Porta dos Fundos*.

E não se esquecia de Bruno Mazzeo, Dani Calabresa, Miá Mello, Tatá Werneck, Paulo Vieira, Sabrina Sato, Paulo Gustavo, Marcelo Adnet ou Miguel Falabella. Detestava a primeira fase da *Zorra Total* e congêneres, e nunca achou graça em Mazzaropi ou nos Trapalhões.

Respeitava os colunistas sociais, desde os antigos Ibrahim Sued no Rio e Tavares de Miranda em São Paulo, até os mais recentes, como os excelentes Sergio Monte Alegre, Mônica Bergamo, Sonia Racy, Esther Angrisani, Joyce Pascowitch e César Giobbi, de São Paulo, ou Ancelmo Góes, do Rio, e Aninha Monteiro, de Alagoas. Bem como os inteligentes comentaristas Boris Casoy, o saudoso Ricardo Boechat e Cesar Romão.

Não se esquecia de seus amigos entrevistadores da TV, ícones da telinha, Ronnie Von, Amaury Jr., Luiz Andreoli e Otávio Mesquita e com seus fabulosos ibopes ou dos eficientes José Luiz Ribeiro e Solange Giarge a Tatjana Ceratti, que foi insuperável no seu programa *fashion*.

Joaquim, ao envolver-se positivamente com a sétima arte, formou um rol de amigos poderosos nessa área, como Flavio Tambellini, Hector Babenco, Pedro Paulo Mendes e Silva, Davi Neves, Glauber Rocha, Nelson Pereira dos Santos, Robertos Santos, Luís Sérgio Person, Fernando Coni Campos, Walter Hugo Khouri, Walter Lima Jr., entre tantos outros.

No Brasil, na contramão da opinião da esquerda, considerava o Cinema Novo um retrocesso na técnica da história do cinema nacional, mas abria exceção para Leon Hirszman, Joaquim Pedro de Andrade e Ruy Guerra. Tinha Person, Khouri, Walter Lima Júnior, Roberto Santos, Nelson Pereira dos Santos, Fernando Coni Campos, como grandes diretores.

E, entre os mais recentes, admirava o trabalho de Walter Moreira Salles e José Padilha.

E, assim, ia angariando inimigos e amigos em sua longa trajetória na vida artística brasileira, do cinema a todos os outros segmentos culturais.

Em suas palestras no Curso de Extensão Cultural sempre dizia:

– É inevitável eu me esquecer de alguma estrela nesse universo tão rico do cinema, portanto, se omiti algum nome vocês me lembrem para que eu possa inseri-lo nessa constelação.

72

JOAQUIM PERCORREU DIVERSOS CAMPOS em sua trajetória pelas veredas da cultura pátria.

E, de forma semelhante aos seus pares que batalhavam nesse difícil campo, sempre esteve às voltas com investidores e patrocinadores e à procura de novos mecenas.

Recusava *in limine* as verbas que, às vezes, lhe eram ofertadas como esmola. Apresentava seus projetos como um elemento de permuta que fosse útil aos dois lados, uma via de mão dupla. O investidor teria seu nome/logotipo inserido no projeto e dessa forma seria visto sob uma ótica simpática pelo público e seu projeto, então, poderia ser concretizado.

Em décadas de trabalho, às vezes insano, firmou-se como um dos respeitados empresários culturais do país, realizando obras de grande vulto como a Casa da Fazenda do Morumbi, que ele tornara um ícone cultural brasileiro e um dos cartões postais de São Paulo.

No transcorrer dessas décadas dedicada à cultura, sempre contou com amigos fiéis que se tornaram seus parceiros em diversos projetos, como Jabor Descio Sobrinho, da Engeval, Erika Digon, da Tudo em Pauta e os serviços de divulgação de Cris Saad e das blogueiras Jo Ribeiro e Andreia Brisola.

Nunca esqueceu a solidariedade e o apoio inestimável de Rosely Cury Sanches e Debora Veiga.

Em época mais recente, Joaquim se envolveu com projetos musicais, sempre estimulado por novos apoiadores, apresentando novos cantores e compositores, como Juliana Fernandes e Bebel Lima, com quem executou uma turnê musical em Cancún, México, e se hospedaram em um apartamento vip, que lhe abrigou noites tórridas, no deslumbrante resort, onde ela fez diversas apresentações e curtiram as comodidades do complexo hoteleiro, com 14 bares e restaurantes, que as pulseirinhas que lhe destinaram facultavam o direito, sem outro ônus, de se servirem.

Aproveitaram ainda a viagem para fazerem visitas a locais históricos, como Chichén Itzá, para conhecerem as fantásticas ruínas e pirâmides dos maias, exemplos da sua esplêndida civilização pré-colombiana.

E assim ia assumindo outras responsabilidades e executando projetos diferenciados que iam enriquecendo seu currículo em outras áreas culturais.

Outra característica de Joaquim é que ele discutia todos esses projetos, desde sua idealização à execução e, finalmente, para celebrar o êxito de concretização com seus amigos e companheiros de trabalho, não em escritórios em períodos comerciais, mas sempre em sua casa, em *open bar*. Na maioria das vezes, as reuniões atravessavam a madrugada.

E o que seria apenas uma reunião de trabalho se tornava um convescote salutar de boa prosa.

Esse método de trabalho era a marca registrada de Joaquim Francisco da Conceição.

73

A LUCIDEZ PENETROU em seu consciente e ele, pela primeira vez em longo tempo, pôde escolher suas lembranças.

Em um caleidoscópio virtual, surgiam em *flashes* desorganizados, mas, quando uma delas apareceu, Joaquim optou por fixá-la e revivê-la.

Estava em uma praia em Fortaleza.

Em um barzinho que dava para a areia. Estava só de sunga e uma multidão de jovens em trajes de banho bebericava caipirinhas ou cervejas.

Seu corpo atlético, tostado pelo sol do Nordeste, tornava-o uma figura sensual em seus 30 anos, aproximadamente.

A caipirinha estava pela metade quando sua atenção se voltou para uma menina linda, com um corpo escultural coberto por um mínimo biquíni vermelho.

Suas pernas bem torneadas e seus glúteos salientes pareciam uma escultura grega.

Ele se aproximou sorridente e lhe ofereceu seu copo.

A menina sorriu e aceitou a oferta, porém, inesperadamente, sorveu todo o seu conteúdo e, devolvendo-lhe o copo vazio, dizendo-lhe com um sorriso maroto:

– Agora que você me obrigou a beber tenho que continuar. Precisamos de outro.

Ela deveria ter seus vinte e cinco anos e os hormônios explodiam em cada gesto.

Pediram novos drinques e o flerte avançou com toques sensuais e um papo cativante.

Era autóctone daquela cidade ensolarada. E passaram da manhã à tarde se tocando, se encostando e se embebedando.

Fez-se tarde e no final do encontro trocaram um beijo, que era para ser um selinho, mas acabou com línguas se acariciando.

Marlene pediu ao garçom caneta e papel e escreveu seu telefone.

Ele iria voltar para São Paulo naquela noite e não poderiam se ver mais naqueles dias, mas ficaram de se falar para combinar algum encontro futuro.

Ela maliciosamente pôs o papelucho com seu endereço em sua sunga e com olhar atrevido se despediram.

Joaquim foi a pé ao hotel e entrou em sua suíte meio alegre. Tinha que se apressar para não perder o voo de volta a São Paulo.

Tomou um banho rápido, vestiu-se, jogou as roupas na mala e o motorista o levou ao aeroporto.

Somente lá se deu conta de que tinha perdido o papelucho alvissareiro com o telefone da menina.

Ficou inconsolável e fez a viagem de volta se incriminando pela burrice cometida.

Nessa época, era deputado estadual por São Paulo e tinha ido a Fortaleza para dar entrevista em um programa de televisão do qual seu amigo Antonio Moraes, deputado federal, era o titular.

Professor Moraes era um político muito popular em seu estado, e seu programa tinha enorme audiência entre os jovens.

Joaquim, no dia seguinte, ainda inconsolável, telefonou para o amigo e contou-lhe o encontro maravilhoso com a fortalezense e sua desdita em perder seu telefone.

Moraes pediu-lhe calma. Iria solucionar o problema.

– Como, Moraes? Não sei nem o sobrenome da menina.

Passados alguns dias, Joaquim recebeu um telefonema.

– Joaquim, querido, é a Marlene. Como você teve o desplante de perder o meu telefone?

E entre risos e papo animado combinaram que ela iria vê-lo em São Paulo.

Sim, o deputado Moraes, no mesmo dia em que recebeu a "triste" notícia do amigo Joaquim, foi ao ar:

– Marlene, querida, o Joaquim perdeu seu número de telefone. Está tristíssimo. Ele se sente muito só em São Paulo. Ligue pra mim e eu te darei o telefone dele. Meninas, se a Marlene não estiver me assistindo e se vocês tiverem uma amiga com esse nome, falem com ela para me ligar. Meu amigo Joaquim só vai sobreviver com seu telefonema – disse zombeteiro.

Dito e feito. Algumas horas depois, uma amiga de Marlene que estava assistindo ao programa a procurou entre risos e piadinhas e lhe disse que o apresentador queria falar com ela.

Bingo.

E se encontraram em São Paulo e juntos ficaram por uns quinze dias, entre afagos sociais e tórridas cenas entre quatro paredes.

Após essa temporada de luxúria, ainda se viram esporadicamente e se visitaram algumas vezes, para um repeteco feliz.

74

MAIS UMA VEZ, sua mente conturbada liberou lembranças das breves viagens pelo Brasil.

O céu de um azul intenso dominava a paisagem absolutamente verde de Belém do Pará, observada do convés de um enorme iate, onde, junto com sua mulher, Debora, Raimundo Menin e o maestro Júlio Medaglia, saboreavam a calidez do rio Amazonas.

Foram para a reinauguração do centenário Teatro da Paz de Belém, pilotada pelo maestro, com a apresentação da opereta *A Viúva Alegre*, de Franz Lehár. Um dos mais antigos do Brasil em funcionamento, o teatro foi construído em 1878 com recursos da exportação de látex, no Ciclo da Borracha.

Foram a convite do governador do estado e, em um coquetel feito em homenagem aos visitantes, conheceram os irmãos Rebello, poderosa família da região, que lhes emprestara seu barco de luxo para um passeio pelo rio.

Lembrou-se ainda de que foram conhecer o famoso Mercado Ver-o-Peso, tradicional e folclórico, quando descobriu que sua mulher não podia presenciar no açougue local os cortes das carnes de peixes e de boi, pois um enorme mal-estar se apossava dela, quando os experientes profissionais se punham ao trabalho.

Depois foram à belíssima Estação das Docas, então restaurada e adequada, com incrível bom gosto, para instalações de bares, restaurantes e espaços culturais – união perfeita, quando combinaram com maestria a preservação da estrutura secular do prédio, localizado de frente para a baía do Guajará, com momentos do design mais contemporâneo.

Outra parte, do antigo porto de Belém, foi exemplarmente revitalizada e transformada em ponto turístico com um belíssimo calçadão na orla.

Semelhante ao Puerto Madero, de Buenos Aires, ele considerava o local ainda mais bonito, embora menor, do que o famoso portenho.

Essas lembranças suavizaram sua tez hirta e remeteram-lhe a outra viagem, dessa vez, com Magui Novaes com quem, na ocasião, mantinha namoro.

Era pintora e ele organizava uma bela exposição de seus trabalhos, junto com obras de Ferenc Kiss, pintor e amigo de juventude, em um hotel de luxo, em Angra dos Reis.

No dia seguinte ao coquetel inaugural, dirigiu-se ao salão do desjejum onde encontraram seus amigos deputado Ulysses Guimarães e senador Severo Gomes.

Com alegria tomaram juntos a refeição matinal e na despedida surpreenderam-se ao saber que os políticos iriam em breve partir de helicóptero para São Paulo, pois o dia estava péssimo, com chuva forte.

– Mas, Ulysses, vocês vão levantar voo com essa puta chuva?

– Sem problemas, o helicóptero aguenta.

Despediram-se.

E foram tratar da exposição.

Logo depois, passando pelo *deck* do hotel, resolveram tirar uma fotografia.

– Vamos à foto "histórica", Magui.

E os três posaram para a fotografia, que realmente se tornaria histórica, pois atrás deles se podia ver o helicóptero, onde Ulysses e Severo se encontravam, levantando voo.

Uns dez minutos após, a aeronave iria soçobrar nas águas geladas do mar revolto.

Nunca encontraram o corpo de Ulysses.

Sua tez tornou-se hirta novamente.

75

A LEMBRANÇA QUE LHE SURGIU acompanhou-o alegremente por toda a sua vida.

Joaquim teria uns dezoito anos quando se hospedou na casa de seu amigo, o menestrel Juca Chaves, no Rio.

Juca era o mais mordaz cantor e compositor brasileiro e, com um estilo inteligente, zombava da classe política com uma ironia britânica. Carregando um alaúde, fazia sempre seus shows descalço.

A casa ficava em uma simpaticíssima rua sem saída, travessa da Avenida Niemeyer, em São Conrado, onde moraram em casa vizinha à de Elis Regina.

Imediatamente ficou amigo da cantora, que já era famosa, e com quem desfilou pelas rodas boêmias da cidade, sempre imbuídos do etílico e, às vezes, de outras drogas.

Mas o episódio dessa temporada que lembrava com maior ênfase deu-se na época em que Juca iria, em breve, inaugurar seu excelente show, em um pequeno teatro de Ipanema.

Estavam na praia e observaram um teco-teco que sobrevoava a orla com uma cauda de lona, onde se via um texto que comercializava determinado produto.

Naquela época, esse artifício tinha enorme repercussão e grande retorno comercial.

Eureca!

Tiveram a ideia.

Como era muito caro alugar o aviãozinho que dava voltas nas praias do Rio, os amigos bolaram outra maneira para divulgar o espetáculo.

Desenharam um avião de mais ou menos três metros em um papelão duro e acoplaram uma cauda, de uns cinco metros, com o mesmo material, onde escreveram dizeres para convidar o público a assistir à apresentação de Juca Chaves no teatro.

Contrataram três marmanjos atléticos, cada um empunhando uma haste sólida que erguia o aviãozinho e sua cauda a uns quatro metros do solo e, correndo, conduziam o artefato pela orla do mar e voltavam pelo calçadão.

Foi um êxito, os banhistas riam em alegria contagiante.

O pequeno teatro em Ipanema teve lotação esgotada por toda a temporada.

76

E LEMBROU-SE de um episódio ocorrido em sua casa.

Era muito jovem e ainda morava com os pais.

Costumeiramente, terminava a noite chegando em casa com os amigos boêmios. Por estarem já de pileque, conversavam com estardalhaço. Seu pai, sempre com muita paciência, descia de seu quarto, mesmo de pijama, e terminava a festinha, convidando os amigos do filho a darem o fora.

Isso ocorria regularmente, porém, certa vez, quando seu pai desceu para expulsar os boêmios, ficou surpreso quando, entre eles, se encontrava Roberto Campos, na época o todo-poderoso ministro da Fazenda. Aproveitou para se informar com o ministro sobre assuntos da política.

E, em outras noites semelhantes, também se surpreendeu, ora com a presença de Vinicius de Moraes, ora com a de Di Cavalcanti.

Foi quando seu pai, dessa forma insólita, percebeu que Joaquim ia conquistando seu espaço no mundo político e artístico do Brasil.

Então, outra recordação do ex-ministro lhe ocorreu.

Estava em Paris, visitando o então embaixador na França, o economista Delfim Netto e o pintor Clóvis Graciano, seu amigo e adido cultural. Foi apresentado a uma jovem extrovertida e bem bonita que iria a Londres para conhecer Roberto Campos, que na época era embaixador na Inglaterra. Coincidentemente, Joaquim também se encontraria com ele. No dia seguinte foram juntos para Londres.

Um carro oficial da embaixada o aguardava no aeroporto. Convidou a jovem para acompanhá-lo e, após deixarem suas malas no hotel, foram ao encontro do embaixador.

Recebidos por seu amigo Celso Grellet, que era adido brasileiro em Londres, apresentou a moça que já tinha combinado o encontro com Roberto. Mas, por essas circunstâncias, foi ele quem a conduziu.

Após algumas noites de confraternização com seus conterrâneos, voltou ao Brasil.

A jovem caiu no agrado do embaixador e manteve com ele um caso tórrido, desde as névoas londrinas até o solo brasileiro, quando Roberto terminou sua função oficial.

Em São Paulo, a moça se tornou ainda mais íntima dele e, meses depois, após romance tumultuado, acabou por atacá-lo, pelo ciúme doentio, com diversas facadas, em plena via pública, quando ele estava dentro do seu carro.

Joaquim, entre outros amigos comuns, foi chamado para tentar impedir o escândalo. O ocorrido foi abafado e os jornais nada publicaram.

Embora os mais antenados soubessem.

Nessa época, no apartamento de Roberto, na Avenida São Luiz, promoviam-se dezenas de festas regadas por bons uísques e sempre com lindas mocinhas presentes.

Era comum pernoitarem por lá.

77

SE ALGUÉM ESTIVESSE naquele quarto, teria percebido que o acidentado levou a mão ao rosto como se o acariciasse, provavelmente em gesto mecânico que há muito tempo não acontecia.

Nesse momento, a lembrança de uma viagem à Inglaterra com seu filho foi se delineando.

Viajaram desta feita com o objetivo principal de conhecer a Dismaland, do artista Banksy.

Esse artista inglês, que mantém sua verdadeira identidade em segredo, se tornou famoso internacionalmente pelas pinturas e grafites realizados nos muros das ruas de Londres, onde sua tônica é o desprezo pelo capitalismo selvagem, apontando os problemas da sociedade atual.

Criou um parque em Somerset, litoral oeste do Reino Unido. Dismaland, como ele mesmo diz, "é um parque temático familiar para anarquistas principiantes". "Dismal", em inglês, significa sinistro. Seria Sinistrolândia, parodiando e satirizando a Disneylândia americana.

Construiu estruturas gigantes, como um castelo semelhante ao da Cinderela em Orlando, porém em um cenário de futuro distópico. Todo o parque de diversões foi realizado sob esse conceito.

Após muitos meses recebendo turistas do mundo inteiro, Banksy resolveu encerrar a Dismaland. Quando Joaquim e seu filho souberam, resolveram de última hora ir para a Inglaterra a fim de conhecer o famoso parque.

Foi uma viagem cultural em homenagem ao artista que, após encerrar as atividades no parque, de mais de 10.000 metros quadrados, levou suas estruturas para a Espanha, onde, aproveitando-as, adaptou-as para abrigo dos imigrantes refugiados que se deslocavam para lá.

Foi uma viagem exótica e inesquecível e aproveitaram para conhecer o famoso restaurante londrino, Dans de Noir, onde as refeições são servidas em uma grande sala em escuridão total e os clientes são levados às mesas e servidos por garçons cegos. Evidentemente o uso de celulares é totalmente proibido.

Foram também a uma sessão do Scape – no Brasil participaram de muitas –, um jogo em que quatro ou cinco pessoas se reúnem em salas com ambientes de mistério especialmente desenvolvido para que o grupo decifre código e ache itens escondidos: se conseguirem resolver esses enigmas, devem encontrar uma maneira para que possam sair do local. Se não conseguirem, perdem o jogo.

As lembranças dessa viagem atípica fizeram-no sorrir.

78

ESTRANHO ASPECTO DE PREOCUPAÇÃO poderia ser observado no rosto pálido do moribundo.

Joaquim em certo período de sua vida embrenhou-se no estudo do esotérico.

Com Dora Ferreira da Silva, cultíssima poeta e tradutora – mulher do filósofo Vicente Ferreira da Silva, ambos editores da revista *Diálogo*, morando em um sobrado na rua José Clemente que se tornara local de encontro de intelectuais consagrados e jovens ansiosos por aprofundar seu conhecimento –, iniciou estudos sobre a história do esoterismo e suas influências sociais e religiosas através dos séculos.

Desde os ocultistas do antigo Egito a cabalistas como Nostradamus, do século XVI, e Éliphas Lévi, do século XIX, até os estudos de Madame Helena Blavatsky sobre teosofia.

Participaram também da Rosa Cruz.

No entanto, desdenhavam da ufologia e das aparições de extraterrestres.

Contudo, não satisfeitos com os estudos, adentraram na prática dos rituais da magia para encontrar forças do além.

Forças do Bem.

Forças do Mal.

E se iniciaram nas invocações aos espíritos que dominavam essas forças.

Após alguns episódios assustadores e perturbadores, abandonaram essa prática. Talvez amedrontados.

Por vezes, fatos ocorreram em sua vida que ele jamais teve certeza se eram algo esotérico ou mera coincidência física.

Como, num dia de muito sol, quando foi passear nos rochedos da Ilha Porchat e lá resolveu se deitar em uma pedra próxima às escarpas fustigadas pelo mar revolto.

Por uma vacilada, ainda deitado, se aproximou mais do precipício.

Só se deu conta do perigo quando seu corpo começou lentamente a escorregar em direção às pedras que ficavam próximas das ondas.

Percebeu que não podia se levantar, pois cairia certamente sobre as rochas pontiagudas.

Fixou os pés nas pedras para impedir o desastre, mas percebeu que continuava deslizando milimetricamente em direção ao abismo.

O pânico se apoderou dele. Sentiu o perigo mortal. Seu corpo escorregava milímetros em direção ao oceano.

Entendeu que não tinha salvação. Foi quando teve a visão de uma jovem de biquíni que se encontrava em pé às suas costas.

Não teve tempo de balbuciar palavras e aquele anjo salvador esticou o pé próximo à sua mão esquerda.

Conseguiu elevar seu braço nessa direção e segurou-o com força.

Com esse apoio, pôde voltar centímetros acima e, dessa forma, sair do perigo de queda fatal.

Ainda esticado naquela rocha, fechou os olhos para descansar. Segundos depois, abriu-os para agradecer à menina.

Não estava lá. Seria impossível ter ido embora tão rapidamente naquele emaranhado de rochedos.

Sumira.

Joaquim nunca mais esqueceu aquele rosto angelical. Seria um rosto real? Seria um anjo? Seria o seu anjo?

De outra feita, sonhou que estava em seu carro quando um delinquente, com a camisa do Vasco da Gama, apareceu com uma arma na mão.

Apontou-lhe o revólver, mas o susto fez com que acordasse do pesadelo. Ficou intrigado com esse sonho idiota, mas acabou por esquecê-lo.

Dias depois, estava na calçada de sua casa, conversando com seu funcionário José Carlos e mais um amigo, quando uma moto repentinamente parou próxima dos três e o motociclista fez perguntas incompreensíveis. Quando desceu do veículo, Joaquim percebeu que ele vestia uma camiseta do Vasco da Gama. Rapidamente, sem sentir vergonha, correu para o seu carro, estacionado ao lado, surpreendendo o motociclista que já abria sua bagagem para retirar algo.

Poderia ser o revólver que, em seu sonho, ele vira.

Com Joaquim dentro do carro, o homem abortou a ideia do assalto.

E, entre palavras incompreensíveis, subiu em sua moto e escafedeu-se.

Os dois amigos, de pé na calçada, não atinaram que aquela cena insólita poderia representar um perigo real.

Então Joaquim sentiu-se relaxar dentro do automóvel. Chamou o companheiro e deixaram o José Carlos fechando o portão da casa.

Haveria um assalto?

Ou as camisas do Vasco foram mera coincidência?

No transcorrer de sua vida, videntes e espiritualistas afirmaram que Joaquim Francisco da Conceição era sensitivo.

79

JOAQUIM TEVE uma vida tumultuada.

Tumultuada por grandes amores.

Tumultuada por dissabores.

Teve recompensas terrenas e espirituais.

E aflições terrenas e espirituais.

Sua vida foi marcada por aventuras bem e malsucedidas.

Viveu a vida intensamente.

Saboreou-a e desprezou-a.

Amparou e foi amparado.

Teve algumas centenas de amigos e algumas dezenas de inimigos.

Ou seria vice-versa?

Amou e foi amado.

Traiu e foi traído.

Político com ascensão meteórica, foi escritor e cineasta.

Abandonou as carreiras para fruir seu hedonismo.

Nunca se arrependeu disso e sempre equilibrou suas glórias com as vicissitudes que o Destino lhe preparara.

Mas esse mesmo Destino o agraciara, quer por seu nascimento no seio de uma família bem constituída e socialmente conceituada, quer pelos predicados físicos e intelectuais que lhe facilitaram obter consideráveis êxitos mundanos e culturais.

Recebera, sem esforços pessoais, dádivas resultantes dessa generosidade.

Mas também fora condenado a cruéis sofrimentos.

Desde as agruras ocasionadas por doenças ou mortes precoces de seres amados a alguns acidentes automobilísticos.

Foi vítima, em seu país perigoso, de diversos assaltos cometidos individualmente ou pelo crime organizado. Nas ruas, pela delinquência juvenil, ou em sua própria casa, pelas quadrilhas organizadas.

Sua ex-mulher, Isabella, foi vítima de sequestro relâmpago e ele se preocupava, a cada dia, com a possibilidade de algum membro de sua família ser atingido pelos criminosos.

Além da consternação natural que o afligia por esses assaltos, revoltava-se com a impunidade com que os criminosos eram contemplados. E repetia em palestras ou em bate-papos com amigos:

– O PCC e o Comando Vermelho hoje têm maiores logísticas e verbas do que a própria polícia. O famigerado Primeiro Comando da Capital foi formado nos anos 1990, no Centro de Reabilitação Penitenciário de Taubaté, no Estado de São Paulo, seu funcionamento criminoso é estarrecedor.

E continuava:

– Hoje ordenadamente cresceu de tal forma que ultrapassou os limites paulistas, açambarcou o Brasil e já opera no tráfico internacional de drogas, em diversos países como Bolívia, Colômbia, Paraguai, Peru e Guiana. Mais de 30 mil bandidos integram sua folha de pagamento. Perto de R$ 800 milhões anuais são movimentados pela facção, de acordo com estudo de inteligência da Polícia Civil Paulista. E conivência estatal, por parte de membros oficiais dos poderes constituídos, é óbvia.

E dizia com amargor:

– Somos reféns do crime organizado. Estamos encarcerados em nossas residências, que nem sequer têm garantias de que não serão arrombadas a qualquer momento. A falta de vontade política no combate ao crime é vergonhosa. E nunca ninguém conseguiu me responder por que os celulares não são bloqueados nos presídios, já que sabemos que ordens majoritárias são transmitidas de suas celas, e já perguntei a dois Secretários de Justiça, um de São Paulo e outro do Rio, que sempre se esquivaram de dar uma resposta. Embora perguntasse, já as conhecia: "por medo de retaliação pessoal" ou "por conivência espúria".

Joaquim prosseguia com entusiasmo:

– O que acontece é que não há vontade política. Chamavam-me, há vinte anos atrás, de alarmista, quando eu afirmava que o crime organizado estava matriculando crianças em escolas de luxo, para que se formassem nas melhores faculdades e ingressassem na magistratura e na política. Lamentavelmente essa previsão, por não ter sido cerceada a tempo, ocorreu e está se desenvolvendo em escala geométrica.

E completava:

– Vivemos em um país vassalo da criminalidade organizada nas ruas e pilhado em seus cofres públicos pelos criminosos de colarinho branco. Vivemos com medo. Vivemos indefesos. Vivemos vulneráveis. Vivemos impotentes ante o domínio do mal.

E Joaquim lamentava-se que os esforços hercúleos da Lava Jato fossem anulados pelas interpretações ilegítimas das instâncias da "justiça superior".

E, sem dúvida, era adepto de intervenções militares organizadas capazes de combater a criminalidade, das favelas aos palácios.

Participava ativamente e fora adepto inconteste das manifestações populares contra essas esdrúxulas indecências jurídicas e políticas.

E, imbuído de um certo otimismo, achava que a Lava Jato e essas manifestações poderiam influenciar a juventude no combate aos ilícitos sistêmicos e endêmicos que grassavam na República brasileira.

– Além das ilegalidades perpetradas pelos criminosos – dizia –, outras atividades vergonhosas são executadas diariamente contra o cidadão contribuinte, como os juros abusivos cobrados pelos bancos, inclusive pelas instituições financeiras oficiais ou as taxas ilegítimas que nos cobram as empresas de comunicação, como a Oi, a Vivo *et caterva*. Ou a vergonhosa "indústria das multas de trânsito", sempre escorchantes e que assolam o nosso país, até mesmo as que fornecem eletricidade ou água para nossas residências sempre sob o beneplácito oficioso do governo deste nosso triste Brasil.

Sentia-se impotente perante a triste realidade do Brasil, porém o Fado recompensava de outras formas e as Parcas teceram fios que lhe possibilitaram prazeres indescritíveis.

E Joaquim Francisco não desfilou de forma medíocre nessas veredas da vida, mas se engendrou intensamente no desvendá-las.

– Viver é lindo, porém muito raro – ele doutrinava. – A maioria das pessoas apenas existe – dizia, parodiando Oscar Wilde.

E citava José Ingenieros:

– "Burguês é o homem medíocre, mesquinho, pouco amante de aventuras e da estética."

80

CERTA TRANQUILIDADE suavizou sua face naquele quarto hospitalar e a lembrança feliz se descortinou em sua mente.

Estava com seu amigo, o pintor Paulo Galvão – Pagal –, e se dirigiam ao Simba Safári em São Paulo. Seu irmão, o caçador Chico Galvão, estava acabando de montar o famoso Parque dos Leões que criou e por décadas dirigiu com competência, tornando-o uma referência turística para a cidade.

Chegaram ao Simba e imediatamente um funcionário graduado os recebeu com um sorriso maroto. Já era a quarta ou quinta vez que iam ao parque no final da tarde para trazerem dois leõezinhos lindíssimos de alguns meses. Colocaram coleiras de veludo e os levaram para a casa do Pagal.

Quando a noite chegava, os amigos, cada um segurando seu leãozinho, se dirigiam às noites elegantes paulistanas, no Caves, no Moustache, no Ta Matete, no Gallery, no Dobrão, no Djalma, no Hipopotamus, entre tantas outras que agitavam a elite social das meninas e dos rapazes paulistanos, nessa época da juventude dourada. Eles tinham uns trinta anos.

Certa vez foram com os leõezinhos à boate da Ilha Porchat, em São Vicente.

Quando chegavam a essas danceterias, conquistavam sucesso instantâneo com as meninas que queriam acariciar os bichinhos.

– Que fofo!

– Lindos!

– Posso pegar no colo?

– Qual o nome dele?

E, entre os afagos de suas mãos, as mãos de Joaquim acariciavam as delas.

Estava a um passo da cantada final e, naquela euforia, as moças escolhidas para ficarem em sua mesa se sentiam gratificadas por carregarem os fofos felinos.

Ao amanhecer, tinham a obrigação de devolvê-los ao Simba.

Estratégia 100% eficaz. Naquela situação inédita e criativa, trocavam números de telefone e, nos dias seguintes, saía com a menina escolhida – sem o leãozinho, para as baladas de então.

Seu sorriso ampliou-se, mas seu corpo continuava inerte sobre a cama em que jazia por semanas... ou por meses.

81

RECORDOU EPISÓDIOS de que ele fora protagonista com pessoas famosas no mundo inteiro.

Surgiu-lhe a cena em que estava no Pepe's Bar, no centro de São Paulo, em companhia de intelectuais que, convocados por Francisco Luiz de Almeida Salles, figura de proa no mundo cultural brasileiro, aguardavam a chegada de Pablo Neruda.

O chileno já era reconhecido no mundo como uma das suas maiores expressões poéticas.

Ainda não tinha recebido o Nobel, mas seu nome era sempre lembrado para a láurea.

Joaquim completara recentemente seus dezoito anos e, entre uísques com aquele time de primeiríssima, esperava a presença do poeta que viria, a convite de seu amigo. Ambos eram boêmios e preferiram que o encontro se desse em um bar que retratasse o cotidiano do anfitrião.

Com a chegada do chileno, aplausos e muitos drinques o homenagearam.

Joaquim trocara poucas palavras com Neruda, até que o poeta disse que gostaria de visitar Ouro Preto.

Imediatamente Almeida Salles se dirigiu a Joaquim:

– Por que você não vai também a Ouro Preto? Você acaba de ganhar um carro e já tirou sua habilitação. Por que não vai fazer companhia a Neruda?

Propositura aceita de imediato e foram a Ouro Preto, quando se hospedaram na Pousada do Chico Rey.

Foram três dias de muito papo e andanças pelas ruas centenárias da cidade.

À tarde, após as visitas protocolares às igrejas e outros locais históricos, iam bebericar na própria pousada. Foi quando ocorreu a burrada incomensurável do jovem anfitrião, porque, em vez de continuar aproveitando esse momento cultural inédito, Joaquim se indispôs com o poeta por divergências políticas. Neruda era comunista convicto; Joaquim era anticomunista por excelência.

Só que um detinha os poderes da cultura e da sabedoria; o outro, a ignorância e a prepotência de sua juventude.

E o que poderia ser o início de uma amizade ímpar se tornou, por estupidez sua, um obstáculo ao diálogo que seria extremamente benéfico à sua nascente cultura.

Mesmo assim, Neruda, ao voltar a São Paulo, pediu a Almeida Salles que transmitisse a Joaquim seu convite para visitá-lo em Isla Negra, sua residência.

Ele nunca foi encontrar o Mestre, e isso se tornou um dos maiores arrependimentos da vida de Joaquim Francisco da Conceição.

Em seguida, imagens de outra pessoa célebre internacionalmente lhe surgiram: Ayrton Senna.

Recordou-se de que estava com Miklós Palluch em São Paulo, em 1981, quando relatou ao amigo que conhecera um jovem piloto que iria para Londres, disputar o campeonato inglês de Fórmula Ford 1600 e 2000.

Era o início de Ayrton Senna em corridas de Fórmulas europeias, quando se consagrou campeão desse torneio.

Joaquim tinha combinado com o futuro ás que iria filmá-lo nessa prova, iria com Miklós para Londres, mas, infelizmente, não conseguiu recursos com patrocinadores. Senna já era reconhecido no Brasil, porém ainda muito pouco no exterior.

Se pudesse prever a trajetória de Ayrton, esse patrocínio acabaria saindo superbarato.

Então, quando ele voltou ao Brasil, de posse da taça, encontrou-se com Joaquim e lamentaram não terem documentado essa vitória que iria alicerçá-lo na história do automobilismo mundial.

Mas continuaram se encontrando, esporadicamente, até que, anos depois, aceitou o convite para a festa de aniversário do piloto, que, então, o convidou para visitar seu escritório em Santana, zona norte de São Paulo, a fim de escolher obras de arte para decorá-lo.

Posteriormente, queria que Joaquim o orientasse para investimento na área artística, pois iria, também, decorar sua casa em Angra dos Reis e depois uma quinta em Portugal.

Estava sedimentada essa parceria. E para iniciá-la deveria bolar a decoração artística do escritório. Joaquim convidou a pintora Agi Straus para criar alguns painéis que lá seriam fixados.

Foi com a artista ao escritório e, após medirem as paredes, ela em poucos dias lhe ofereceu a maquete final da obra a ser realizada.

Levaram à consideração do piloto que, após aprovar o projeto e preço, perguntou se seria necessária uma quantia de sinal de pagamento final.

Eram amigos, então Joaquim disse que não, pois iriam se encontrar, novamente, na quarta-feira, depois do Prêmio de San Marino (1994), em Imola, na Itália, para fechar e acertar o contrato.

No domingo ocorreu a tragédia e o mundo se consternou.

82

DENTRE OS EPISÓDIOS mais recentes de sua vida, a visita à Catedral do Whisky foi marcante no seu caráter boêmio, e essa lembrança lhe surgiu.

Assistia ao programa do seu amigo Amaury Jr., que transmitia uma gravação documentando esse "templo", que o fascinou.

Tornou-se imperativo visitar esse local.

Pelo documentário, soube que a Catedral abrigava 23 mil garrafas de uísque, entre miniaturas, botijas, figurativas e as normais de vidro.

E considerou sua arquitetura de extremado bom gosto.

Sem tomar conhecimento das possíveis dificuldades que poderia encontrar para conhecê-la, convidou sua sofisticada amiga Rosely Cury e, juntos, foram até Itatiba, no interior paulista, a uma hora e meia da capital, para essa visita surpresa.

Instalados no carro, com o motorista que Regina Posses emprestou, foram bebericando champanhe francesa e caviar russo.

Lá chegando, souberam que era propriedade privada (ele pensara que era aberta ao público), e o empregado lhes disse que não poderiam conhecer sem o consentimento do proprietário, José Roberto Briguenti, que não se encontrava no local. Após insistir com o caseiro desse belíssimo sítio incrustrado na Mata Atlântica, conseguiu, pelo celular, obter o tão esperado consentimento.

Adentraram pelos portões automáticos e depararam com a refinada sede da casa de campo.

Já na enorme garagem, um belíssimo mostruário, disposto em prateleiras, antecipava o deslumbre de sua coleção. Depois a casa principal, com grandes salas e terraços, onde o anfitrião recebia seus convidados, oferecendo-lhes toda a gama dos mais raros e envelhecidos uísques.

Contudo, além dessa portentosa coleção, outras lhes foram apresentadas, como a de caixas de música do século XIX, todas recuperadas por Briguenti, ou seus dez mil lápis antigos com propaganda comercial ou, ainda, suas mil xícaras de café de torrefação, entre outras menores.

Depois de uma breve degustação de *scotches*, finalmente foram conduzidos à famosa Catedral do Whisky.

Erigida no meio da mata, a construção se destaca pela arquitetura grandiosa, mas sem opulência e de extremo bom gosto. Em seu interior, uma enorme sala com e um grande mezanino em "U", com um pé direito de 8 metros, abrigava a tão esperada coleção, que era distribuída pelas estantes que ocupavam todos os espaços laterais dessa Sé, como também em todo o seu andar superior, onde se destacava um confessionário antigo, e, ainda, em cima do altar principal do século XVIII e de seus largos bancos com genuflexórios autênticos de igrejas mineiras.

Foi deslumbrante e irradiou alegria e paz de espírito a Rosely e Joaquim.

Depois dessa visita, passaram a frequentar o sítio, pois se tornaram amigos do colecionador, sempre acolitado por seus filhos.

Uma lembrança que o enlevou ao Olimpo.

83

SUBITAMENTE, surgiu-lhe a visão do prédio da antiga Collecio, na Brigadeiro Luis Antonio, em São Paulo, o que desencadeou diversas lembranças ligada àquela famosa casa de leilões de arte de décadas atrás.

José Paulo Domingues foi um empresário cultural que expandiu os leilões de arte no Brasil. Para isso, teceu um longo círculo de amigos entre os artistas, críticos e colecionadores de arte e investiu com sucesso nesse mercado. Fez aliança com Irineu Ângulo, leiloeiro oficial e com diversos *marchands*, dentre os quais Joaquim.

Os leilões passaram a atrair poderosos nomes de empresários e banqueiros nacionais e se firmaram como negócios milionários das vendas de obras de arte.

Praticamente todos os artistas brasileiros conhecidos e respeitados foram beneficiados por esse empreendimento audacioso.

O êxito da empreitada atraiu também *marchands* de outros países, que passaram a considerar esse mercado nacional.

Dentro desse panorama, Joaquim foi procurado por um *marchand* francês, Fernand Legros, que, após muitas reuniões, jantares e coquetéis mostrando-se um perfeito conhecedor do mercado mundial da arte, lhe propôs sociedade. Caberia a Joaquim fazer a curadoria e angariar obras dos mais importantes artistas brasileiros. Legros iria comercializá-los na Europa.

Tudo se encaixava nos padrões do mercado internacional.

Joaquim já se organizara com os artistas e, quando estava em vias de enviar algumas obras para o sócio francês, recebeu a notícia fulminante. Legros tinha sido preso na França por vender telas falsificadas de grandes mestres. Ele era *marchand* de Elmyr de Hory, considerado até hoje o maior falsificador, em todos os tempos, de obras de arte.

Elmyr, judeu húngaro, teve uma vida atribulada. Joaquim, após esse episódio, se inteirou sobre esse artista que nunca foi preso por falsificação porque não assinava suas obras “falsas” e nem copiava as originais. Genialmente, criava novas obras com o mesmo estilo dos pintores famosos.

Presos foram Legros e Lessardi, outro *marchand* que negociava suas obras e as vendia como se fossem de Picasso, Modigliani, Matisse e tantos outros pintores caríssimos.

Joaquim passou a admirar Elmyr, a quem considerava um dos mais talentosos artistas, que criava pinturas inéditas, mas usando o estilo de pintores reconhecidos, com tal maestria que museus do mundo inteiro compraram seus quadros, como se fossem autênticos desses artistas reconhecidos como Chagall, Dubuffet, Derain, Matisse, Picasso, entre outras dezenas.

Dizem ter vendido mais de mil quadros falsos para galerias e museus renomados, em diversos países.

Orson Welles se fascinou pela vida do artista e realizou um filme espetacular – seu último filme –, *Verdades e Mentiras* (*F for Fake*), em 1973/1974.

Dada essa notoriedade, em final quase feliz, Elmyr teve sua obra própria reconhecida no mercado internacional. Tinha voltado a morar em Ibiza, já como celebridade, quando soube que o governo francês tentava junto ao judiciário espanhol a sua extradição. Não suportou mais esse dissabor. Matou-se em 1976, aos 70 anos.

Joaquim, por conta dessas negociações com obras de arte, firmava o conceito que sempre teve a respeito do mercado:

– Absurdos e aleatórios os valores transacionados no mundo das artes.

– A mentira passou incólume, porque nenhum desses grandes museus quis arriscar a perda de credibilidade pelo fato de terem comprado uma falsificação.

E pontificava:

– Em Elmyr quase tudo era *fake*, menos sua arte.

E foi nesse clima que Joaquim percebeu que possivelmente o *marchand* francês iria convocar Elmyr para "criar" quadros dos pintores brasileiros que ele representava.

Quase participou, involuntariamente, da maior falcatrua que se estava perpetrando no recente e milionário mercado de arte brasileiro.

84

AS FORÇAS TINHAM abandonado Joaquim Francisco e seu corpo jazia inerte.

Os médicos do Hospital Albert Einstein chamaram seus filhos e comunicaram que ele poderia ter somente algumas horas de vida.

Com o consentimento de todos, foi desentubado e, entre lágrimas e abraços, seus filhos finalmente aceitaram o fato de que a medicina nada mais poderia fazer para prolongar sua vida com dignidade.

Sabiam que a vontade do pai seria essa. Joaquim se sentiria humilhado em sobreviver de forma precária.

Estreitaram-se em abraço solidário e não encontravam palavras para o consolo mútuo.

Só se ouviam, ecoando nos corredores do hospital, as perguntas truncadas, mas que não esperavam respostas, de uma de suas filhas.

– Para onde ele foi?

– Onde estará agora?

Suas lágrimas se misturavam a seus soluços.

E, abatidos, aguardaram o desenlace daquela noite fatal.

Não conversavam. Trocavam carinhos.

Mãos se pressionavam em amor fraterno.

Faces molhadas se estreitavam na solidariedade do consolo familiar.

Todos, impotentes perante o inevitável, conformavam-se com o destino final daquele que, por dezenas de anos, fora o foco de suas atenções e se dedicara a amparar cada um deles nas suas necessidades mais diversas.

O clima de tristeza não impediu que se formasse uma onda de amor, que talvez tenha se amalgamado à tênue energia que se desprendeu da inércia do moribundo.

E o seu corpo estremeceu em contorções mecânicas.

E sua respiração opressa se fez sentir... ou ser ouvida... naquele quarto de agonia.

As mãos débeis de Joaquim se ergueram como em prece ao infinito.

A estupefação dos filhos reunidos impedia-os de sequer respirar. Aquele décimo de segundo em que o ser humano não consegue pensar... só se extasia.

É o "não ser".

É o momento mágico que ocorre com o espectador quando o trapezista se lança no espaço para dar um triplo mortal e segurar as mãos salvadoras de seu parceiro em outro trapézio... então se sente o que se convencionou chamar de "frio na barriga".

Ele não pensa em mais nada. O expectador se isola do mundo. Se aliena, incontrolavelmente, na sensação da total impotência, somente aguarda o desenlace final.

Que pode ser a queda do acrobata em direção à morte ou sua salvação pelo êxito do salto planejado.

Joaquim abriu os olhos mortiços, mas não atinou, de imediato, com a cena familiar dos que sofriam pela sua dor... ou por sua perda.

Suas pupilas se alargaram para que ele pudesse fixar a cena em sua volta.

Reconheceu seus filhos e o sorriso esboçado é a entrada da volta à vida.

Estava muito frágil, mas sua mente passou a raciocinar.

Sabia que tinha sobrevivido... sentia que ia viver.

As meninas estupefatas se lançaram à cama dele com olhares incrédulos, enquanto o rapaz chispava do quarto à procura dos médicos.

Vertiam lágrimas silenciosas, pasmas ao segurarem as mãos paternas, como que para impedir que Tânatos voltasse para levá-lo aos confins do Hades.

Então chegaram os médicos, com a incredulidade estampada em seus rostos.

Medidas clínicas foram tomadas para preservar a vida que não acreditavam que pudesse voltar, sem poderem justificar por que suas previsões não se haviam confirmado.

E, enquanto era levado, às pressas, na maca hospitalar, o choro antes silencioso de seus filhos se tornou ruidoso e todos falaram, ao mesmo tempo:

– Só ele mesmo poderia nos fazer isso.

– Que loucura.

– Ele me viu.

– Ele sorriu pra mim.

– Puta que pariu, que coisa mágica.

– Milagre, só pode ser.

– Será que ele vai se salvar?

– O que o médico disse?

E outras perguntas que não esperavam respostas.

E se abraçavam... e se beijavam... e choravam lágrimas de alegria.

E choravam lágrimas de incompreensão.

E se abraçavam fraternalmente.

Dias depois, em rápida recuperação, Joaquim já podia receber os parentes e os amigos mais próximos.

Julgara ter recebido a coroa de louros dos homens especiais, porque enganara a Morte e desdenhara das Parcas.

Porque adentrou no Hades e navegou com Caronte no Estige... afrontou Cérbero e atravessou vitorioso o Aqueronte de volta à vida.

Joaquim Francisco da Conceição ultrapassou os limites da Vida e da Morte. Mas voltou sem desvendar o que mais o empolgara em sua experiência: o Mistério da Existência.

85

EM RESTABELECIMENTO surpreendente, Joaquim passou a ostentar um semblante enigmático, de quem vencera a Morte, sem dar explicações aos vivos.

Fora ao Hades somente a passeio.

E não permitiu que Moira alguma pudesse manipular sua vida.

Que Destino algum findasse sua existência.

Ele, somente ele, seria o seu próprio ceifador.

Os filhos... e os amigos... conviviam com Joaquim nessa sua nova vida.

Cercado de médicos que logo permitiram que voltasse à sua própria casa, para se recuperar.

E assim sua vida foi voltando à normalidade.

Foi se assentando.

Recebia cada vez mais visitas e, com alguns parceiros de atividade culturais, engendrava novos projetos.

E com amigos voltou a bebericar sua famosa coleção de uísques.

Sua trajetória, aventureira e ímpar, atraía jornalistas que o entrevistavam para matérias impressas ou faladas em seus órgãos de comunicação.

E Joaquim foi vivendo a sua segunda vida, mas sem o entusiasmo que sempre tivera desde o alvorecer da sua juventude, para os encontros galantes, os namoricos casuais, os casos de amor que lhe proporcionaram enorme satisfação.

Ele amava as mulheres.

E agora, por imposição da velhice, via-se desamparado por não poder viver novamente aqueles momentos prazerosos.

Porém vivia cercado de outros prazeres, como o da gastronomia, da degustação dos etílicos, das visitas aos centros culturais, das viagens de recreio e da convivência querida com os familiares e amigos.

Mas os anos iam se passando e inexoravelmente ia envelhecendo.

Outrora fizera um pacto de morte com um amigo: Se um deles sofresse algum acidente que os obrigasse a subsistir de forma indigna e aviltante, atrelados a uma cama e na dependência de terceiros, o outro se empenharia em matá-lo, para livrá-lo dessa infâmia.

E Joaquim Francisco da Conceição tece novo pacto de morte, agora consigo mesmo. Antes de a velhice o subjugar ao leito vil, novamente venceria o Destino e iria, por mérito próprio, reencontrar seus sonhos ou se perder no Além.

E a convicção se firmou.

Sim, ele seria seu próprio ceifador.

86

E LEMBROU-SE de seu poema que, em sopro existencial e premonitório, vaticinava sua própria vida.

DOS ERROS E DAS VIRTUDES
OU
DE COMO O EFÊMERO FORJA A VERDADE ETERNA

São Solos que tremem
morais que se abalam
Mares que invadem
e as virtudes se invertem
Lavas que correm
a destruir pensamentos
Ciclones que assolam
o civilizado
Tufões que aniquilam
virtudes cansadas
Vendavais que exterminam
conceitos de antes
Ruínas de templos
outrora de deuses

São termos da vida a se renovar
E Homens libertos que possam nascer

Nascem pensando
instituem conceitos
Vivem verdades
que pensam eternas
Amam virtudes
erguem os templos
Forjam morais
constroem pensamentos

Vivem a vida
            que outros destroem

Renasço liberto e passo a pensar

Penso e procuro
            verdades eternas
            verdades eternas tornam-se efêmeras
            e outras verdades surgem eternas

Renasço liberto e passo a pensar

Penso e procuro
            poder existir

Eis-me, então, a me encontrar...
vou ao mundo em minha procura...

            e andei por todas as terras
            conheci todas as gentes
            vasculhei todos os cantos
                        dos mosteiros
                        das tabernas

Mais andei, mais conheci...

brâmanes, budistas...
            e fui estoico
            e fui iogue
            e fui o frêmito da carne

Subi aos Montes Olimpos
            e fui semideus na Grécia
            seguindo o cortejo de Baco
            amando todas as musas

Na Germânia invencível
conduziram-me as Valquírias
em seus corcéis belicosos
aos festins desenfreados
do majestoso Valhala
Maculei as águas do Nilo
amando em seu leito sagrado
as sacerdotisas de Ísis

Purifiquei-me nas sacras águas
do Ganges e do Jordão

Nas Índias do Zoroastro
segui a trilha de Mazda
e fiquei entre o Bem e o Mal

Trafiquei mulheres no Oriente
e as amei em todo o mundo

das londrinas requintadas
às ciganinhas da Espanha
das suaves, meigas gueixas
às insinuosas latinas
do leito das havaianas
aos seios moreno-âmbar
das virgens das Ilhas do Sul

E sempre conduzido pelo hedonismo tão ferrenho
atingi glórias efêmeras
e fracassos monumentais

Procurei-me em livros velhos
envelhecidos por tradição

dos contemplativos de Lao-Tsé
aos da imaginação de Khayan

Recolhi-me às bibliotecas dos castelos medievais
a refazer livros velhos
de alquimistas sombrios
de bruxos que se inspiravam
na Negra Magia do Mal
de cristãos apavorados
pela luz da Inquisição
Li todos os livros
e poetizei-me em Byron
e em Rilke
e humanizei-me em Hesse
e em Katzanzak
e sofri Miller
e vivi Rimbaud
conheci Darío, o Social
chorei sempre em Cervantes

Mais andei, mais conheci
Mil vezes vacilou-me a fé

e também cri
e fui ateu

Vou-me aos montes do Tibet

busco, então, a solidão
mas a carne que esmaga
o eremita tão terrível
brada palavras de vida
clama sexo, agonia
procura seu próprio corpo
no Universo da Paixão

Vertido em copta na tremenda Alexandria
Fui zen-budista na terra
dos perfeitos samurais
Ocultista tão terrível
no Reino Preste-João
Adorei a Cabala
e frenetizei-me convulso
pelos ritos de Sabbat

Venci Haiti e seus vodus
Pilhei ídolos de todas as religiões
Vomitei rezas em todos os templos
Ultrajei todas as morais
Profanei todas as sepulturas

angariando todas as maldições
cometendo todos os sacrilégios

tomando-me todas as culpas
livrando-me de todas elas

amando
e ofendendo

sendo amado e ofendido

Fiz corte a todos os tronos
Mesclei-me com todas as multidões
Conheci séculos de cultura
no Partenon
nas Pirâmides
e entre os Incas
e cretenses
e amei todos os povos
e odiei todos os povos

conheci a fome
e a abundância
o frio
e o calor

Vivi os mitos, as religiões
de toda a gente

Racionalizei-me em Descartes
Abandonei-o por Pawels, o sábio
Espiritualizei-me em Bach
Vivi tradições em Orff
Deifiquei-me no Tannhäuser
Sofri Beethoven

Enobreci-me ao som
dos Reais Tambores dos Watusis

Senti o ritmo umbandalesco dos negros da África
percorreram-me o corpo

eis-me vencido
e vencedor

humilhado
e humilhando

Chorei, em Jerusalém, a Humanidade
Curvei-me, ante a glória, em Santa Helena
Caminhei o martírio em peregrinação a Meca
Cantei Wagner no glorioso cemitério de Weimar

E sempre santo
E sempre pulha
E sempre à procura da verdade

ensinou-me Júlio Frank o coexistir
como Siddharta Çakya-Muni
revelou-me o saber

Fulcanelli, grandioso, permitiu-me aos mistérios
e por Gîta e Gurdjieff
percebi a paz interna

Como os homens e os deuses
me ensinaram a matar

Como os homens e os deuses
me ensinaram a amar

e amei os meus amigos
com a mesma intensidade
que odiei os inimigos

e sempre julgado
e condenado

e sempre acusando
e condenando

porque amei
porque odiei
porque meu tédio assim o quis

Fui amigo de crápulas, canalhas, ladrões

e santos e mártires e heróis

Consolei todas as lágrimas
e fui consolado

Vivi a Vida, intensamente a Vida

E fui amparado e amado
esquecido e odiado

Mil vezes fui leal
cem mil fui falso e vil

E matei sem ser assassino
e fui assassino sem ter matado

Tantas vezes lançaram-me calúnias
e escarros

E também caluniei
e escarrei
em todos os rostos
em todas as morais

porque me amaram
porque me odiaram
ou simplesmente porque
tive vontade de fazê-lo

Na procura da verdade
fui conhecer-Me ao Mundo

encontrei-a no ódio
e no amor

Então forjei as virtudes
e condenei os erros

mas os solos tremeram...
e as morais se abalaram...

índice onomástico

A

B

C

D

E

F

G

H

I

J

K

L

M

N

O

P

R

S

Y

Z

fonte
IBM Plex Serif